人的境遇
La condition humaine

二十世纪外国文学大家小藏本

〔法〕安德烈·马尔罗/著

丁世中/译

人民文学出版社

著作权合同登记号　图字 01-2014-4884
André Malraux
LA CONDITION HUMAINE
copyright © Editions Gallimard 2004
Simplified Chinese translation copyright
© People's Literature Publishing House 2018
All rights reserved.

图书在版编目(CIP)数据

人的境遇／(法)安德烈·马尔罗著；丁世中译．—北京：人民文学出版社，2018
(蜂鸟文丛)
ISBN 978-7-02-014391-7

Ⅰ.①人… Ⅱ.①安…②丁… Ⅲ.①长篇小说—法国—现代 Ⅳ.①I565.45

中国版本图书馆 CIP 数据核字(2018)第 127697 号

责任编辑	黄凌霞
装帧设计	刘　静
责任印制	徐　冉
出版发行	人民文学出版社
社　　址	北京市朝内大街 166 号
邮政编码	100705
网　　址	http://www.rw-cn.com
印　　刷	三河市西华印务有限公司
经　　销	全国新华书店等
字　　数	198 千字
开　　本	787 毫米×1092 毫米　1/32
印　　张	14.125 插页 4
印　　数	1—6000
版　　次	1988 年 10 月北京第 1 版
印　　次	2018 年 10 月第 1 次印刷
书　　号	978-7-02-014391-7
定　　价	56.00 元

如有印装质量问题，请与本社图书销售中心调换。电话：01065233595

Hummingbird
CLASSICS
蜂鸟文丛

安德烈·马尔罗（1901—1976）

法国作家、政治家，曾任法国文化部部长。代表作有《人的境遇》（获龚古尔奖）、《希望》、《王家大道》和《征服者》。他对中国情有独钟，多部作品都是以中国革命为背景和题材，他曾经作为戴高乐将军的使者访华，为促进中法文化交流做出过很大的贡献。

本书是一部以西方人的视角看中国革命的优秀文学作品。一经发布就轰动法国，获得一九三三年度法国的文学大奖龚古尔奖。小说以一九二七年上海工人运动为题材，以革命者陈的一次刺杀活动为引子，描述了共产党领导下的武装起义和蒋介石发动的"四一二"反革命政变。本书表现了人在被异化的社会中，如何捍卫人的尊严，寻找作为人而生，作为人而死的意义和勇气。

安德烈·马尔罗
André Malraux

出版说明

二十世纪,世界文坛流派纷呈,大师辈出。为将百年间的重要外国作家进行梳理,使读者了解其作品,人民文学出版社决定出版"蜂鸟文丛——二十世纪外国文学大家小藏本"系列图书。

以"蜂鸟"命名,意在说明"文丛"中每本书犹如美丽的蜂鸟,身形虽小,羽翼却鲜艳夺目;篇幅虽短,文学价值却不逊鸿篇巨制。在时间乃至个人阅读体验"碎片化"之今日,这一只只迎面而来的"小鸟",定能给读者带来一缕清风,一丝甘甜。

这里既有国内读者耳熟能详的大师,也有曾在世界文坛上留下深刻烙印、在我国译介较少的名家。书中附有作者生平简历和主要作品表。期冀读者能择其所爱,找到相关作品深度阅读。

"丛书"将分辑陆续推出,"蜂鸟"将一只只飞来。愿读者诸君,在外国文学的花海中,与"蜂鸟"相伴,共同采集滋养我们生命的花蜜。

人民文学出版社编辑部
二〇一六年一月

前　言

安德烈·马尔罗是法国当代最负盛名的作家之一。他一九〇一年生于巴黎,早年就读于巴黎东方语言学校。一九二三年后到过柬埔寨、越南和中国等东方国家。一九二七年回巴黎,加入文学团体"新法兰西评论"。一九三四年任世界争取释放季米特洛夫和台尔曼委员会主席。一九三七年在马德里创建国际飞行中队,对抗击法西斯势力的西班牙共和军给予了有力支持。一九三九年加入法国装甲部队,一九四四年参加抵抗运动游击队,曾两次被俘。战后为法兰西人民联盟的主要领导人之一,在戴高乐将军领导的政府中任新闻部长和主管文化事务的国务部长。主要作品有《纸月亮》(1921,诗体小说),《征服者》(1928,写 1925 年中国省港工人大罢工),《王家大道》(1930),《希望》(1937,关于西班牙内战),以及多部文艺评论,自传体小说,回忆录等。

　　本书《人的境遇》(又译《人的状况》或《人类的命运》)发表于一九三三年,以一九二七年上海工人武装起义和汉口工人运动为题材,获得龚古尔文学奖。小说一开头描写了革命者陈大儿的一次恐怖活动,引出在共产党领导人强矢·吉索尔和俄国顾问加托夫指挥下,上海工人武装小组夺取弹药,组织武装力量同反革命斗争,以及在革命对象发生变化后谋杀蒋介石的行动。强矢的父亲老吉索尔是社会学教授,对包括陈、强矢在内的青年人有重大影响,但老人从不参与行动。强矢的未婚妻梅充当革命营垒中的医护人员。次要人物白、孙以及唱片行老板陆有顺各有特色。反革命营垒的主要人物"军事总督"、蒋介石等没有直接出场,但寥寥几笔的侧影反映出他们的残暴狡诈。法国垄断资本家费拉尔勾结法国政府,企图在中国和亚洲发大财,从幕后支持蒋介石反革命势力。蒋的保安头子柯尼希极端仇视俄国革命和中国革命。两面人物克拉皮克在革命与反革命之间投机取巧,行动诡秘。小说的最后部分详细描述了在革命暂时失败后,加托夫、强矢面对酷刑和死亡的

· 人的境遇 ·

大无畏精神,以及对战友的深情厚谊。强矢牺牲后,老吉索尔和梅逃到日本,怀着对未来的期待,继续生活和抗争。在故事发展的主线中,还穿插了强矢、陈对汉口党中央和共产国际代表的访问,在要不要向蒋介石缴械的问题上,反映出基层战士与"共产国际"观点的尖锐矛盾。总的说来,本书以不太长的篇幅,借助电影蒙太奇式的技巧,从各个侧面写出了在关键时刻各种人物,各种力量的聚散离合,特别是他们对人生,对社会,对生与死的不同态度。

马尔罗在哲学思想上受十七世纪法国哲学家帕斯卡尔和十九、二十世纪德国哲学家尼采及施本格勒的影响,认为人是动物中惟一预先知道自己将要死亡的种类,死亡是"荒谬"的,人便要根据各自的生活态度和境遇作出反应(或者"逆来顺受",这实际上也是一种反应)。马尔罗自己的"反应"就是不断地"行动",从而证实自己的存在和价值。他不愧是一位思想敏锐的"大人物",除去早期的一些探索外,从声援季米特洛夫和台尔曼起,到积极投身西班牙和法国的反法西斯战争,到"二战"后的政治活动和言论,都表明他在政治上做出的选择是正确的,有积极意义的,他在哲学意义上的"行动"不是盲目无效的,在七十五载不算太长的生命中,他实现了"自我价值",维护了"人的尊严",没有被"荒谬的"死亡所征服。在我们面前的这部小说中,各种人物的反应和"行动"就极为参差不齐,有前述主要人物加托夫、强矢等的正面"反应",也有众多反面人物吃喝嫖赌之类无奇不有的"反应",用以证明他们各自认同的"价值";侨居上海的比利时"小人物"赫梅尔里克贫困潦倒、饱经磨难,对自己的命运无能为力,这在马尔罗笔下也是一种独特的"反应"。

综上所述,与其说《人的境遇》是一部政治小说,毋宁把它看作一本哲理小说。有了这种基本理解,就不难明了书中的偏颇、失实以至某些扭曲之处,而不必过分拘泥于细节。另一方面,马尔罗无疑对中国、中国革命、中国工人和劳动人民怀着同情,后来他在文化部长任上曾积极计划推动中法关系和文化交流就是一个旁证。译者曾与马尔罗部长有过一面之缘,对这位传奇式人物的朴实、敏锐、智慧留有不可磨灭的印象。

一九九六年十一月二十三日,在马尔罗逝世

二十周年之际,他的遗骸迁葬法国伟人的墓地先贤祠,成为继伏尔泰、卢梭、雨果、左拉之后受此待遇的第五位法国作家。按照他的创作成就及政治影响来看,马尔罗无疑是当之无愧的。

丁 世 中
一九九七年十一月八日

献给艾迪·杜·贝隆

第一部分

一九二七年三月二十一日

深夜十二时半

陈会掀开蚊帐吗?会隔着蚊帐刺下这一刀吗?一种不安的心情,惹得他胃部绞痛起来。他相信自己十分坚强,但这会儿一想到这件事便木然。眼下,从天花板垂下的这块细白布令他好不困惑:它笼罩着一具身躯,淡淡的,比人影儿还轻细。仅有一只脚伸出来,因为睡姿约略有些倾斜,却是有血有肉的活人的脚。光的惟一来源是附近一座大楼,射进一大块长方形的淡淡的灯光,被窗棂的格子切割成小块,其中一块恰好照到脚下的床,似乎有意烘托它大而有力。四五只喇叭齐鸣,尖啸刺耳。难道他被发现啦?战斗!同已经处于招架之势、但毫不放松警觉的敌人战斗!

这阵声浪渐渐消失:大约某处堵车了(远处杂乱的人群中,此刻还有堵车现象……)。他向那堆柔软的细白布和长方形灯光折回:时间已融入夜色,白布和光影愈显示出静态。

他反复自语:这家伙非死不可,让他不得好死!他明白自己是来除掉他的。被捕、杀头都不在话下。眼下惟见这只脚,这家伙他是杀定了的,却万万不能让他抵抗:倘使他抵抗起来,就必定要出声音,要呼救……

陈眨眨眼,不胜嫌恶地发现:自己不是当初以为的战士,而只是施行宰杀的祭司。祭献也不仅是向选中的神明,因为他向革命的祭献遮饰着某种深沉的世界。相形之下,不平静的沉沉黑夜竟变成光明。"暗杀不仅是一杀了事……",他双手插进衣袋,很是踌躇。他右手握一把折拢的剃刀,左手攥着短匕。他使劲往裤兜里塞,仿佛黑夜还不是掩护。剃刀顶稳妥啦,但陈觉得绝不可用。

短匕不太令他嫌恶。他松开紧攥剃刀柄的手指。短匕是不带鞘的,裸放在裤兜里。他将短匕换到右手,左手垂贴着粗毛衣。他轻举右臂,惊异于周围依然那么安静,似乎这姿势本该引起什么东西跌落。然而什么也没有发生:行动之权依然在他手中。

这脚是一具活物,如沉睡的动物。它是一具躯体的终端吗?"我成了白痴吗?"得看着那具躯体!那具躯体、那只脑袋!为此就得走到灯影中,让矮胖的身影掠过床面。皮肤的阻抗力究竟有多大?陈抽搐了一下,把短匕扎到了自己的左臂。疼痛的感觉(他已不能想象这左臂属于自己),还有这家伙万一惊醒造成的灾难,使陈暂时轻松了点儿。那灾难或许比这疯狂的气氛更好一些。他凑近了看一看:正是两个钟头之前,他在通明透亮的场合眼见的那个人物。那只脚几乎触到了陈的裤子,此刻突然像钥匙般转动了,然后在静夜中复归原位。也许睡着的人觉察到了什么,但又不到清醒的程度……陈战栗了一下:一只虫爬过了他的皮肤。不,那是他胳膊上的血,正一滴滴流着。同时仍有一种晕船的感觉。

只要一个动作,那人就必死无疑。杀死他不难;但要触及他的身躯却非易事。下手得准确无误。那人平躺在欧式床铺上,只着一条短裤。但那肥厚的皮肉遮得肋骨看不清楚。陈得将暗黑色的乳头当作标识。他懂得由上而下扎过去是何其困难。于是他将短匕高高举起,刀锋朝上。但左边的乳头在远端:要想穿过蚊帐,就须穷尽手臂之长,像挥动高尔夫球棒一样画一个弧形。于是他改换匕首的方位,刀锋变作了横向。触及这具静止的躯体就像击中一具死尸一般困难,或许原因也相同。大约是受这死尸念头的感应,突然响起一声粗喘。陈已欲退不能,两臂和双脚全然瘫软。但那声粗喘渐趋正常,原来是打呼噜,而不是喘气。他又重新变成脆弱的活物;而就在这一刻,陈却觉得自己受到了轻侮。那具躯体轻轻朝右滑动。他现在会醒过来吗?陈用刺透一块木板的力气,猛然截住那躯体,只听得细白布扑哧一声撕裂了,其间掺杂着砰然的撞击声。陈的感觉似乎直达刀尖,他感觉到那躯体在金属床绷的反弹下蹦向自己。他竭力伸直胳膊,想将它挡在原地;只见

· 人的境遇 ·

那人的两条腿同时向胸口收缩,像被捆缚起来。接着它们突然软瘫了。得再下一刀才行,但如何抽回那短匕?躯体照旧侧卧,并不稳定:方才的抽搐无碍于这姿势。陈觉得自己已用短匕将它压牢在床上,倾注了他全身的力量。透过敞开的蚊帐,他将那人看得很清楚:他的眼皮已经张开(也许他已经醒来?),眼睑却毫无血色。鲜血开始顺着短匕涌流,在虚幻的灯光中泛着黑色。这具沉甸甸的躯体随时可能向左右跌落,此刻它还有一点活力。陈不能松开匕首。恰是通过这件武器,通过挺直的臂膀和疼痛的肩部,那具躯体与他之间有了一股恐慌的电流,直涌他的胸口和砰然搏击的心房——这间屋里惟一运动的物体。他木然呆立着;他觉得继续从他左臂流出的,是那个人的血。再没有什么新情况,他却猛地认定此人已死无疑。他屏住气息,继续将那具躯体钉在侧卧的姿势上,留驻在那孤寂的房间宁静模糊的光芒中。这里并没有格斗的迹象,连看来已裂成两片的细白布上的窟窿也不像格斗所致:惟有寂静,和令他陶陶然的压倒一切的醉意。他远离活人世界,牢牢贴紧在那把匕首上。他的手指越攥越紧,但臂部的肌肉却已松开,整个臂膊像根绳索在颤动。这已不是一般的害怕,而是自幼未曾领教过的既残忍又严肃的惊恐:他兀自面对死亡、单独待在一片无人之地,被恐怖和血腥压迫得颓然乏力。

他终于松开手来。那身躯渐渐伏倒在床上:匕首柄既已歪斜,床单上便渐渐渗出一大块暗褐的印迹,像活物般悄然漾开。在它的近处,两只尖耳朵的影子也正在显露、伸展。

门在近处,阳台却在稍远的地方:但尖耳的影子是从阳台伸过来的。陈虽不信鬼神,此刻却软瘫在床边,无力转身。他突然一愣:只听得一声猫叫。他已有一半脱出身来,这才敢四下张望。原来是屋檐上的一只猫蹑足从窗口溜进来,两眼正死死盯着他。随着猫影前移,陈感到忿忿然:凡是活物都不该潜入他已投身的这可怕的所在——任何活物,只要眼见他手持匕首,就有碍他重返人群。他打开剃刀跨前一步:那畜牲竟从阳台上溜走了。展现在陈眼前的是大上海。

黑夜在惶惶不安的氛围中激荡,像夹着许多火星的一片漫漫浓烟在跃动;随着它渐趋平静的呼吸,夜色变得凝重。在云霭间隙中,某些星辰在永恒运动中滞留不前,给黝黑的夜色注入一股稍微新鲜的气息。一声汽笛鸣响,随即消失在这痛苦的宁静中。在楼底,午夜的光线透过一层黄雾,映照在湿润的碎石路和灰白的路枕上。那里,正在跃动的是不杀人者的生活。那里有数百万条生命,现在却都拒绝他的生命。然而死亡正渐渐离他远去,像那人的鲜血流淌一样,正从他自身的躯壳缓缓流走。与这死亡相比,生者卑微的怒斥又算得了什么?这静止或闪动的影子都是生命,如同河流,如同远方不见踪影的大海、大海……他终于深深吸了一口气,觉得自己怀着无穷的感激,同这生命复归联结:他几乎要嚎哭起来,像方才一样不胜激动。

"该溜走啦……"然而他却呆在原地不动,静观灯火辉煌的马路上汽车奔驰,脚下的路人行色匆匆。他如同盲人重见天日似的凝视着,又像饿汉进食一般吞噬着。这是对生命的贪婪。他多么想摸摸这些身躯啊!在大江彼岸,一声汽笛响彻云霄:兵工厂的工人正在进行夜班交接。这些工人制造武器杀害为他们战斗的人,真是愚蠢!这座灯火辉煌的城市难道还像田产一样,归那军事独裁者占有?难道它将如一群牲口,永远租借给军阀和西方商人?他此番的暗杀之举抵得上中国兵工厂一段长时间的生产:即将进行的起义会把上海交到革命军手中,然而仅仅拥有不足二百条步枪。这死鬼是一名中间商,刚同政府谈妥一宗约三百支带托手枪的买卖。起义者一弄到这批枪,首先该采取的行动就是缴警察的械,以便武装自己。他们成功的机会就陡增一倍。不过,十分钟来陈根本没想这事。

他杀这人是为了弄到一份文件,此刻却没动手去取。衣服挂在床脚蚊帐下方。他将衣兜翻了个遍。手绢、香烟……却没见到文件夹。屋里还是老样子:一顶蚊帐、几堵白墙、清晰的长方形灯光;暗杀并没有引起变化……他合上眼,将手探向枕下。摸到了文件夹,那夹子很小,像一个钱包。在托枕头的当儿,那人的脑袋显得很轻,这使他更觉不安,睁圆了两眼:枕上并无血迹,那人不像已魂归西天。要不要再杀一次?然而他的目光已遇见那翻白的两眼和床单上的血迹。为了查找那只文件夹,他退回到明亮处:那是从一家餐馆照进的灯光,餐馆里响彻麻将声。他找到了文件,带上文件夹,几乎是跑出了屋子。接着他将屋门牢牢锁上,把钥匙放进衣袋。在旅馆走廊尽头(他竭力放缓脚步)并没有电梯。该不该按电铃呢?他朝楼下走去。在下一层,即设有舞厅、酒吧和弹子房的那层,聚着等候电梯的十来个人。他跟随他们走进去。"穿红衣服的舞女真美啊!"身旁那个男人用英语对他说。他是一位有三分醉意的缅甸人或暹罗人。陈想掴他一记耳光叫他闭嘴,又因为他是活人而想拥抱他。他支吾着算是应答,对方却跟老相识似的拍拍他的肩膀。

"他准以为我也醉了……"但对方又开口想说什么了。

"我可不懂外国语呀。"陈柔柔地说。对方不吭声了,却好奇地打量这位不戴硬领,但着上等粗羊毛衫的年轻人。陈正对电梯里的穿衣镜站着。暗杀在他脸上没留下任何痕迹……他的长相不像中国人,倒有点像蒙古人:颧骨高高突起,鼻子扁平,却还有鼻梁,像鹰钩鼻。这容貌没有多少变化,只是显得疲劳;甚至他那坚实的双肩、那老好人式的厚嘴唇,也似乎并无异样;惟有左臂,一弯曲便黏糊糊的,并且发着热……电梯停住了。他随大家一起走出。

凌晨一时

他买了一瓶矿泉水,又叫来一辆出租车:那是一辆门窗紧闭的轿车。他在车上擦净胳臂,用手绢做了包扎。荒凉的铁轨和下午骤雨的积水泛着微光。闪亮的天空倒映其中。不知为什么,陈朝天空凝望着:刚才,他发现星辰时,离天空是多么近啊!随着惶惶的心情稍定,随着他回到人群,他也远离了天空。在马路尽头,装甲车与积水几乎泛着一样的灰色,静静的人影端着刺刀,形成一排明晃晃的横档:是岗哨,也是法租界的尽头。出租车不能再向前开。于是陈出示了假护照,上面写着他担任租界雇用的电工。哨兵漫不经心地看了看这证件("我刚刚做的事肯定没有露马脚"),随即放行。他面前横着双共和大道,那是中国城的边界。

一片荒凉和寂静。嗡嗡的声浪,掺和着中国最大城市的杂沓声在这里消失,如同地心的声音消失在古井之底。是战斗的种种声响,以及不愿就寝者最后狂放的摇荡。不过活着的人们却在远处。这里,世上的一切都不复存在,剩下的只有黑夜,陈用本能与之融合,好似喜得至交:这片惶惶的洞天黑地并不反对暗杀。那是已杳无人迹的世界、永恒的世界。白昼会重返这堆瓦砾,重返这纵横交错的街巷里来吗?在这些街巷的深处,一盏灯笼正照亮无窗的墙壁和一堆电线。存在着一个暗杀的世界,他正待在它的中心。没有活物、没有动静,近处阒无声息,连小商小贩的叫卖声、弃犬的哀吠也没有。

终于出现了一家脏乱不堪的店铺:陆有顺和赫梅尔里克唱片行。得回到人中间……他等了几分钟,并未完全放下心来便叩击起一块门板。店门几乎立刻打开:店里唱片排列整齐,有点儿像市立图书馆;接着是后堂,宽敞、光洁,四位同志着短袖衬衫在等候。

砰然一记关门声震得吊灯摇晃:人面消失而又再现——左边的胖子是陆有顺;赫梅尔里克的面容像心力交瘁的拳击家,光着头、弯鼻梁、双肩下塌。后排阴暗处是加托夫。右首站着吉索尔·

强矢①。灯光自上方劈头照落下来,突现了他那日本版画式人物下垂的嘴角。灯光从远端照得人影变形,这位混血儿就跟欧洲人差不多了。灯具的摇晃变得更短促:强矢的两副脸孔交替出现,两者的差别越来越小。

大家都木然而紧张地瞧着陈,却没有开口。陈扫视了撒满葵瓜子壳的方砖地。他可以对这些人侃侃叙来,但却不能自释。

人体对刀锋阻抗力的问题始终萦绕于他的脑际,这力量竟大大胜过他的臂力:没想到它那么厉害……

"办妥啦。"他宣告。

他递上武器的货单。那单子写得很长。强矢看了一遍。

"是呀,不过……"

大家在干等。强矢不着急,也不生气:他并不动弹,面部也不显得紧张。但大家看出,他发现的

---

① 原文 Kyo Gisors,即 Kyoshi Gisors。作者将本书的这位主人公写成法国、日本混血儿,未在书中出现的母亲是日本人。Kyoshi 可有多种汉译,取"强矢"之说无特殊意义。

事令他震惊。他终于开口说：

"这批武器还没有付款！交货时付款。"

陈顿时感到恼火，似乎遭人偷窃了。他查明这是他要的文件，却不及细看。何况他是无能为力的。他从兜里掏出文件夹交给强矢，有照片和收据，没有别的东西。

"我认为可以同战斗小组成员一起想办法。"强矢道。

"一上了船就好啦。"加托夫应答。

由于他们在场，陈渐渐感觉摆脱了可怕的孤独。好比一棵植物，虽然被拔起，细枝根茎还是在土里。随着同他们渐渐接近，他认为自己发现了他们，就像头一次从妓院回来时发现了自己的姐妹一般。这里有一种紧张气氛，像夜色迟暮时的赌场。

"进展顺利吗？"加托夫问。他这才放下手里的唱片走到亮处。

陈没有应答，他只见到这俄国佬丑角式的脸相（长着一对含讥带讽的小眼睛和一只翘鼻子），连这里的光线也没有能赋予他的面部多样的表情。不过他却明白死亡是什么。他站立起来，走过去看看在小笼子里沉睡的蟋蟀。陈一言不发或许自有道理。加托夫在凝视灯光的变幻,借以避免过多的思考。他的临近惊醒了蟋蟀,那颤抖的鸣叫似乎同光影在人脸上的晃动相呼应。皮肤很坚硬的观念老在他心中盘桓,话语反会扰乱他脑子里已同死亡建立的亲近关系。

"你离开旅馆时是几点钟?"强矢问道。

"二十分钟前。"

强矢看看表:已是午夜十二点五十分。

"好,咱们把这里的事了结一下就走。"

"强矢,我想见一见你的父亲。"

"知道吗,那事大约定在明天。"

"那才好呀。"

大家明白,"那事"是指革命军抵达最近的火车站,是起义成败的关键。

"那才好呀。"陈又道。如同一切紧张感,危险感一旦消失,他就徒然觉得空虚:他渴望重温这危险感。

"我还是想见见你的父亲。"

"去吧,他从不在黎明前就寝的。"

"我大约凌晨四点钟去。"

· 人的境遇 ·

当陈渴望理解时,就出于本能地去找吉索尔。这种态度令强矢痛苦(因为并非虚荣,所以更痛苦)。陈明知是这样却毫无办法:强矢是起义的组织者之一,中央信任他。陈也是一位组织者。但除了在战斗中,强矢是决不会杀人的。加托夫同他比较接近:一九〇五年学医时他参加了对奥德萨监狱的袭击(一次幼稚的袭击),因而被判坐过五年牢。然而……

这俄国佬一粒粒往下咽糖果,同时一直凝视陈。陈突然明白他为什么这样嘴馋。他杀过人,因而现在有权得到一切。有权。即使这很幼稚。他伸出那只方方正正的粗手。加托夫以为是告辞,便握了一握。陈站起来。或许这也不错:他在这里没事可做了。强矢已经了解了情况,该他来干了。陈自己知道,现在该做什么。他已走到门口,却又折回:

"把糖果递过来!"

加托夫递过了那袋糖。他想同陈分食,却没找到纸。陈就在掌心里塞了一大把,又猛吸一口,随后出门。

"事情不会那么顺利。"加托夫说。

从一九〇五年开始到一九一二年潜回俄国,加托夫一直在瑞士奔波,法语说得几乎不带外国口音。但他有时吞掉几个元音,好像是为了补偿说中国话吃的亏:他说中国话时只好做到字正腔圆。他此刻几乎是直立于灯下,脸上照不着多少光亮。强矢更喜欢这样:加托夫的小眼睛,尤其是翘鼻子(赫梅尔里克说他是一只板着面孔的麻雀)赋予他的面部一种含讥带讽的天真表情,因为同强矢的反差而更显突出,这常令强矢感到窘迫。

"咱们快把活干完,"加托夫说,"老陆,唱片到手了吗?"

陆有顺满脸堆笑,好像准备恭而敬之地连连点头弯腰。他把加托夫凝视着的两张唱片装上两台唱机。两张唱片必须同时转动。

"一、二、三!"强矢数道。

第一张唱片的尖啸声掩护着第二张唱片的声音:唱片蓦然停下。只听得速派二字。接着唱片又转动。并迸发出两个字:三十。尖啸声复起。跟着又跳出一个字:人。又是一阵尖啸声。

"太好啦。"强矢说。他停了机,再单放一遍

· 人的境遇 ·

第一张唱片:尖啸声。静默。尖啸声。停机。好。贴上"废唱片"的标签。

第二张唱片的内容是:

> 第三课。跑、走、去、来、送、接受。一、二、三、四、五、六、七、八、九、十、二十、三十、四十、五十、六十、一百。我看见有十个人在跑。这里有二十个女人。三十个……

这批假语言课唱片做得很精巧:标签模仿得极高明。但强矢仍很担心:

"我的录音质量不好吧?"

"很好,好极啦。"

陆笑得咧开了嘴。赫梅尔里克似乎无动于衷。楼上有个婴儿痛得哇哇叫。

强矢弄不明白:

"那么,为什么换人?"

"没有换呀,"陆说,"还是你自己。瞧,人们头一回听录音,总不容易辨出自己的声音。"

"唱机会使声音变调?"

"倒不是。因为谁都易于辨别其他人的声音。瞧,人们不习惯听自己的声音……"

陆能够向不谙此事的上等人讲解一番,为此他心里充满中国式的喜悦。

"在汉语中也是同一个道理……"

"对呀。今夜还要来取唱片吗?"

"明天日出时分,轮船将开往汉口……"

有尖啸声的唱片由一条船运送,有课文的则另船运走。课文有法语、英语二种,视该区传教士属天主教或基督教而定。

"日出时……"强矢心里嘀咕,"可日出以前要干多少事啊……"

他站起来说:

"得有人自愿报名搞武器。最好有几个欧洲人参加。"

赫梅尔里克走到他身旁。楼上的孩子又叫开了。

"孩子在回答你,"赫梅尔里克说,"够受的吧?你有什么办法呢?一个短命的孩子,再加楼上那哼哼唧唧的女人……真不怎么样啊,要想不碍咱们的事情……"

语调里好像饱含着怨愤。它倒的确是从这长着弯鼻梁的脸面上发出来的:垂直泻下的光线已将他深陷的眼睛照成两个黑洞。

"各司其职吧,"强矢答道,"唱片也是必需的……有我同加托夫顶着呢。咱们去找人吧。顺便能弄清明天发不发难。我……"

"旅馆会发现那具尸体的,明白吗?"加托夫道。

"天明以前不会。陈把门锁牢啦。那里没有夜间巡逻。"

"那中间人也许定了约会?"

"在这个时辰?不可能。无论如何,当务之急是想办法改变船的抛锚地:这样一来,他们要想登船就至少得先浪费三个钟头。船此刻正停泊在港口边上。"

"你准备让它到哪里去?"

"让它进港。当然不能靠岸。港口里停泊着几百艘汽船。至少浪费三小时,至少如此!"

"船长会怀疑的……"

加托夫几乎从不喜形于色:他的脸上依旧是一副含讥带讽的快乐神情。此刻,只有语调反映出他的焦虑:反映得格外突出。

"我认识一位武器买卖的行家,"强矢说,"船长对他准能信得过。咱们手头不宽,但一笔佣金是付得起的……我想大家看法一致:咱们借这份文件先登船,然后再想办法,对吗?"

加托夫耸耸肩,似乎认为这不在话下。他披上短工装,可从不扣上硬领扣儿;又将挂在椅背上的运动装递给强矢。两人都同赫梅尔里克紧紧握手。怜悯会使他更加感到屈辱。他们一同离去,很快走出大马路,迈进中国城。

几块沉沉的低云密集到一处,有些地方撕裂为碎片,只在缝隙深处才让几颗阑珊的晨星放出光芒。云霭的这种流动使黑夜有了生气。夜显得时而轻盈、时而密重,似乎不时袭来幢幢庞大的阴影,把黑夜描得更黑。加托夫和强矢脚踏绉胶底运动鞋,只有走泥路打滑时才听得见自己的足音。在租界,即敌人方面,一丝微光环照着屋顶。风里灌进了悠长的汽笛声,吹来戒严的城市趋于沉寂的嘈杂声和追上军舰的汽艇的嚎叫,此刻又吹拂着死胡同和街巷深处凄惨的路灯。巷子里剥蚀的墙壁从荒凉的暗处脱颖而出,一动不动的光柱烘托着壁上的种种斑痕。从这光柱里流泻出的仿佛是永恒的污垢。正是在这些墙壁的荫庇下,生活

·人的境遇·

着五十万居民:有纺织工人,有自幼便日日操劳十六小时的民众,有患着溃疡、染上脊柱侧凸病、忍饥挨饿的人群。灯罩的玻璃渐渐模糊。不出几分钟,中国式的急风骤雨就将袭来,威力所至将席卷全城。

"这街区倒蛮好。"强矢琢磨着。一个月来,他挨着个儿遍访各小组,忙着准备起义,也就不复留意观察街道:眼下他已不再在泥泞中徜徉,而是行进在一幅平面城区图上。千万普通人日常生活的骚动声消失了,另一种生活正压倒一切。租界、富户区,连同暴雨冲过的这些街尾铁栅栏都不复存在,存在的惟有它们所象征的威胁、惟有路障和无窗的监狱长墙;相反地,在这些穷街区(即突击部队最多的街区),却惊动着群众的脉搏:他们正伺机进击。在一条街巷的拐角处,他的目光忽然被一条宽街明亮深沉的灯光吸引:宽街虽被哗哗豪雨的水帘遮挡,却在强矢脑际映出一片远景:若要攻打此街,就须对付纵深方面的步枪、机枪射击。二月哗变失败后,中共中央便指派强矢负责协调起义部队。氤氲浓郁的豪雨冲击着这些沉静的街,路侧的屋影已在雨中冥逝。在这一条条无声的街上,战士正在猛增。强矢要求兵力由两千加到五千,军委领导要求月内达标。武器配备却不足二百条步枪("山东号"则载有三百带托左轮。此船正半睡半醒地停泊在江中)。强矢组建了一百九十二个战斗组,每组约二十五人。只有组长才配武器……他方便中视察了一处公共停车场:场上停满改作"公共汽车"的旧卡车。停车场已一律入"册"。军委下设参谋部,党代会已选出中央。起义枪响,即须确保两者与突击组的联络。强矢设了一支由一百二十人组成的自行车联络队。打响后,八个小组即应分头占据车场并夺取汽车。有关组长已经察看过停车场。其余组长研究所管街区已有十天。仅今日就有不少生客溜进主要楼房,要求访友(其实并无此"友"),在那里交谈、请客喝茶,然后翩然离去!多少工友冒着大雨在"修屋顶"!对巷战稍有价值的阵地都已被侦察过。在突击小组值班处,已在平面图上标明最佳射击点。强矢对起义秘密活动的已知部分启发他了解不知道的部分。某些事却是他不能料想的,它们发生在闸北和浦东:那是碎裂的两叶巨翼,遍布着工厂与苦难,它们将摧毁市中心强大的神经中枢。看不见的人群为这最后审判之夜注满活力。

"定在明天吗?"强矢问。

加托夫犹豫片刻,停住那双大手的摆动。不,这问题不是向他,也不是向任何人提出的。

他们静静地走着。滂沱大雨渐渐变成蒙蒙雨丝。屋顶上噼噼啪啪的雨点化作轻轻的淅沥声;在漆黑的街道上,只听得下水道忽高忽低的潺潺声。他们面部的肌肉已放松。强矢此刻已见到街道本色:漫长、漆黑,而又无所牵挂。他好像追回了既往岁月。

"你认为陈的去向怎样?"强矢问,"他说要在清晨四时才到我父亲那里。现在是去睡觉了吗?"

这发问中既有赞赏又有狐疑。

"我不知道……他并不贪杯……"

他们走到一家小店前,店号是夏记灯具铺。像每一家店铺一样,铺板都已插上。有人来开了大门。一位身材矮小、其貌不扬的中国人站在面前,他背后灯光暗淡。头部四周好像有一圈光环;只要微微一动,那光环便射出一种油亮的反光,照着长满小肉赘的大鼻子。柜台上吊着两只灯笼,辉映着数百具防雨灯罩,这光芒终于在深不可测的店铺底处的黑暗中消逝。

"情况如何?"强矢问。

夏热心地搓着手,同时凝视着强矢。他默默转过身去,在什么隐蔽的角落搜寻一番。他的手指搔着了某种白铁器,声音颇刺耳,弄得加托夫牙齿打战。这时夏走回来,身上的两根西装背带左右晃动着……他读着取出的文件,面孔几乎紧贴自下而上照来的那盏灯。那是同铁路员工进行联络的军事小组上呈的一份报告。针对革命力量的上海城防后援是从南京发派的。铁路员工已宣布罢工。白军和政府军正在处决拒开军列的一切员工。

"被捕的一位司机曾故意使机车出轨,"那中国人念道,"已被处决。昨天又有三次军列出轨:路轨早在事先被挖走。"

"应当大规模地破坏铁路,还应当在同一报告中写明速修办法,"强矢说,"还有:没有运送武器的车皮吗?"

"没有。"

· 人的境遇 ·

"咱们的人什么时候到真如①?"

"尚未收到夜报。工会代表估计在今夜或明天……"

起义大约在明后两天发动。得等中央发话。强矢口渴了。他们一同出去。

两人离预定的分手处不远。轮船的汽笛又鸣响了。三短一长。在饱含水气之夜,这鸣声似乎很得意。终于,它如礼花一般撒落下来。

"他们在'山东号'上会遇到麻烦吗?"

真荒唐:船长八时以后才见客。他们又往前行走,不觉走向那艘船,它正停泊在泛着绿色的冰凉河水中。这是因为船上装满了一箱又一箱的手枪。雨停了。

"但愿我能找到那个人,"强矢说,"不过'山东号'换个停泊点,我心头踏实些。"

他们再往前走就不同路了,于是定了约会时间和地点便分手了。加托夫是去找干活的人。

强矢终于来到租界的铁栅栏门前。两名安南兵和一名殖民军上士来验证件:所持证件是法国

---

① 上海前一站。

27

护照。为了引诱哨兵,一名中国小贩在铁丝网尖刺上挂了一串串小点心。(强矢暗想:必要时倒是个好招儿,可以用来对哨兵下毒!)

上士退还了护照。强矢很快找到一辆出租车,吩咐开往黑猫舞厅。

车开得飞快,路上遇到几班夜中巡逻的欧籍民防团员。报载:"在此值勤者分属于八国驻军。"这倒没有什么。国民党无意袭击租界。车窗外面是荒凉的林荫大道、小贩的身影与货郎担……汽车驶到一座小巧玲珑的花园门口停了下来。门口挂着明亮的招牌:"黑猫园"。强矢经过衣帽间时看了看表:已是凌晨两点。

"幸好各式装束都可以入内。"他琢磨。他自己现在着深灰色粗布运动上装,内衬羊毛套衫。

爵士乐响得叫人头疼。五个小时以来,它保持的不是欢乐的气氛,而是一种粗犷的醉意,每对舞伴都沉湎其中而又不无焦虑。音乐戛然而止,人群便散了开来。大厅深处站立着顾客,两边侍应着的是职业舞女:有穿织锦旗袍的中国姑娘,也有俄国女人和混血女人。一张票跳一曲舞,或陪谈一次。只见一位老人,样子像惊诧的牧师,仍旧

· 人的境遇 ·

站在舞池中央,胳臂比画着,像只笨鸭。他年已五十有二,首次不在家宿夜,因怕老婆而不敢回去。八个月来,他靠在夜总会厮混度过不眠之夜。他不会洗衣,就跑进华人衣铺,躲在屏风后面换衬衫。快破产的批发商、舞女、娼妓,自己觉得处境艰难者几乎都盯着这人影儿,倒好像他一人能在临渊之际拉住他们。直到拂晓时分,他们才睡眼惺忪地去就寝;而在中国城,屠夫的历程又将重开……在这一刻,只能瞥见被斩下的头颅,挂在黑魆魆的笼子里,雨水湿漉漉地顺着发丝流淌……

"亲爱的,穿上长尾猢狲式的服装!人家会把他们扮成长尾猢狲模样的!"

这调侃的语调,是对波里希奈尔①的模仿,像是从一只圆筒里发出来的。那鼻音颇为浓重而又不胜凄楚,很能显出这场所的气氛。在一片沉寂中,这声音略微显得孤单,但在那位表情惊诧的牧师上方,却响着杯碗相碰的撞击声:强矢正在寻找的,就是这位先生。

强矢绕过大厅尽里的一根圆柱子,就一眼发

---

① 波里希奈尔,意大利喜剧里的丑角,驼背。

现了他。这儿有几张舞女们尚未占据的茶桌,纵向排列成行。女人们披锦戴缎、袒胸露臂,在她们的上方,一位骨瘦如柴,虽无驼背,却声若其人的波里希奈尔,正向同桌的俄国女人和菲律宾女郎发表一篇滑稽的演说。他站在那里,臂肘紧贴躯干,用手比画着,以尖削的脸的全副肌肉配合着谈吐;不过他的表情却稍受右眼黑丝绸眼罩的妨碍(大概这右眼受过伤),使他颇具皮埃·尼克莱①的模样。不管德·克拉皮克男爵怎样穿戴(他今晚穿燕尾服),他的模样总好像经过乔装打扮。强矢决定不在这里,而要等他朝外走时再招呼他:

"定会如此,亲爱的,定会如此!蒋介石将率革命军开入上海,并以文言文(我要对你讲清:是——以——文——言——文)下令,如同他拿下某些城市时所做的那样:'将此等商贾饰以长尾猢狲服;着此等军人披豹斑迷彩服(就像沾上油漆未干的长凳条纹一般)。吾人将如末代梁王(确实如此,我的好人儿!)之登临龙舟,观化装之臣民以自娱!而彼等依行业分着蓝、赤、绿色,系

---

① 皮埃·尼克莱,动画片中的知名人物。

长辫并饰绒球!'绝啦,亲爱的,真绝! 听我说呀!"

然后换用神秘的腔调:

"惟允以瓜皮帽击节相配!"

"那么您又将在这当中扮演什么角色呢?"

于是拿出怨愤的语气:

"怎么,亲爱的,你竟猜不着? 我将以望星占卜供职于朝廷,将向水中捞月而死。那将发生在我酩酊大醉之夜——或许就在今宵?"

又转成学究的口风:

"就像诗人杜甫一样①。其诗作肯定是动人心弦的(绝啦! 我确信如此),能给无所事事的岁月增色。何况……"

一艘战舰的呜呜长鸣回荡在整个大厅。接着是铙钹一记猛击,舞步翩翩再起。男爵在一旁坐下。于是强矢在桌子和舞伴间穿行,来到男爵身后不远处的一张桌旁。此时乐队压倒一切声响;但强矢因为挨近克拉皮克而又闻其语声。男爵轻轻抚爱着菲律宾女郎,一面继续对容颜清癯、两眼

---

① 原文如此。疑为"诗人李白"。

溜圆的俄国女人说话:

"……亲爱的,可惜当今人们已没有想象力了! 越来越没有了!"

不时他又伸出食指说:

"……某次欧洲一位大臣给妻子寄发一个邮包。她打开邮包一看——真绝啦……"

又将食指放到嘴唇上:

"……竟是她情夫的首级!"

接着用哭哭啼啼的腔调说:

"时过三年,还在议论不休! 真惨呀,亲爱的,真惨呀! 瞧,你可瞧见我这颗脑袋了吗? 二十年来祖传的奇思异想呀,结果竟如此! 这好比梅毒:真绝啦!"

又好不威风地喝令:

"堂倌,给两位女士上香槟! 我也来一杯……"

再用神秘莫测的口气说:

"……一小杯……马提尼酒①!"

又声色俱厉地说:

---

① 一种开胃酒。

· 人的境遇 ·

"要纯干的!"

("最坏的打算,把警察纠缠计算在内,"强矢想,"我还有一个钟头。可这里还会耽误很久吗?")

菲律宾女人笑着,或者假装笑着。至于那个俄国女人,她睁大眼睛,竭力想弄清事理。克拉皮克不停地做着手势,食指老在指指点点,权威的语气逼人,神秘却引人注目。但强矢几乎不怎么听他的:热气本已令他发木;而同时,在他走路时整夜未停的焦虑,此刻却化成隐隐的疲惫。还有那张唱片:方才在赫梅尔里克家中他竟未能辨别出自己的声音!想到这里,他有一种复杂的忐忑不安的心情,如幼时亲见外科医生切下的自己的扁桃腺一般。但他已不能想下去了。

"……总之……"男爵喊道,一边眨着那双睫毛稀疏的眼睛,转身对着那俄国女人。他想起自己在匈牙利北部拥有的一座古堡。

"您是匈牙利人吗?"

"才不是哩。是法国人。(何况,亲爱的,我并不在意,毫——不——在——意!)不过家母却是匈牙利人。"

"当年我亲爱的外公就住在那儿一座古堡里,里面有许多宽敞的大厅(确实很宽敞),地下埋着已故的同事,四周长着冷杉,许多冷杉。老人已丧偶,过着独居生活。壁炉上方高悬一个大——得——出——奇的猎号。那一年正好有一个马戏班子路过。他就同一位驯马女郎相好啦。她长得很漂亮……"

又学究气十足地强调:

"我说的是:很——漂——亮——呀!"

又重新眨巴着两眼:

"……把她拐来啦:那倒不难。他将她带进一间大厅……"

又举起手来好引人注目:

"绝啦! ……她就在那里过活。过了好一段日子。久而久之就生腻啦。你也生腻啦,我的小妞儿(他挠挠那菲律宾女郎)! 可是别着急……他也绝非不正经:他每天下午要用一半时间请理发师(当年古堡配有理发师)修脚剪指甲,同时让秘书(是满身油垢的农奴的儿子)为他大声朗读(其实是一读再读)家史。真是绝妙的活计呀,亲爱的! 生活真是妙不可言! 何况他经常喝得烂醉

· 人的境遇 ·

如泥!她嘛……"

"爱上了那男秘书?"俄国女人问。

"这小妞可真聪明,真——聪——明!亲爱的,你真聪明呀!真是精明过人!"

于是吻吻她的手。

"……不过她同床的却是那修脚工,她可不像您这样看重精神。后来有人发现我亲爱的外公常揍她。绝啦,无计可施:人家双双出走啦!"

"被甩掉的人儿气急败坏地在各个大厅里来回踱步(地下照旧埋着故人),说那两个坏蛋太小看人啦。却说那对情侣兼程赶到县城,住进一家果戈理格调的小客栈:院子里有只破水罐儿,还停着几辆轿式马车。他取下那个特大的猎号,可没法儿吹响。于是派总管去召回农民(那时他还掌握某些特权),并发了武器:总共五杆猎枪、两支手枪。可亲爱的,农民的人数太多啦!

"于是将古堡来个大搬家:乡下佬开始大进军(请想一想、想一想呀!),他们配备了花剑、火枪加纺车,天知道还有什么东西!还有长剑、德国古剑,外公打头杀向县府:一支复仇大军兴师问罪来啦。人家通报他们大驾光临。乡村警察带着宪兵来啦：真是好戏连台呀！"

"怎样呢？"

"没怎样。人家缴了他们的械。外公毕竟杀到了县府。不过那对冤家可早就抛开果戈理格调的客栈，搭上一部盖满尘土的马车扬长而去。外公便找了一位农家姑娘代替那位驯马女郎，换上一名新修脚工，同秘书一起把杯畅饮。每隔一些时日便拿出多份珍贵的遗嘱，取其一种增订修补一番。"

"钱都留给谁了呀？"

"这就问得没意思啦，亲爱的。不过外公去世的时候……"他睁大眼睛说——

"……人家弄了个水落石出，弄清这醉醺醺的贵人在修脚和读小报的当儿，都在起什么念头！人家遵嘱将他葬在小教堂的一方大墓穴里，立于被杀死的战马之上，如阿提拉大帝①一般……"

爵士乐的吵闹戛然而止。克拉皮克依然滔滔不绝，但与波里希奈尔已大不相同，他的小丑动作似乎已被寂静冲淡：

---

① 阿提拉大帝（约406—453），匈奴人之王。

· 人的境遇 ·

"阿提拉大帝死后,人们将他直挺挺地扶上他生前惯骑的烈马,屹立在多瑙河之滨。荒原落日将他的身影映照得高耸入云,敌人的骑兵吓得魂不附体,纷纷落荒而逃……"

他如在梦呓,沉浸在一片想象、醉意和骤发的寂静中。强矢知道该向他提什么条件。虽然父亲同他是老友,强矢却不太了解他,尤其不了解他此刻扮演的角色。他很不耐烦地听完男爵的絮絮叨叨(假如这时男爵前头空出一张桌子,他会就势坐下,并示意一同出去片刻。但他不愿挨近男爵,也不愿大张其事地招呼他),不过听来也不无几分兴趣。刻下那俄国女人开口了,语流悠缓、嗓音嘶哑:或许她是因为失眠而懵懵懂懂:

"我家曾祖也有极好的地产……我们出走是因为共产党作乱,不是吗?是为了与众不同、也是为了保持尊严。在这里,咱们二人一桌、四人一室啊!四人一室……还得交房租。尊严……但愿酒精不会搞得我一身病啊……"

克拉皮克凝视着她的酒杯:她几乎滴酒未进。而那位菲律宾女郎却正相反……她很安详,像一只猫那样借着三分酒酣在取暖。不必管这些吧。

男爵转身问俄国女人:

"您手头没有钱吗?"

她耸了耸肩。男爵叫过堂倌,以一张百元大钞付清了账。等找回钱来,他取出十元,剩下的全给了那女人。她以饱含厌倦的精明目光瞧瞧他:

"好的。"

她站起身来。

"不好。"他应道。

他露出一副好好先生的可怜相。

"不好呀,今晚会叫你觉得烦腻的。"

他拉着她的手。她又瞧瞧他:

"谢谢。"

她有些踌躇。

"没关系……假如您情愿的话……"

"哪天我手无分文时,就会更情愿啦……"

波里希奈尔又再次亮相:

"那不用很久……"

他将她的双手合十,照着上面一次又一次地亲吻……

强矢付清了账,在杳无人迹的走廊里追上克拉皮克:

· 人的境遇 ·

"咱们一起出去,行吗?"

克拉皮克定睛一瞧,认出了来者:

"您到这种地方来?可真新鲜呀!不过……"

这颤巍巍的声音被他自己举起的食指所打断:

"年轻人,您这可是自甘堕落哟!"

"算啦……"

两人向外走去。雨虽已停止,空气里却依旧充满水气。他们在花园沙径上踱了几步。

"港里停泊着一艘装满武器的汽轮……"强矢张口道。

克拉皮克停了下来。强矢却多跨出一步,眼下只好掉头相看:男爵的容貌已几乎辨不太明,但黑猫舞厅的标志(那只闪闪发光的大猫咪)却围着他的面孔,照出一圈光环:

"是'山东号'啰。"他说。

夜景和他立足之处(正好置身于逆光中)使他可以不露任何声色。他并不多说一句话。

"政府已出了价,"强矢又道,"每支手枪三十元。还没有回音。我却有三十五元的买主,外加单价三元佣金给您。条件是在港口里立即交货。

具体地点可听凭船长决定,但以港内为限。让他立刻驶出抛锚的地方。今夜就做到买卖两讫。同他的代理商签约:合同草案已备好。"

他将文书递给克拉皮克,点燃打火机,用手遮挡住了火苗:

"他想从买方身上揩油,"克拉皮克边读合同边琢磨着,"……零配件……每件货物净赚五元。这是明摆着的。我无所谓:那三元总归了我呀。"

"好呀,"他扯着嗓门儿说,"您当然要留下合同!"

"当然。您同船长熟不熟?"

"好人儿,要说比他更熟的朋友,自然也有。不过反正认识他嘛。"

"他或许会生疑,尤其因为他眼下居间,做保人。政府可以不给钱,派员没收武器,对吧?"

"那不会的!"

又拿出了波里希奈尔的架势。但强矢等他往下说:船长能靠什么办法阻止他强矢的人,而非政府人员去接收武器呢? 克拉皮克以更深沉的音调说:

"这批货由一位正经的批发商送来。我对其

人是了解的。"

又含讥带讽地说:

"可真是个卖国贼啊……"

这声音在夜色里显得古怪,因为没有任何面部表情与之相配。语调提高了,好像是在定一桌鸡尾酒席:

"十足的卖国贼,不折不扣呀!因为这前前后后都通过某国公使馆……绝啦!这由我负责。可先得花一大笔车钱:船离此地挺远……我可只剩下……"

他伸手到衣袋里摸来摸去,只抽出一张钞票,转身借招牌的灯光照了照。

"……十元,老兄!这可不行。过些时候我或许要为费拉尔购下您舅公嘉摩的画作,可眼下……"

"给你五十元够吗?"

"绰绰有余。"

强矢照付了给他。

"办完请通知到我家里。"

"好的。"

"一小时之内行吗?"

"我想要稍长一点时间。不过一旦可能就会立即通知。"

接着,他惟妙惟肖地模仿刚才那俄国女人的语气说:

"假如酒精不会弄得我一身是病的话……"那音调几乎可以乱真。此地的活物似乎都在同一绝望的深渊中相遇:

"这一切全都没劲儿……"

他低头猫腰、不戴帽子、两手插在燕尾服口袋里走了,那样子活脱脱是他本人的漫画。

强矢叫了辆出租车,命令司机开到毗邻租界的中国城区小街上,即他与加托夫事先约定的接头点。

同强矢分手十分钟后,加托夫穿过几条走廊,走过若干小窗口,来到一间空空荡荡、刷得洁白被防雨灯泡照得通明透亮的屋子里。这间屋子并无窗户。一个中国人为他开了门。从开门人的胳肢窝下望去,有五个人正低着头,围桌而立;然而此刻他们都转过目光来望着他,望着各突击组无不熟悉的高大身影:他两腿岔开、摇荡着双臂,敞着

·人的境遇·

上装的颈扣,鼻孔朝天,头发蓬乱。他们正在分发各种类型的手榴弹。这里是一个组,即强矢和加托夫在上海组建的共产党战斗组织之一。

"报名的有多少?"他问。

"一百三十八人。"最年轻的那个中国人回答。那是一位脑袋很小、两肩下陷而喉结突出的青年,身着一套工装。

"我今晚一定得有十二条好汉才成。"

一定得有,在加托夫通晓的各种语言中这个词儿的含意都一样。

"什么时候要?"

"即刻就要。"

"在这个地方?"

"不,在雁荡栈桥码头。"

那中国人发了若干指示:他手下的一名战士出发了。

"他们将在三小时内到达指定地点。"领头的那一位说。

从枯槁的两颊和高大干瘦的身躯看来,他似乎很虚弱。但从语气坚毅、面部肌肉结实来看,他却是个锐敏顽强的人。

43

"有什么指示?"加托夫问。

"关于手榴弹,问题已经解决。所有的同志都已熟悉使用的型号。手枪呢,至少是拉康枪和毛瑟枪,也已合乎要求。我让他们做空弹壳演习,但为了做到这一点,至少也得会放空枪……我来不及带他们下乡啦……"

在准备起义的四十间屋里,同样的问题已问过一遍。

"火药供应不足。或许会有货源。现在先不提此事。步枪呢?"

"也已能使用。我不放心的是机枪,没有练过射击呀。"

每答一句,他那突起的喉结便要在皮下起落几次。他又说道:

"还有,难道没有法子多弄点儿武器来吗?七杆步枪、十三支手枪、四十二枚填药手榴弹!竟有一半人没有配备火器!"

"我们会从有武器的人身上缴获的。或许不久会有一批手枪。假定明天动手,你那个小组还有多少人不会用火器?"

那人沉思片刻。由于专心致志的缘故,他反

而显得有点魂不守舍。

"这是一个知识分子。"加托夫暗想。

"咱们什么时候从警察手中缴一批步枪过来?"

"肯定要缴的。"

"一多半人不会用呢。"

"手榴弹怎么样?"

"都会用,并且很擅长哩。我手下有三十位在二月份受难的烈士的家属……不过除非……"

他犹豫了片刻,以某种含混的手势打住了话头。他的手有些变形,皮肤倒很细嫩。

"除非什么?"

"除非这批混蛋动用坦克来对付!"

六名战士都在凝视加托夫。

"没关系,"他答道,"把手榴弹捆成六枚一束,拿起就往坦克下面塞。不得已的时候还可以挖壕沟,至少可以单向挖。你们有工具吗?"

"工具极少。不过我知道在哪里能搞到。"

"还要让你的部下缴获一批自行车:起义一打响,除中央的联络交通外,各组也应有联络员。"

"你相信准能把坦克炸掉?"

"准能。别发愁:坦克不会调离前线。万一调离,我立即率别动队前来。那是我的本分嘛。"

"我方假如遭到突袭呢?"

"坦克是一眼就看得见的东西;我们在附近安排了观察哨。带一大捆手榴弹走,找三四个信得过的人,每个人发一捆……"

组里尽人皆知:加托夫在奥德萨事件后被判了徒刑,关进一间不太艰苦的牢房。他却自愿下到铅矿里去,陪同那些不幸被判当矿工的人,并且借机教育他们。战士们信任他,但心里还是感到惴惴不安。步枪和机关枪他们都不怕,就是怕坦克。他们觉得:自己处在坦克面前,简直是毫无办法。就拿这间屋子来说吧,只有志愿人员才进这屋,他们又几乎统统是烈士的家属,但在这里坦克也似乎神通广大,令人生畏。

"要是冒出坦克,不必担心,还有我嘛。"加托夫又道。

靠这句空话哪能就把人打发了?下午他视察过十多个小组,未见有人害怕。这帮好汉不会比别人胆怯,但更稳重。加托夫知道自己没有解除

· 人的境遇 ·

顾虑的法子,也知道除了他亲督的别动队,革命军见了坦克会望风披靡。坦克或许不能调离前线,但万一开进市区,在星罗棋布的大街小巷里,单靠壕沟是很难把它们统统挡住的。

"坦克决不可能调离前线。"他断然说道。

"怎样将手榴弹捆成一束呢?"最年轻的中国人问。

加托夫便教他怎么干。此刻气氛稍有缓和,似乎这操作就能保证胜利。加托夫借故走开了。有一半人不会用手里的武器。他至少可以指望他训练过的专管解除警察武装的战斗小组。明天。可是后天怎么办呢?军队在挺进,每小时都在靠拢,并指望城里人起义。或许真如车站已经拿下来。强矢折回时,他们也许会在某个消息站得到喜讯。灯具商在十时以后就没有获悉过新情况。

加托夫在小街等候,来来回回走动着。强矢终于到了。他们相互通报所做的事情。两人都足踏软底胶鞋,在泥泞当中往前走。强矢瘦小灵活,像东洋种的小猫。加托夫边走边摇动两肩。军队在前进,步枪上闪烁着雨滴的微光,开往粉红的夜上海……难道这进军已经停了下来吗?

他们途经的是中国城第一条街,由于毗邻欧洲人的居住区,就形成了各类动物商店云集的一条街道。所有店铺都关了门;街上没有一只动物,也没有犬吠打破沉寂。有的只是断断续续的汽笛声,和残雨从屋顶突角掉进水潭的嘀嗒声。牲畜禽鸟都已熟睡。他俩叩门入室,走进了一家活鱼商店。惟一的灯光,是插在回光镜正中的一支蜡烛。它的微光映照在一排涂了磷的瓶瓶罐罐上(它们像阿里巴巴大盗的大罐子一样排成一列),里面影影绰绰的沉睡着名贵的中国金鱼。

"定在明天?"强矢问。

"明日一时。"

屋子尽里的柜台前,一个模糊的人影在伏案小睡。他几乎不抬头地回了话。这里是国民党传递信息的十八个值班处之一。

"是正式决定?"

"是的。队伍已到了真如。正午十二点开始总罢工。"

暗处的情景并无变化,在室内凹部小睡的商人也没做任何动作,但所有瓶罐的磷光水面都漾开微波;一些黑色的涡形涟漪悄然泛起:原来是人声将金鱼惊醒了。又一声汽笛在远处渐渐消逝。

他俩出门继续赶路,又走上双共和大道。

叫了一辆出租汽车。车子以放电影的姿态启动。加托夫坐在司机左边,此时正侧过身来端详他。

"他正在发鸦片烟瘾。真糟糕。我是下定决心不要在明晚之前送命。镇静些,小伙子!"

"克拉皮克会把那艘货船调过来,"强矢说,"在官办成衣店干活的同志们能供应一批警服的——"

"不必啦。我已经弄到一二十套,放在总值班处。"

"带上你的十二条好汉上汽艇吧。"

"你还是不去为好……"

强矢默默瞧着加托夫。

"还不是万分危险,但也不是稳操胜券。你心里要有数呀。比这笨蛋司机造成的危险要大,你瞧他想重新加速哩。还不到你送命的时候。"

"你也一样。"

"不一样。我嘛,现在可以有人代替我,你要明白……希望你来负责那辆接应武器的卡车,以及分发工作。"

他踌躇着,手放在胸前,样子很为难。

"应当让他自己明白。"他思忖。强矢一语不发。汽车继续在被浓雾淡化了的光柱间穿行,他无疑比加托夫更有用处:中央虽然对他的种种安排也一清二楚,但那是写在卡片上的;他对这座城市却感同身受,深谙它的弱点,有如自己身上的伤痛。任何同志都不可能像强矢那样反应又快又准。

光柱越来越多……租界的装甲车再度出现,又再度罩上阴影。

汽车停下。强矢下了车。

"我去找些旧衣服,"加托夫说,"一切准备停当后,会派人来接你。"

强矢父子同住一座中式平房:中央是一方花园,四围是房屋。他穿过第一进屋宇,再走过花园,来到正厅:左右两侧白墙上悬挂着宋代名画;夏尔丹[①]蓝的凤凰图;大厅尽里供奉着一尊魏代

---

① 夏尔丹(1699—1779),法国风俗和静物画家,其静物画尤重色调和质感。"夏尔丹蓝"是指略带灰暗的蓝色。

佛像,风格差不多近于罗曼式。有一张整齐干净的半榻,和一张鸦片桌。强矢身后是明亮的玻璃窗,如作坊的玻璃一般光洁。父亲辨出他的足音便闻声而至:他患失眠症有好几个年头了,只是到拂晓时分才能小睡几个钟头,所以对凡能填满漫漫长夜的事情都很欢迎。

"晚安,父亲。陈要来看看您呢。"

"好呀。"

强矢的容貌同父亲并不相像。似乎有了母亲的日本血统,就足以把老吉索尔的苦行僧脸谱改造得柔和细巧:今夜他穿一身驼毛睡衣,因而更突出了苦行僧的特征。两者结合,便铸成儿子日本武士的相貌。

"他出事了吗?"

"是的。"

两人都坐下。强矢并没有睡意。他转述了克拉皮克方才的话,只是不提武器一事:并非因为信不过生父,而是要坚持对自己的生活独立负责。这位北京大学社会学老教授因授课内容被张作霖逐出校门,他造就过中国北方最优秀的革命干部;虽然如此,他本人却不参与行动。强矢一来,他的意志便化作智慧(他并不很喜欢这样):他感兴趣的是生灵,而不是武力。因为强矢对父亲谈起过克拉皮克,老人对他也是相当了解的。这样,男爵在强矢心中更显得神秘,比刚才见面时更神秘。

"分手的瞬间他借了我五十元钱……"

"他没有私心,强矢……"

"可他刚虚掷了一百元,我可是亲眼看见的。说谎成性总不太叫人放心啊。"

他想弄清克拉皮克可资利用到什么程度。父亲则像通常一样,想探究这个人的主要特性。但是人的深层思想很少会化作当前的动因。强矢这时念念不忘的是那批手枪。

"要是他需要摆阔,那么为什么不设法让自己变成阔佬呢?"

"他曾经是北京古董商中的首富啊……"

"假如不是为了制造一种阔绰的自我幻觉,那又为何要在一夜之间挥霍得囊空如洗呢?"

吉索尔眨巴着两眼,将那略显过长的白发甩向后脑勺;他那长者的话音仍极清晰,虽然已稍欠中气:

"他的说谎癖难道不是对生活的一种否定

吗?是否定,而不是忘却。在这些事上,别相信有什么逻辑可言……"

他稍稍将手伸出;他那轻微的手势几乎从不指向左右两侧,而总是向前:他的动作假如是在发挥某句话,则好像是要抓住,而不是推开什么东西。

"方才的一幕似乎意在说服他自己:虽然他在两个钟头内过得像阔佬,但阔绰本身却是不存在的。贫困也不存在。这才是关键。万物皆不存在:一切如梦幻。别忘了酒精,它促使克拉皮克……"

吉索尔悄然一笑。他的嘴角挂着这丝笑意;虽然他的两唇日见瘦薄,嘴角业已下垂,这丝笑容在表达意义上却比语言更丰富多样。二十年来他一直用智慧为人们作辩白,从而深受爱戴;人们感谢他的仁厚,却料不到源头在鸦片。有人说他像佛教徒一样有耐心,却不知那是瘾君子的耐心。

"谁也不能在否定人生中度过人生。"强矢答道。

"这样的人生是很艰难的……他需要度过艰难的人生。"

"他是不得已而为之的。"

"'不得已'的部分包括经营古玩(或许还有吸毒)和私运武器……与他(很可能)厌恶的警方相勾结:而警方里应外合搞这类小动作,充作正当收入……"

这倒无妨:警方深知共产党钱不够用,买不起秘密进口商转手的武器。

"受过什么苦便成什么样的人,"强矢说,"他受过什么苦呢?"

"比起他的谎话或欢乐,他受过的苦未必更重要、更有意义,或更含有深蕴,对吗?他毫无城府,也许这是对他最好的写照,因为这很难得。他尽其所能地为此奋斗,可这需要天分……强矢,当你同某人素无交往时,你得费心去思索,才能对他的作为有先见之明。克拉皮克的作为嘛……"

他指了指鱼缸,缸里的黑金鱼像商店门口的长旗一样带着齿棱儿。它们正柔软地随意漂浮。

"就如它们一样。他贪杯,但他生就是抽鸦片的料:人们的嗜好也有误投误中的。许多人遇不上那本可解救自己的嗜好。这很可惜,因为他绝不是无能之辈。不过他的天地并不能引起你的兴趣。"

这话不错。假如强矢今夜不想战斗的事,便只能想他自己了。热气渐渐侵入他的肌肤,如方才在黑猫舞厅一样;有关唱片的想法缠绕着他,如同淡淡的舒心的暖流汩汩流进他的腿部一般。他提到:面对那些唱片,他觉得不胜惊异,竟以为是某次由英国商店录制的声音。吉索尔边听边用左手摸着尖下巴。他的双手很美,长着纤纤十指。他微微颔首,头顶虽光秃,却有一绺稀发落下遮住眼睛。他晃动头部将发绺甩开,目光依然望着远处说:

"我有时忽至镜前,却认不出自己……"

他用拇指轻揉右手各指,似乎想拂去记忆的粉尘。他兀自喃喃有声,那不绝的思绪似乎置儿子的在场于不顾:

"这肯定是个方式问题:咱们的耳朵是用来听他人声音的。"

"那么自己的声音呢?"

"那是以喉听之的:因为即使你塞上耳朵,也仍能听见自己。咱们不以耳朵相听的又一个天地是鸦片……"

强矢站起身来。父亲似乎不怎么留意。

"我今晚还要出门哩。"

"我能在克拉皮克面前替你帮忙吗?"

"不用啦,谢谢。晚安!"

"晚安!"

强矢躺下想解解乏,他正等候着。他没有开灯,只是静卧不动。现在不是他去想起义的事,而是起义(它正活跃在许多人的脑际,正如睡神在俘获另外许多人一样)向着他的思绪压来,将他的全副身心化为焦虑与期待。总共不到四百支枪。要么胜利,要么是一场枪杀外加若干小改良。明天。不,就在眼前了。是个抢先一步的问题:应在各处解除警察武装,以那五百支毛瑟枪武装各战斗小组,要赶在装甲列车运来官兵参战之前。起义应在下午一点钟打响(总罢工则须在正午十二点发动),战斗小组即应在凌晨五点前大部武装完毕。有半数警察穷困潦倒,大约会转向起义者。还有另一半。

"苏维埃中华",他想,在此为自己人夺得尊严。这样苏联的人口便等于增至六亿。要么胜利要么失败,人类的命运今夜将在此载沉载浮。除非国民党拿下上海之后想镇压自己的盟友共产党……他猛地一惊:花园的大门已敞开。于是回顾掩却了忧思:是妻子来了吗?侧耳谛听,房门在进人之后重新关上了。来人便是梅。她身上蓝皮大衣的式样模仿的是军服的剪裁,这就分外显示了她男子气的步态乃至脸相:一张大嘴、一只短小的鼻子,以及德国北方女人的高颧骨。

"是过几小时之后便发难吗,强矢?"

"是的。"

她在一所中国医院当医生,此刻从革命妇女小组来。她领导小组所辖的地下医院。

"你知道吗,同样的事一再发生:我刚照看了一位十八岁的姑娘,她在花轿里想用保险刀片自杀。人家强迫她嫁给一个凶狠的劣绅……送到医院时,红嫁装上已溅满鲜血。姑娘的母亲也跟着来了,她身材干瘦,自然是在放声大哭……我安慰她说那女孩儿不会死的,她却应道:'苦命的孩子呀!死了倒是走运呀……'走运!这两个字比之我们关于中国妇女地位的高论更能说明问题……"

梅是生在上海的德国侨民,在海德堡和巴黎获医学博士学位,讲得一口纯正的法语。她将贝雷帽朝床上一扔。为了方便,她的鬈发是朝后梳的。强矢很想摸一摸这鬈发。她的脑门儿宽阔,也极富男子气;但一停下说话,她却更像女性(强矢一直端详着)。这是因为意志一放松脸上便露出轻快之色,劳累反使紧绷的容颜有所弛缓,同时也因为脱下了贝雷帽。她天生一副光鲜活泼的相貌,得之于富有肉感的嘴和一对明澈的大眼睛:明澈到在长长的眼窝里照出额头的影子,使炯炯的目光似乎不是来自眸子,而是从这影子里漾出。

在灯光吸引下,一只矮小的白狮子狗突然闯了进来。她有气无力地招呼道:

"毛毛狗、苔苔狗、绒绒狗!"

她伸出左手一把将它抓住,举到自己的脸前,一边抚爱、一边笑道:

"拉宾①,拉宾·拉宾诺维奇!"

"它样子挺像你呢。"强矢说。

"是吗?"

---

① 法语"兔子"之意。此处含对爱犬的戏谑。

· 人的境遇 ·

她瞧瞧镜里的白毛犬,它的头正蜷伏在缩起的四爪上,依偎着她的脸。这种叫人发噱的相像是由于她那日耳曼式的高颧骨。她虽算不得长相很美,他却不禁大致想起奥瑟罗向苔丝德梦娜打招呼的句子:

"啊,我亲爱的女战士哟①……"

她放下狗,站起身来,那件穿戴不整,半开半合的大衣此刻突出了高高耸起的乳房,使人联想到高高的颧骨。强矢将当夜发生的事一一向她道来。她回话道:

"今夜住进医院的有三四十名搞宣传工作的年轻妇女……受了伤,逃出了白军的掌心。伤号越来越多。她们说大军已逼近。许多人被杀……"

"伤号中有半数活不了……伤痛惟有在不会死亡时才有意义。现在却几乎总是导致死亡。"

梅深思着。

"是呀,"她终于开口道,"不过这或许是男人的观念。就我、就女人而言,说来也怪,痛

---

① 见莎士比亚《奥瑟罗》第二幕第一场。

苦……却多半萌发着生命,而不是死亡的念头……或许这是由于对分娩的联想吧……"

她还在想:

"伤员越多、起义越临近,人们就越要上床做爱。"

"是呀。"

"我得告诉你一件事,或许会使你有些恼火……"

他支起臂肘凝望着她。她既聪敏又勇敢,但也常显得笨拙。

"昨天下午,我到底跟朗格冷睡了一觉……"

他耸了耸肩,那意思是:"这与我无关。"

但他的姿势,紧张的表情,却与这种淡然处之的态度并不协调。她倦怠已极地瞧着他,直射的灯光把她的颧骨照得更加轮廓分明。他也盯着她那在阴影下视而不见的眼睛,一语不发。他思忖着:梅此刻的容貌之所以富于肉感,是否因为含情脉脉的眼睛和微微鼓胀的嘴唇与脸上的线条恰成对照,反而增添了女性的特征……她往床边一坐,执起他的手。他正想要抽回这手,可终究还是由着她。她毕竟观察到这个动作:

"觉得难过吗?"

"我早就说过:你是自由的……"

"可是不要有过高的期待。"他不胜痛苦地补充道。

小狮子狗一跃就上了床。他将手抽回去,或许是为了抚摸那只小狗吧。

"你是自由的,"他重复说,"除此之外就无关紧要啦。"

"总之,我应当如实相告。即使是为我着想。"

"是呀。"

她应当明说与否,这在双方都不成为问题。强矢忽然想站起身来:他这样躺着,她却坐在床边,他就像被护理的一个病号……可这又是什么缘故呢?一切都是枉然啊……他却仍在凝视她,并发现她足以使自己经受痛苦。而数月以来,不论他是否在凝视她,却已经是视而不见。有时只流露少许表情……这种关系紧张的爱情(有如一个病儿将双亲联结在一起),这种生死与共的感觉,彼此交融的血肉之躯的谐协,如今已都不复存在,面对的惟有必将来临的大事:它使我们两眼习见的种种事物黯然失色。

"难道我对她的爱不如当初想的那样深沉吗?"他寻思着。不,即使在此刻,他仍然坚信:万一她死了,他献身事业就不再满怀希望,而会带着绝望的心情,好像自己也已僵死。然而什么也不能超越这容颜的香消玉殒:它仿佛已埋藏在既往的共同生活中,犹如消失在云雾里、尘土间一般。他想起有位朋友,由于爱人经年累月瘫痪在家,而深感她的智慧在消亡。他仿佛眼见梅也在这样消逝,眼见自己的幸福正荒谬地消逝,就像一缕淡云溶进灰暗的天空。她似乎已有过两次死:一次是在时间的意义上,一次是在她告知强矢的这件事上。

她起身直往窗前。她虽然很劳累,却行走利索。既然他已沉默不语,她便因为心情不安和情感上的羞涩,决定不再提起此事。她想躲掉这场毕竟难躲的交谈,想随便说些什么以示温情,因而本能地借助他偏爱的万灵论:一株三月里的树正面向窗户在夜色中绽开,屋里的灯光照亮它还蜷缩着的嫩叶。在夜空衬映下,满树的叶瓣儿呈现一派嫩绿:

· 人的境遇 ·

"白天它将嫩叶深藏于枝干,"她说,"而会在今夜人们看不见的时候将它们呈献。"

她似乎是在自言自语。但听了这语调,强矢又怎么会把意思弄错呢?

"你本可另外找一天嘛。"他还是喃喃地说。

他用肘臂支住脸,对着衣镜自顾自盼。在洁白的床单衬映下,他的容貌很有一些日本人的气质。

"如果我不是混血儿,就不会……"他强压住恶俗或怨恨的念头,那会使他觉得愤懑有理,并且火上加油。他凝望着她,凝望着她,仿佛由于这容貌所造成的痛苦,它的一切生命力便可失而复得。

"不过强矢,正是在今日,这才没有关系……而……"

她接着又道:

"他的欲火很旺盛啊。"

面对死亡,这真是无所谓了……但她只是说:

"……我也是这样,明天就可能死的呀……"

也罢。强矢忍受着最难堪的痛苦:体验到它时,便有一种自惭形秽之感。其实,她有跟随便哪个人睡觉的自由。他感到自己不能左右这种痛苦,这痛苦倒能左右他。可这痛苦又是从哪里来的呢?

"强矢,你明白我……非常爱你之后,我曾有一回半真半假地问自己:我能与你一同下苦牢吗?我回答说,不知道。还说,也许难就难在坐穿牢底……你却认为,我一定会同去,因为你也挚爱着我。为什么到如今却反而不相信了呢?"

"下苦牢的总是那批人。加托夫准会下,即使他并未对谁钟情。他将为自己的人生观和自我价值观而去……下苦牢并不是为着他人啊。"

"强矢,可这都是男人之见呀……"

他在深思。

"然而,"他道,"爱那些能如此做的人,或许也为他们所爱:对爱情岂可抱更高期望?……还要想同他们清算一番,那不是疯狂吗!……即使他们本着自己的……伦理而行动……"

"不是本着伦理,"她缓缓地说,"若是本着伦理,我就肯定办不到啦。"

"不过,"他也缓缓道来,"这种爱情并不妨碍你同那人上床做爱,而你竟认为(如刚才说的),这会使我觉得恼火?"

· 人的境遇 ·

"强矢,我要告诉你一点奇特而真实的东西……就在五分钟前,我还一直以为你毫不在乎。或许那么想对我正合适……有些欲念与爱情毫不相干,尤其是在死到临头的时候(我只是惯见他人之死,强矢!)……"

不过忌妒是有的。之所以尤为恼人,在于它燃起的性欲是以感情为基础的。他阖上两眼,却仍旧支着臂肘。他竭力去弄懂(真是一份苦差事啊)。只听见梅急促的呼吸声和小狮子狗抓地的沙沙声。他感到痛苦,首先(可惜还有其次等等)是由于,他断定同梅睡觉的男人(总不能管他叫梅的"情夫"吧?)是小看了她。此人是梅的老同学。强矢几乎不认识他。但他明白,男人差不多都鄙视妇女。

"他既然同她睡过觉,就可以暗自管她叫'小婊子'。想到这里,我真想一拳把他撂倒。人的忌妒难道是出于假定对方有什么想法?可悲的人性呀……"

在梅看来,发生性关系并不等于作什么承诺。这家伙理应明白这一点。他跟她睡觉倒也罢,可万万别自以为占有了她。

"我变得很可悲哩……"但他毫无办法,何况这也不怎么要紧,他心里是明白的。顶顶要紧而又令他不胜烦恼的,是自己突然同她见外了,不是由于恨(虽则心头也有恨),也不是由于忌妒(或许忌妒正是如此体现),而是由于一种无以名状的情感:它同时间或死亡一样具有破坏力。他已不再能将她唤回。他重新睁开业已阖上的两眼。这熟悉而健壮的躯体是谁,这失落的侧影又是谁?她长着一对细长的眼,从鬓侧展延、深陷于宽脑门和颧骨间的眼。那是刚跟别人睡过一觉的女人吗?不也正是这个女人,忍受了他的短处、痛苦和恼恨,同他一道照应过受伤的同志、祭奠过死难的战友吗?……那柔美的话音还荡漾在空中……人们不会忘记自己要什么。可这身躯再现了那痛苦的神话:熟识的身躯蓦然变成哑、瞎、痴的身躯。

这却是一个女人。不是某某男人。这就不一样啦……

他已完全失去了她。或许正因为如此,一种亲近她的欲念使他迷惘,不论是怎样亲近:惊诧、叫喊或捶打。他起身挨近她。他自知处于某种就要发作的状态,也许明天他就对此刻的感受无从理解:此刻站在她面前,好似受着临终折磨。而本能却将他抛向她,一如抛向死神:去触及、抚爱、挽留正在离去的人,一把抓住他们吧!她又是多么焦虑地盯着他,那在咫尺之外的他……他的欲念终于如显灵一般下凡:同她睡一觉吧,从中获得隐遁,逃避那令他完全失却梅的晕眩;当他俩迸足全身力气紧紧搂抱时,就无需相互认识啦。

她突然转身:门外刚有人按铃。若是加托夫,则太早了一些。难道起义的消息已经走漏了吗?他们谈论、感受、热爱、痛恨过的事突然搁浅了。门铃又响。他取出枕下的手枪,走过花园,身着睡衣便去开门:不是加托夫,却是克拉皮克,还穿着那身燕尾服。他们伫立在花园里。

"行吗?"

"我先要把文件还你:拿去吧。一切顺利。船已开动,将停泊在法国领事馆的那边。几乎已是河的对岸。"

"有困难吗?"

"没说的。老关系嘛,否则真不知如何办才好。年轻人,在这种事上,越是看来不可信的,反倒越可信赖……"

有没有弦外之音呢?

克拉皮克点燃一支烟。在他那张模糊的脸庞上,强矢只瞥见黑丝绸眼罩的影子。强矢去拿皮包(梅还在等候),然后转回,付清了谈妥的佣金。男爵连数也不数就将钞票塞进衣袋。

"善有善报,老兄!"他说,"我这一夜过得真合伦理之道:以施舍开场、以发财收局!没说的!"

他举起食指,附着强矢的耳朵低声说:

"芳多玛问候你!"

接着便转身而去。强矢似乎有些怕回去,只是凝望克拉皮克的身影,看着白墙上那身燕尾服的影子摇摆着远去。

"有了这身行头,还真能跟芳多玛混。他是不是已经猜到或想到,或者……"插曲也就到此打住:强矢听到一声咳嗽,因为已在意料中,所以即刻认出那是加托夫。今宵大家都在忙碌啊。

强矢没怎么看清他的穿着,但却猜出他还是那一身粗布上衣;再往上是夜色里迎风翘起的鼻子……他尤其感觉到他那双正在摆动的手,于是迎着他走去。

· 人的境遇 ·

"行吗?"他问,像方才问克拉皮克一样。

"还可以。船呢?"

"泊在法国领事馆前方。离码头挺远。过半小时下手。"

"快艇和自己人离汽船约四百米。放胆干吧!"

"制服呢?"

"别担心。好汉们全都准备就绪啦。"

强矢回到屋里,顷刻就穿好了衣服:长裤、粗毛衣。帆布底软鞋(或许得爬高呀)。他已准备停当。梅伸过嘴唇来。强矢心里想吻她,嘴却不听使唤,似乎她一独处就会怨恨他了。他终于吻了她,但举止很笨拙。她耷下眼皮,惨然相望。她脸上的肌肉一动,浓密的睫毛掩映下的眼神便极富表情。他走了。

他再次与加托夫并肩而行,这回却摆不脱对梅的思念。

"方才我觉得她像痴女子,又像盲妇。我不认得她啦。我只是在爱她之时、在爱她的意义上才认得她。父亲说过:'人们只有在令其发生变化的部分才能占有他人……'此后又将如何?"他深深地思索着,如同他已深深陷入这条阴暗的小街;阴暗到电线杆上的绝缘子也不复在夜空中闪光。他在这条小街上又焦虑起来,并想起了唱片:

"人们对别人是以耳闻其声;对自己却是以喉'闻'己声。"

不错。人们对自己的生命也是以喉"听"之的。可是对别人的生命呢?……首先有孤独,那是芸芸众生遮掩下的孤独,正如这浓密阴沉的今宵蕴含着伟大的原始之夜一样(恰在今宵,满怀希望与仇恨的空城正在窥探)。

"可我呢?对于我、对于喉咙来说,我又是谁呢?是一种绝对的认可、疯子的认可:是超乎一切的密集之物。对于别人来说,我就等于我所做的一切。"

惟有对于梅,他才不等于他之所为;也惟有对他,梅才远高于她的一纸履历。爱情借助于相互拥抱而使两个生命紧紧黏合,好共同去对付孤独。这拥抱不是来帮助普通的人,而是帮助疯子,帮助在自身心中或在别人心中都属无与伦比的魔怪:一切生命都是这种自珍自爱的魔怪。自从母亲去世以来,惟有梅不把他视为"强矢·吉索尔",而当作最亲密的伙伴。

"一个心甘情愿被征服、被选定的伙伴。"他想着,觉得这会儿自己与黑夜极为投合,似乎他的思想已不复向着光明。

"人们并非我的同类,不过是观察和评判我的人;我的同类是爱我而不观察我的人,他们不顾一切地爱我,不顾堕落、低贱、叛逆而爱;他们所爱的是我,而不是我已有或将有的行为。当我还自爱时,他们仍然爱我:直至自戕……惟有与她,我才分享这破裂或尚未破裂的爱情,如同别人共有将死的病儿……"

这绝非幸福,而是某种与黑暗谐协的原始物:它将一股热流推上他的心头,终成一种静静的、如同两颊紧贴的拥抱。那是他身上惟一同死一般强的东西。

屋顶上已渐渐出现站岗者的身影。

清晨四时

老吉索尔将未撕尽的纸片揉作一团,上面是陈用铅笔写下的姓名。他将它塞进睡衣口袋。他急盼重见这位昔日的门生。他的目光转向他此刻

的谈话者:一位在印度公司干活的中国老者,长着一副满清旧臣的面孔,身着长袍,正碎步挪向房门。他伸出食指,用英语说道:

"有女人的三从四德、纳妾和娼妓制度,这很好。我还要写文章。我们的祖先这么想,所以才有如此出色的国画(他凝视画上的蓝凤凰,脸上却不露声色,好像是在对凤凰使眼风),您为此感到自豪,我也是这样。女人服从男人,犹如男人服从国家。侍候男人总比为国家服务来得容易。我们难道是为自己而生存?我们是微不足道的。我们现在是为国家而生存,以千百年而论,则是为先辈立下的礼教而生……"

他到底是不是要告辞呢?这位遗老至今不改其初衷(战舰呜呜的鸣笛声不是足以充实这黑夜吗?……);面对腥风血雨侵蚀下的中国(犹如他所收藏的青铜祭品之遭到侵蚀),他在弘扬某些狂人的诗意。礼教!那意味着静悄悄地、成堆地葬身于远古的、披锦戴缎的一抔枯骨!可眼前的现实是陈,是二十万纺织工人,是人多势众的苦力群。说什么女人的三从四德?梅天天晚上都带回新娘自尽的消息……那老翁点头摇晃再示敬意之后,在"吉索尔先生,礼教呀……"的招呼声中退去。

吉索尔听见大门砰然关上,便叫陈进来,同他一起回到凤凰厅。

陈缓缓朝前走去。当他半侧身子经过坐在半榻上的吉索尔面前时,老人想起强矢收藏的一张照片,照的是一只埃及铜鹰。强矢此举是出于对陈的友情:"因为他俩很相像。"

确实很相像,虽然陈的厚嘴唇似乎是显示善意。

"总之,是弗朗索瓦·达西兹①驯服的一只山鹰。"他想。

陈在榻前站住说:

"杀掉唐寅达的就是我。"

他在吉索尔的眼风里瞥出某种近乎温情的表示。他藐视,尤其是畏惧温情。他那深深陷于两肩间、一走动便朝前倾的脑袋、他那只鹰钩鼻的鼻梁,都更加突出了他与山鹰的相像,虽则他的身体

---

① 即方济各(1181—1226),主张安贫节欲,为天主教方济各会(托钵修会之一)的创始人。

比较肥胖。就连他那眯着细缝、几乎未长睫毛的眼睛,也令人想起鸟的形状:

"你想说的就是这件事吗?"

"不错。"

"强矢知道了吗?"

"是的。"

吉索尔琢磨着。他不愿以偏见来做答复,只好表示赞成。但这么做也并不容易。

"我老啦。"他想。

陈不再来回踱步。

"我感到很孤独。"他终于正视着吉索尔说。

老人不知所措。陈缠着他倒也不奇怪:按照中国人的说法,他多年来一直是陈的"恩师";他对陈来说稍逊于严父,而有胜于慈母。陈的双亲去世后,他大概是陈惟一最不可缺少的人。陈也许在今夜见过自己人(既然他刚刚见过强矢),但吉索尔不明白:陈为什么同那些人很不一样。

"其他那些人呢?"吉索尔问。

陈的眼里仿佛又再现在唱片行后堂见到他们的情景:他们隐身于黑暗中,或者随着灯光的摇曳走出大门,蟋蟀则在一旁兀自悲鸣。

· 人的境遇 ·

"他们不知道……"

"不知道是你干的吗?"

"那是知道的:这倒无所谓。"

他又沉默不语了,吉索尔小心不要再提问。陈终于又说:

"……不知道这是第一次。"

吉索尔恍然大悟,陈也觉察到此点。

"不——咯①。您不了解呀。"

他一说法语,便要用喉音来加重带鼻音的单音词,再杂以强矢喜用的某些法语俗语,听起来有些古怪。他的右臂本能地沿臂部伸开;他仿佛又感觉到那具身躯:它在弹性床垫的作用下对着刀子反弹过来。这没有什么意义。他还会这么做的。但在此刻,他却急盼有个藏身之地。那种不言自明的深切的爱,吉索尔是只肯给予强矢的。陈明明知道这一点。怎样才能说得清楚呢?

"您从来没有杀过人,是吗?"

陈觉得这是显而易见的,但他今天却不相信这类"显而易见"的事了。他又忽然觉得吉索尔

---

① Nong,见下文。意在表示陈的法语不纯粹。

缺少一点什么东西。他抬起两眼。吉索尔正自下而上地打量着他;由于身姿后仰,那满头白发似乎更长了。吉索尔对于陈说话不带任何手势感到有些惊奇。其实这是因为陈负了伤,自己又绝口不提。伤口倒并不疼痛(一位护士伙伴已做过消毒和包扎),只是造成了不便。如同平素思考问题时一样,吉索尔习惯地在手指间卷动一支并不存在的香烟:

"也许……"

他没有再往下讲,炯炯目光盯住陈剃得很光的圣殿骑士式面庞。陈在等待。吉索尔近乎粗暴地又开口说:

"我不相信,一次暗杀的回忆就令你这般神魂颠倒!"

"显然他不知道自己在说什么。"陈竭力想,但吉索尔却击中了他的痛处。陈坐下来,注视自己的双脚。

"不——咯,"他说,"我也不认为回忆就够了。还有别的、主要的东西。我想弄清楚是什么。"

他是为这个目的而来的吗?

· 人的境遇 ·

"与你同床的第一个女人是一名妓女,当然是这样啰?"吉索尔温和地问。

"我是中国人。"陈愤愤地答道。

"不。"吉索尔想。也许他只是在性的问题上是中国人。陈跟中国人并不一样。上海到处都是外国流亡者,这使吉索尔懂得:人们怎样以"民族的"方式离异着本民族。陈已不复属于中国,即使以他离异中国的方式来说也是这样的:一种彻底的、几乎是非人性的自由,驱使他一心追求着思想。

"发生那件事之后你感觉怎样呢?"吉索尔问。

陈的十指在抽搐。

"感觉自豪!"

"男子汉的自豪?"

"为自己不是女性而自豪。"

他的话音不再表示愤愤然,却含有一种复杂的蔑视。

"我想你的意思是说,"他又继续道,"我或许应该觉得自己……离群了?"

吉索尔避不作答。

"是的,可怕的离群独处呀。而您提到妇女是对的。也许人们——咯,很鄙视自己所杀的人。但还有更可恶的人。"

吉索尔寻思着,但不敢断言是否已经理解。

"……更鄙视那些不曾杀人之辈?"

"是的,就是那些不杀人的童男!"

他又来回踱步。这最后两句话有如金石掷地,而四周的寂静却在绵延。吉索尔开始凄惨地感受到陈所说的"离群"。但他怀疑陈身上是否有一些闹剧式的,至少是逢迎他人的因素。他当然明白这类闹剧是致命的。他蓦然想起:陈说过,他非常厌恶狩猎。

"你不厌恶鲜血吗?"

"厌恶的,但已不仅仅是厌恶了。"

他突然转身,瞧着画面上的凤凰,而且似乎以逼视的目光直率地质问吉索尔:

"那有什么关系呢?关于女人,我深知一般人如何对待。她们如果还想要你,一般人就与她们共同生活。而死亡又是怎样的呢?"

接着,更带着苦涩、目不离画面地问道:

"是一幅拼贴画吗?"

· 人的境遇 ·

吉索尔的智慧常促使他帮助与他交谈的人,何况他是喜欢陈的。不过他已经认识到:这年轻人对突击小组的行动已经感到不满足,而恐怖行动却对他极富吸引力。老人还在卷那支并不存在的香烟。他低垂着头,似乎凝视着地毯,头上的白发从细巧的鼻前掠过。他努力以超脱的语调说:

"你深感永远不能自拔……你是为了抵御……这种不安……才到这里来……找我的。"

一片沉寂。

"某种不安?不——咯,"陈终于支吾道,"是命定要来吧?"

再度沉寂。吉索尔觉得任何表示都是不可能的,不能像以前那样同他执手相看。他终于决心说下去(语气里带着倦怠,好像他对不安已突然感到习惯):

"那么,得思考这命运,将它推进到底。而假如你想肩负这命运的话……"

"我很快就会送命的。"

他所追求的不正是一死吗?吉索尔想。他不要求任何荣誉与福祉。他能取胜,却不能在胜利中生存,那么除了呼唤死亡之外他又能怎样呢?

别人赋之于生的意义,或许他想赋之于死吧?死得尽可能高尚。是一位有志之士的灵魂,相当清醒、颇不合群、莫如说有些病态;莫非对其壮志追求的目标以至对那壮志本身,也都看得很洒脱?

"假若你想同这……命运共存,那就只有一种办法,就是将它往下传递。"

"谁又能受之而无愧呢?"陈依旧喃喃地问。

空气愈来愈凝重了,仿佛这些话里的杀机都在空气中载沉载浮。吉索尔已经无言以对:一字一句都会产生虚假、浮滑、笨拙的味道。

"谢谢您。"陈说道。

他按照中国的传统深深地欠了一下身子(这是他从来还没有做过的事情),似乎他不愿同对方触碰。于是他走了。

吉索尔回到原地坐下,重新卷起他手里的"香烟"。他头一回面对的不是战斗,而是鲜血。如平常一样,他所思念的是强矢。强矢会认为陈行动的那个天地使人透不过气来……果真是那样吗?陈竟也厌恶狩猎、厌恶鲜血:从前是这样。在如此深刻的层次上,他对儿子又有什么了解呢?当他的父爱并无用武之地、当他不能够抚今追昔思念故旧时,他深知自己已不复了解强矢。与儿子相见重逢的热望令他无限激动:那是一种与已逝者的身躯表示诀别的心情啊。他深知强矢已是一去不复返。

可他这会儿在哪里啊?陈在这间屋里还留着一息生气。他已投入暗杀之境而无可自拔:他以一己之顽强,如跨入牢房一般踏进恐怖生涯。不出十年,他就会被逮捕、受酷刑或遭处决。他将如不思悔改的走火入魔之辈,在决心和死亡之间生存。他的思想赐给他生命,现在却要送他去死。

至于强矢之让人家去杀人,那正是他的职责。否则就没有意义了:强矢做的事都做得很好。但吉索尔深为惊恐的是那种突发的感觉,对谋杀命运的确信,以及对某种中毒的确信:这中毒之有力,也恰如他本人之不甚受影响。他发现自己在陈求援时响应得何其不足,而这位刺客又是何其孤独:就在同一种惶惑心情下,儿子距离他又是何其遥远。他常说:

"人是无从认识的。"

在他的脑中,这句话首次与儿子的容颜紧密相连。

他对陈有了认识吗?他不大相信靠回首往事便能认识人。陈幼年所受的是宗教教育;吉索尔即在此时关心起这位孤儿的命运:他的双亲在张家口的浩劫中双双惨死。这位少年寡言而又倔犟。陈就读于路德派教会学校,受教于一位患着肺病、晚年才皈依基督教并当了牧师的知识分子。他年已半百,却孜孜以求地通过慈善事业来克服浓重的宗教负疚感。他深受圣·奥古斯丁①的"躯体耻辱说"(云躯体已堕落,要在其中与基督同在)的困惑,同时对身边中国式的礼教文明不胜厌恶(这又促使他热望真正的宗教生活)。这位牧师不胜忧郁地勾画起路德的形象,并常对吉索尔说起:

"惟上帝之躯方有生命。人类以其罪过而深深堕落,陷入污浊而难于救药,若接触上帝即是亵渎,故有基督,有基督永远钉于十字架之事。"

此外还有美慧女神,即是说无限的爱或恐惧(其程度视希望之强弱)。这种恐惧又是一项新

---

① 圣·奥古斯丁(354—430),基督教神学兼哲学家,拉丁教父的主要代表。

罪。再就是慈善了,而慈善不足以根治负疚。

牧师对陈关怀备至。他料想不到:负责照应陈的叔父把他送来,用意只在学习英语和法语,并再三叮嘱他对教义,尤其是对"地狱说"(他作为儒家对此颇不以为然)要有所提防。孩子面对的是基督,而不是撒旦或上帝(牧师的经验告诉他:人们只有通过媒介才能归附基督教),于是就以对万事一律的严格态度,全力以赴投入博爱事业。不过他对师长还是很尊敬的(那是中国教了他,并令他铭心刻骨的惟一品德),因而虽然有人家灌输的博爱,他却仍然感受到牧师的负疚心理,似乎还瞥见一个比人家提示的甚至更可怕,更真实的地狱。

叔父回来了。看到久别重逢的侄儿深有惶恐之感,支支吾吾地声称满意,并给校长、牧师等人送去玉制和水晶制的小树。八天之后,他却将陈接回了事。再过一周,便将他送进北京大学。

吉索尔仍在两膝间卷动那支"香烟"。他半张着嘴巴,竭力回顾陈的少年时代。但怎能将当年的他与后来的他划分得明明白白呢?

"我想到他的教徒精神,那是强矢未曾有过

的。现在他俩的任何显著区别都会使我如释重负……我为什么竟觉得对他比对儿子还要了解呢?"

因为他极为分明地看出,自己促成他有了哪些变迁:这类巨变(也就是他的功绩)是明确而可以界定的;在人的身上,他最知道的莫过于自己的一份贡献。他对陈端详之后即已明白:这位青年的生存,绝不会依赖不立即化作行为的思想。如果撇开慈善事业,他只能被宗教生活引向静修或内省。但他讨厌静修,却梦想圣徒式的使命;而他的缺乏善举又正好令他远远离开这种使命。为了生存,他就得先摆脱基督教的信仰。(从支支吾吾的言谈看来,他由于跟妓女和同学的交往,似乎已经戒绝那惟一不能自控的罪过,即手淫。那执着的负疚与堕落感也随之消失。)他的新师长不是以理论,而是以另一种气魄来应付基督教;这时,宗教信念就未经激烈斗争而从陈身上悄然消失。这信念曾使他与中国离异,使他习惯于遗世独立,而不是附属于世俗。吉索尔令他明白:一切似乎显示,他这段经历不过是对英雄意义的初探(如果既无上帝又无基督,那么灵魂又有什么用处呢?)。

此刻吉索尔又想起儿子:他对基督教是很淡漠的,但日本(他八岁至十七岁在那里度过)式的教育却使他深信,思想不应当是空想,而应当亲自去体验。强矢选择了行动,严肃而深思熟虑的行动,犹如别人选择从军或水手生涯。他告别父亲来到广州、天津,以做小工和人力车夫为生,并趁机办起工会来。陈(此时他的叔父已被扣为人质,并因无钱赎身而在汕头失守时遇害)以二十四岁的年龄面对中国的现实,囊空如洗,得到的文凭又毫无用处。在那北方小道还很难通行的岁月,他一度驾驶过卡车,做过助理化验员,最后就无所事事了。种种因素把他推向政治行动:比如想往别一种天地,设法勉强果腹(他生性简朴,或许因为逞强好胜),发泄满腔怨愤,不负自己的思想与天性,等等。政治行动赋予他的孤僻以一定的意义。但在强矢,一切都稍单纯一些。英雄感在他是一种纪律,而不是生存的依据。他并没有负疚感。他的生命自有其意义,而他也了解它的底蕴,那便是将尊严赋予如慢性瘟疫患者一样正在饿死的每个人。他是他们当中的一员,他们的敌人是共同的。强矢是混血儿,又不属于权贵世家,受到白种人,尤其是白种女人的蔑视。不过强矢并不想引诱她们:他追求的是自己人,而且已经得手。

"每天干十二个钟头却不知为何而干,对这种人来说根本谈不上尊严、谈不上真正的生活。"

这种工作必须有意义,成为一种归宿。强矢认为,只有在私生活中才有个性问题。

"然而,假如强矢走进来,像刚才陈那样对我说:'是我杀了唐寅达!'那么我就会认为:'这不出我的意料……'他身上一切或将发生之事,都强有力地在我身上产生回响,因此不论他说什么,我都认为:'这不出我的意料……'"

他从窗口瞭望着沉静而冷漠的黑夜。

"不过我要是真正料到,并且不是这么朦胧而可怕地料到,那我就一定要救他。"

这是一种痛苦的肯定,可他心里并不确信。

强矢离去后,他的思绪便集中到为儿子的行为寻找根据:那行为起初是不足称道的,始于华中或华南的某个处所(他有时接连三个月不知道儿子的去向)。焦虑的大学生感到这位智者正以他的热诚与深思来帮助他们;但也不像北京的学究们以为的那样,似乎是他在假代理人之手,以青年的生命当赌注。原因是,他认为:这类悲剧也就是他儿子的悲剧。他向几乎都出身于小资产阶级的大学生们阐述:他们势必要选择联合军阀还是联合无产阶级。他对决心已定的大学生说:"马克思主义与其说是一种学说,不如说是一种意志。在无产阶级及其盟友(即你们)看来,它是自我认识的意志,如实地自我感觉和夺取胜利的意志。你们做马克思主义者不应当为了以正确自居,而要不辱己命地去夺取胜利!"

这番话也是对强矢讲的,并且是在为他做辩护。他知道,当他上完这类课程回到屋里时,只见房间里堆满了学生们按中国习惯送来的洁白鲜花;然而这倒不是强矢严峻心灵的反映。不过他至少知道,这些送来茶花的手正在准备杀戮,它们明天也将与强矢相握,可能这正合他的需要。恰因为如此,他才这般受到顽强性格的吸引,才对陈这样依依不舍。不过,当他刚对这年轻人另眼相看时,他是否已预感到在这泞泞的雨夜,这位年轻人在谈到尚未凝结的鲜血时会这样说:

"我对这鲜血岂止是厌恶……"

他站起身来,打开放鸦片烟盘的小桌抽斗,抽斗下摆着一套仙人掌袖珍盆景。烟盘下压着强矢的一张照片。他取出照片漫不经心地瞧着,清醒地想到:在强矢此刻所在的地方,恐怕是谁也不认识谁了。而即使强矢在这里(刚才他是很希望如此的),也会是于事无补,甚至使离别更加凄惨,犹如与作古多年的故旧在梦中紧紧拥抱。他将照片拿在手里,而照片却像手掌一样散发着微温。他松开手让它落回抽斗,取出烟盘,关上电灯,点起了烟灯。

他一连抽了两口。过去,只要他的烟瘾稍得满足,他就善意地对待人们,视人间为具有无限可能性的自由天地。此刻在他的心头,这类可能性已经没有地位:他年已花甲,记忆当中布满坟茔。他对中国艺术怀有纯正的美感,他欣赏烟灯映照下的淡蓝色国画,以至周围比比皆是的中式写意文明(三十年前,他曾仔细玩味过),那也是他幸福的寄寓。他的这种美感早已化成一层薄薄的遮掩,不安与死亡的悬念正在它下面苏醒,像烦躁的狗在将醒之际会有一种悸动。

· 人的境遇 ·

但他的思绪仍然围绕着人起落沉浮,仍然充满炽热之情,那是年岁所未曾浇灭的。凡是人,首先是他自己,都有一些偏执狂,这是他早就信服了的。从前(那已经一去不复返)他相信自己曾梦想做英雄。不。这股力量、这股潜入他身心的强劲想象力(他想到过:即使我疯了,这力量仍将是我剩下的惟一私有物)随时可以像光一样变作不同形状。跟强矢一样,也几乎是出于同样原因,他想起强矢曾提及的唱片;他思考的方式也很相近,因为强矢的思路发源于他。强矢因为以喉"闻"声而未能识别自己的话音;同样,吉索尔的自我认识大约也不会化作对别人可能有的认识。因为这认识获取的途径不同。它完全不靠感觉。他觉得自己(带着那突如其来的意识)正进入一个尤其属于他的领域,惶然占有一种被禁绝的孤独,任何人都不能到这当中来寻找他。顷刻之后,他觉得正是这个应当能规避死亡……他的双手正捻着另一只烟团儿,此刻微微颤抖着。这是一种彻底的孤独,连对强矢的爱也不足以使他摆脱这孤独。不过他虽然不能靠别人而自我逃遁,却明白怎样自我解脱:有鸦片烟呢。

五个烟团儿。多年来他一直不超过此数。这不无困难,有时也不无痛苦。他清剔着烟灶,那只手的影子迅速从墙上转移到天花板上。他将烟灯推开几公分:于是手影的轮廓便消失了。实物也消失了:它们没有改变形状,只是不再与他本人界线分明,而是在一个熟悉的境界中与他重逢;在这个境界里,善意的淡泊将世间万物混合到一处。那是比现实更真切的世界,因为它更无变化、更前后一贯;它像一位老友那样可信赖,总是那么宽容,经常能再度相逢:万物的形状、往事的追忆、各种各样的念头……全都缓缓沉入一个解放了的天地。他记起九月的某个下午。灰蒙蒙的天空将大片大片莲花间的湖水也染成牛奶的颜色。从一座荒亭蛀蚀的墙角到辉煌沉闷的天际,向他袭来的惟有充满庄严忧郁的环宇。一位僧人疏于摇动法铃,懒懒依偎着凉亭的栏杆,任凭他的圣殿积满尘土、散发出馨香燃烧的芬芳。采莲的乡民划着轻舟,静静地自水面滑过。沿着残荷败叶,从小舟尾舵的两侧生出两行悠长的漪涟,终于慵懒无力地消失在银灰色的水面上。这两行漪涟此刻也消失于他的脑海,将人世的郁闷尽收于怀中,那是一种并无怨恨的郁闷,在吞云吐雾中升华到极度的纯净。吉索尔紧闭两眼,任凭安静下来的巨翼载沉载浮,玩味着孤独的境界。那是一种近乎出神入化的孤寂,而那恬静已极的轨迹正伸向无穷的天地,以至悄然回复到死的幽境。

清晨四时半

好汉们已穿上官军制服,背负防水衣,依次登上了长江激浪摇荡下的大快艇。

"有两位船员是党员。应该向他们打听:他们准会知道武器藏在哪里。"强矢对加托夫说。这身制服除皮靴外,并没有使加托夫发生多大变化。他跟强矢一样没有扣好上装纽扣。不过那顶新军帽却使他无法习惯,他一本正经地将它扣在脑壳上,神态显得很迂腐。强矢心里想:

"一顶中国军官的军帽配上这只大鼻头,真是奇妙的结合!"

天色漆黑如旧……

"戴上你的油衣风帽!"他终于说。

快艇启碇离岸,在夜色中疾驰。不久,它便被一艘大帆船遮住而告消失。几艘巡洋舰扫出探照灯光,此刻光柱正急急缩回纷乱的码头,纵横交错得酷似马刀相横。

加托夫站在前舱,目不转睛地盯着"山东号",它好像越来越近了。腐败的水质混合着鱼腥和码头的烟味,一股臭气正朝着加托夫袭来(他此刻身躯俯向水面);这臭气渐渐取代了码头上的煤味;就在这时,每次战斗将临所唤起的往事又袭向他的脑际。一次在立陶宛,他那个营被白军俘虏了。已被缴械的战士们列队在茫茫雪原上,而在映照灰绿晨曦的地平线上,雪原景象几乎无法辨认。

"共产党员统统出列!"

这意味着被枪毙,他们都明白。全营三分之二的人站了出来。

"脱掉上装!"

"挖坑!"

他们开始挖。挖得很慢,因为地面已经冻结。白卫军双手持枪(因为铁锹有可能变成武器),又惶惑又焦急,分立左右两侧待命:中间却空开了,那里架着机枪瞄准战俘。一片静默显得无边无际,如同这广漠的雪原。惟有冻土块的掉落声十分清脆,节奏也益发加快。战士们虽然面临死亡,却仍然提高速度来暖身。有几个战士打起喷嚏来。

"行啦,停下来!"

他们掉过身来。从伙伴们头上往前望去,村里的男女老幼已被集合在一起,几乎是衣不蔽体,有的甚至披了一条棉被,奉命赶来观看这杀一儆百的场面。他们摇摇头,似乎竭力不去观看,但同时又被焦虑的气氛所吸引。

"脱掉便裤!"

因为穿制服的人很少。俘虏们看见有女人在场而犹豫着。

"脱掉便裤!"

于是露出了一处处伤疤,是用破布包扎的。机枪的射角很低,因此几乎人人都有腿伤。许多人早已扔掉军大衣,此刻仍卷起裤管。他们重新列队,这回是站在挖好的坑边。面对着机枪,雪景映照得皮肉和衬衫历历可辨。寒气袭来,他们不住地打着喷嚏,声浪此起彼伏,在这行刑的早晨显得很有人情味,弄得机枪射手相互看着而未射击:他们等待着生命不要显示得如此外露。他们终于决定开枪。第二天晚上,红军收复了村子,救出十七名大难不死的战士,其中有加托夫。就是这些在清晨灰绿色雪景衬映下的清晰身影,几乎是赤身露体,曾经面对着机枪抽搐不已地猛打喷嚏;如今他们在中国的夜色里,站立在细雨蒙蒙中的"山东号"船影面前。

快艇继续前进。船身横摇的幅度很大,低矮而模糊的汽船似乎缓缓地在江面上摆动,它几乎没有照明;在阴沉的夜空下,它只是显现为一件格外浓黑的庞然大物。无疑,"山东号"处在严密看守下。一艘巡洋舰的探照灯扫向快艇,跟踪片刻后放开了它。快艇画了一个巨大的弧形,从后方向轮船靠拢,并大致沿右舷滑行,佯作驶向邻近的某一大船。所有的人都着船员油衣,风帽耷拉在制服的肩部。按照港口当局的指令,各船的舷门软梯均已放下。加托夫通过油衣下的望远镜察看了"山东号"的软梯,它落到离水面约一米处,仅有三只灯泡以微光相照。万一船长要求登船之前先付款(他们身无分文),弟兄们就得挨个赶紧跳出快艇;而将快艇留在舷门梯下是很困难的。船上人若想抽回软梯,加托夫就可以射击操作缆索的船员。滑轮下倒是没有遮体。不过船上会自卫的。

快艇来了个九十度大转弯,冲"山东号"直驶而来。这时刻水流势猛,从横面冲击着快艇。轮船的方位很高(快艇已来到轮船脚下),像一艘鬼怪的战舰在夜间全速疾驰。司炉给快艇的主机加足马力:"山东号"看上去好像在减速、停车,以至倒退。他们接近了舷梯。加托夫顺手抓住它,一个"屈臂向上",便跃上舷梯横档。

"有证件吗?"舷门守卫人问。

加托夫出示了证件。守卫将它递给别人,自己则持枪留守。得让船长亲自辨认所签发的证件。可能是真实证件,因为克拉皮克通报时他已辨认过。然而……在舷门下面,黑压压的快艇随着波浪沉浮着。

报信者回来了。

"你们可以登船。"

加托夫却按兵不动。他手下一名佩戴中尉袖章的好汉(只有他会说英语)离开快艇上了汽船,跟着报信人一起去船长室。

船长是挪威人,头剃得溜光,脸上有红斑,正端坐船长室的桌前静候。报信人走开了。

"我们来取武器。"中尉用英语说。

船长瞪着他,并不作答,一脸惊愕。将军们买武器一向是现金付讫;而且在派出中间人唐寅达之前,这批武器的出售问题一直由领事馆一名官员秘密谈判,并收取适当酬金。若他们对秘密进口商食言,今后谁还肯供货呢?不过,既然船长只认上海当局,还可以尽力救下这批武器。

"你好①!钥匙在这里!"

他镇静地在上衣衬里的口袋里摸索一番,接着突然掏出一把手枪瞄准中尉的胸膛:两人中间仅有一桌之隔。就在同时,忽听身后一声大喝:

"举起手来!"

加托夫从窗外(那是朝纵向通道开着的窗口)举枪瞄准船长。船长顿觉糊涂起来:这可是个白种人呀!但此刻不及深思。几箱武器自然不如他的性命值钱。

"这次旅行可是盈亏自负啊!"

他得考虑一下全体船员一起还能有什么作

---

① 原文为英语。

为。他放下枪,中尉接过去。

加托夫进屋搜了他的身:并无其他武器。

"船上装了那么多支手枪,自己却只有一支,真不值得啊!"加托夫用英语说。

六名好汉依次静静走入。加托夫举止笨拙,体态臃肿,鼻尖高高翘起,发色又是淡黄色,这都像是俄国人。要么就是苏格兰人?然而他的口音……

"你不是官方派来的吧,嗯?"

"这与你无关!"

人们将二副抬了进来:他在梦中被擒,此刻从头到脚被绑得严严实实。好汉们也给船长上了绑。两个人留下守着他。其余都随加托夫下舱。船员中的党员带路,指明武器的藏处。澳门的那位进口商采取的惟一防备措施,是在箱子上标明零件的字样。于是武器开始转移。舷梯降下后一切顺利,因为箱子不大。最后一只箱子刚移上快艇,加托夫便去卸下无线电发报机,然后来到船长室。

"假如您忙着登岸,那么恕我有言在先:您将在头一条街拐角处被击毙。晚安!"

这纯属大话。但由于俘虏被缚,这大话却很有分量。

革命党人由两位报信的船员陪上快艇。快艇驶离舷梯,这回径直向着码头开去。好汉们在横摇中已换好衣服。他们喜忧参半:在靠岸前还不是定局!

岸上有一辆卡车在静候。强矢坐在司机一旁。

"怎么样?"

"没什么。小事一桩罢了。"

装货既毕,卡车便启动,载走强矢、加托夫和另外四名好汉,其中一位仍着军装。其他人均已解散。

卡车呼呼驶过中国城的各条街道。只要一晃动,白铁的咔嚓声就压过马达的嗡嗡声。卡车的铁边栏上挂着煤油桶。它在各主要"组"的前面都要停车:路旁是商店、地库、住宅。已分完一箱武器:强矢事先用暗码写好便条,贴在箱子上,规定武器如何分发。某些武器应分给一般战斗小组。卡车每站只停不足五分钟。然而它必须走遍二十几个值班处。

· 人的境遇 ·

他们惟一担心的是出叛徒:这辆哗哩哗啦响的卡车,由一名穿官军制服的司机驾驶,是不致引起任何怀疑的。他们碰上过一次巡逻队。

"我像是个送牛奶的。"强矢暗想。

天色渐渐亮起来。

第二部分

三月二十二日

上午十一时

"情况不好啦。"费拉尔想。

他的轿车(也是上海仅有的一辆瓦山牌轿车,法国商会会长可不能坐美国车呀!)正沿着码头疾驰。往右看是一幅幅直行书写的标语:

废除每日十二小时以上的工作制!
废除八岁以下童工制!

标语旗下站着、蹲着,在人行道上躺着成千上万纺纱工人,既混乱又紧张。轿车从一群妇女身

· 人的境遇 ·

旁驶过,她们打着标语:

女工有权坐着工作!

连兵工厂也空无一人:冶金工人宣布总罢工。左边河滨半蹲、静候着的是数千名穿着褴褛蓝工服的内河船员,倒没有打标语旗。在码头那边,游行群众蔓延到街道的直角形拐弯处才告消失。在河的那边,群众依着栈桥码头站立,遮没了河水的尽端。汽车开出码头,驶进双共和大道。它几乎已无法前进,陷进前前后后蠕动着的中国人群中:他们正分头从各路进发,目标是法租界这块安全岛。人群缓慢而不停地"跟"上小轿车,略如赛马中的马匹,由头部及颈部、胸部,渐次追上另一匹马。这里有独轮小推车,坐着瞪着眼盯住饭碗的婴儿;有京式大货车;有人力车、多毛的马驹、驾辕马车;乘满六七十人的大卡车,载着巨垫,垫上又放着成套家具,上头伸着一条条桌腿;这颇像保护众生的巨人,伸出的是"胳臂","臂"上挂着一只乌鸫鸟笼儿;有背负婴儿的矮小女人……司机终于打了个弯儿,将车开进仍很拥挤的街道,但呜呜的鸣笛声已把人群赶到车前的几米距离。轿车终于驶到法租界警察局大楼前。

费拉尔连走带跑地上了楼梯。

他梳着大背头,西服上饰着云纹,衬衫是灰绸料子的;不过他的容貌却保持他青年时期,即本世纪初的某些特色。他瞧不起那些假充"实业界巨子"之辈,自己却假充起外交家来了:所差的只是少一副独片眼镜罢了。他的胡髭下垂,略泛灰白色,似乎延伸着下撇的嘴角,这倒给了他的侧影一种颇为精明的形象;他的鹰钩鼻与略显尖翘的下巴颏很谐调,给了他以力量。今天他还未好好刮脸:连自来水公司的职工也罢了工;苦力们担来含石灰质的水,是化不开肥皂的。在一片问候声中,他的身影逐渐消逝。

在警察局马尔西亚尔局长办公室的一端,此刻一名中国密探正在请示,他的长相有如一名老气横秋的大力士:

"局长先生,就这些吗?"

"还要设法瓦解工会,"马尔西亚尔背朝着他答道,"给我行个好吧,快收起你们这种笨蛋式的折腾!你们只配滚蛋!你的部下有半数吃里爬外!我给你关饷,目的不是收养那些蹩脚的革命派,他们是不敢亮出真面目来的,可警察局也不是开脱罪责的避难所!凡是跟国民党串通的分子,统统给我赶出去!可别让我再说这句话!把我的意思弄明白,别瞪着傻眼看我!我要是不比你更了解部下,那才叫笑话呢!"

"局长先……"

"就这么办啦。没有二话。谈话已经完了。快给我滚!您早呀,费拉尔先生!"

他说着才转过身子:一副军人本色,那对方肩膀的派头更足。

"早安,马尔西亚尔。情况怎样?"

"为了守住铁路,政府只好留数千名后备。您知道,无法对付全国性的动乱,除非有咱们这一流的警察。政府惟一能指望的是装甲列车,是由白俄教官指挥的。那可是真家伙!"

"这少数精华当中还有不少笨蛋。就算是这样吧。"

"一切得看前方。这里他们会图谋造反的。将来他们也许会后悔。因为他们几乎手无寸铁。"

费拉尔只能在一旁恭听和静候,那正是他顶

讨厌的事情。英国和日本的侨领、他本人,加上某些领事馆同中间人(他们遍布租界各大旅馆)正在谈判,但仍无眉目。或许要看今天下午……

上海一落入革命军之手,国民党迟早就得在"民主"与共产主义间作非此即彼的抉择。民主国家一贯是好伙伴。一个社会不依靠条约也可以受益。相反,这个城市一旦苏维埃化,法亚银团以及法国在沪的买卖就会全部垮掉。费拉尔认为,大国将置本国侨民于不顾,如英国在汉口之所为。他当下的目标是防止本城在大军抵达前失守,防止共产党单干。

"马尔西亚尔,除装甲列车还有多少部队?"

"两千名警察加一旅步兵,费拉尔先生。"

"不只是会空谈的革命分子占多少?"

"配备武器的不过数百人……其余似乎不在话下。因为中国从没有服兵役之说,所以别忘记他们连步枪也不会放!把共产党员都算上,在二月份有两三千吧……现在可能稍多一点。"

不过二月官军没有败北。

"追随他们的有多少?"马尔西亚尔又问,"不过你看,费拉尔先生,这种议论对咱们无济于事。得弄清首要分子想什么。下面那些人的心思我倒略有所知。瞧,中国人呀……"

有时(并不经常),费拉尔也像此刻一样盯着警察局长:这就够让他住嘴。这主要不是表示轻蔑和愤慨,而是一种看法。费拉尔没有用他那武断而带些刻板的声音问:

"这情形会持久不变吗?"

但也带一点愤慨之意。他不容许马尔西亚尔贪天之功,将密探的情报归于一己之聪敏。

马尔西亚尔若胆大些,本也可顶撞:

"这同您有什么关系?"

然而他被压在费拉尔之下,两人的关系是由硬性指令规定下来的。费拉尔的内部权威远高于他。但他受不了这种冷漠狂妄的作风,以及拿他当机器使用的做法。换言之,每当马尔西亚尔要以人的身份开口而不仅是传一传情报,费拉尔就以目中无人的态度相待。来访的议员曾向他提起过费拉尔的往事:他下台前常去议会各委员会致词,长处是明白有力,但在场面上常渲染过头,惹得同事们更加讨厌他。他的奇才正在于令人受不了。而若莱士①、白里安②呢,却都以富于个性的生命力来感染同事们:这些同事常常缺少此种力量。他们令每位同事都觉得人家是对他个人有所期待,觉得是在努力说服自己,让自己参与合伙的事业(双方有共同的人生阅历和人事经验,这有助于彼此结合)。费拉尔却一味罗列事例,结论千篇一律:

"先生们,面临此种格局,不这样做显然是荒唐的!"

他不是强迫别人,便是借助金钱。此风依然不减当年,马尔西亚尔看得很分明。

"汉口方面呢?"费拉尔问。

"夜里我们收到若干情报。那里有二十二万失业大军,足以成立一支新的红军……"

几周以来,费拉尔下面有三家公司的存货积压在繁华码头的一边在腐烂:搬运工人不肯送货。

"共产党与蒋介石的关系有新情况吗?"

---

① 让·若莱士(1859—1914),法国社会党创始人之一,著名演说家。
② 白里安(1862—1932),一九〇九至一九二九年曾多次任法国总理或外长。

"请看蒋的最新演说,"马尔西亚尔答道,"您明白,我对这类演说是不大相信的……"

"我倒相信,起码是这几篇。这也无所谓。"

电话铃响了。马尔西亚尔拿起听筒。

"找您的,费拉尔先生。"

费拉尔倚桌坐下。

"喂、喂,是我。"

"……"

"他是投你之好,再借此把你搞垮。他反对干预,这是既定立场。现在要明确的是,以攻他搞同性恋为上策呢,还是说他已经被收买?如此而已……"

"……"

"当然,他既没有搞同性恋,也不曾被收买。何况我不愿被部属看作抓住别人的性癖好予以攻击,即使有那么回事。你以为我是道学家吗?再见啦!"

马尔西亚尔不敢向费拉尔提任何要求。费拉尔不透露他的打算,也不通报与国际商会要员及中国各大商会头目密谈实况。马尔西亚尔视之为侮慢兼轻率。不过,作为警察局长,不明了分内之事固然难堪,丢官就更甚于此了。费拉尔生逢共和,正是得其所哉,脑子里满是雷南①、贝尔特洛②、维克多·雨果③等老先生的慈祥形象。他出身名律师门第,二十七岁通过全国历史教师资格统考,二十九岁主编法国首部多人集史书;年纪轻轻当上国民议会议员(时运帮忙,普恩加莱④、巴尔都⑤莫不在四十岁前就当了部长),现任法亚银团董事长。费拉尔虽在政治上有坎坷,但以在上海的权势声望而论,却在法国总领事之上,何况两人是至交。

所以局长拿出谦卑恳切的态度。他将演说递去:

> 我花了五个月,以一千八百万皮亚斯特⑥的代价拿下了六个省。让那些不满分子(假如他们乐意)另找一位总司令,能像我这样少花钱多办事……

---

① 雷南(1823—1892),法国作家,著有《科学之未来》。
② 贝尔特洛(1827—1907),法国化学家、政治家。
③ 维克多·雨果(1802—1885),法国作家,浪漫派领袖。
④ 普恩加莱(1860—1934),法国政治家。
⑤ 巴尔都(1862—1934),法国律师,曾任总理。
⑥ 本应为当时中国货币名称,此处为误用。

"显然,钱的问题可以靠拿下上海来解决,"费拉尔说,"海关每月可供给七百万皮亚斯特,差不多足以弥补军队的赤字……"

"说得对。但听说莫斯科给政委们的指令是,要设法在上海城外打败仗。那么这里的起义就会流产……"

"为什么下这种命令?"

"为了搞垮蒋介石,把他弄臭,再以一名共产党将军取代他,拿下上海的战功便归于这位将军。几乎可以断言:上海战役没有得到汉口中央的同意。同一消息来源说,赤色参谋部反对这套做法……"

费拉尔听得津津有味,虽然不无疑惑。他接着读那篇演说:

> 虽然有许多中委缺席,汉口的中执委仍要做国民党全党的最高权威……本人深知,中山先生接纳共产党员是为了辅佐本党。本人并无反对共产党员的行为,而对彼等热诚可嘉感念殊深。惟目下他们已不以辅佐为满足,竟以主人自居,意在借暴力专横统制全党。本人兹痛予警告,并申明反对此种过激

企望,因其已逾越接纳共党之章法……

利用蒋介石已出现可能。现政府并无任何代表性,惟拥有武力而已(随着军事上受挫,此种武力亦在丧失),并以革命军中有共产党员来引发资产阶级的恐慌。没有多少人关心维护该政府。而充任蒋后盾的,却有胜利之师和全中国的小资产阶级。

"没有别的什么了吗?"他大声问。

"没有啦,费拉尔先生。"

"谢谢。"

费拉尔下楼了,半路遇见一位满头栗发的密涅瓦①。她身着套头运动装,面无表情但姿容出众。这是一位生在高加索的俄国女人,据说不时充当马尔西亚尔的情妇。

"我倒想知道你马尔西亚尔在做爱时是一副什么嘴脸!"费拉尔自言自语道。

"对不起,夫人。"

他稍稍欠身便同她交臂而过,然后登上轿车。

---

① 密涅瓦,罗马神话中的智慧、工艺和战争女神,即希腊神话中的雅典娜。此处可能指其体格健壮。

· 人的境遇 ·

车子渐次驶入人群,这回是逆行,与人流的走向相背。汽车徒然大声鸣笛,在汹涌的人流面前毫无办法:那是人流涌来所引发的喧闹。小商小贩肩挑两担,样子像天平,而这"天平"的中梁不住上下摆动。带篷或无篷的小推车类似唐代小车,车身残缺不全,上面放着筐筐篓篓。费拉尔迎着众人的目光直行:他们因为惶惶不安而向车内窥探。他那已破碎的生命倘若应当毁灭,就让这毁灭在嘈杂鼎沸的声浪中,在表现为目瞪口呆的绝望(此刻表现为对轿车车窗的袭击)中来临吧!正如他负伤时会思索自己生命的意义,当他的事业面临威胁时,他也在思索这事业本身,并感受到自身弱点在哪里。这场搏斗中他是仓促应战:他是被迫从事对华交易的,意在为印度支那的生产找到新市场。他在这里是打静观牌:目标仍在法国。而他也不能一味静观下去。

他的要害是没有国家作后援。这样大规模的买卖是不能与政府分开的。从青年时代起(他当议员时兼任电力电机公司董事长,为国家制造电力器材;后来他还组织过布宜诺斯艾利斯港的改建工程),他一向为历届政府工作。他很正直,那是一种充满自豪的正直。他拒收佣金并接受订货,指望从亚洲殖民地搞到下台后所需的款项:因为他无意打新牌,只是希望改变赌博的规则。他依仗兄弟的地位(比他所担任的基金总运动经理的职位更高),加上他本人仍然是法国一大金融集团的头目,便让驻印度支那总督府接受价值四亿法郎的一项公共工程(他的竞争对手也乐于给他提供方便,好让他远离法国)。共和国不能拒绝其最高官员之一的兄弟来执行这一文明化项目。这是一种严格的执行,在这连财界统治也很疲弱的国家,不啻是一种例外。费拉尔善于行动。一桩好事永远不会白做:于是费拉尔集团转向印度支那的工业化。逐步成立的有两家信贷机构(地产和农业);四家农作公司(橡胶树、热带作物、棉作物和糖),负责监督原料加工为成品;三家矿产公司(煤、磷、金矿)和附设的一家"盐业开发"公司;五家工业公司(照明和能源、电力、玻璃制品、造纸和印刷);三家运输公司(驳船、拖船和有轨电车)。这些企业的核心是公共工程公司:它是这个奋斗、仇恨和有文牍癖的民族的皇后,也是几乎上述所有公司之母或助产士(它们靠近亲联姻的营利而生存)。公共工程公司谋取到中安南的铁路建筑工程,其线路(真想不到!)穿过费拉尔集团所在的大部分领区。

"情况不坏呀。"副董事长常对费拉尔说。费拉尔却默默忙于将到手的百万钱财堆成云梯,借以登高远望,遥看巴黎。

当他的每个衣袋都装着一份新的中国公司草图时,他此心所系依然是巴黎。他计划以实力地位班师回营,买下哈瓦斯通讯社①或与之讨价还价;恢复政治活动,先审慎地跻身内阁,押宝于内阁和被收买舆论的联合,以便共同对付议会。这便是权力。如今这已不仅是梦想:他的印度支那企业的涌现,促成整个费拉尔集团卷入对长江流域的贸易渗透中。蒋介石正随革命军向上海进发。此刻越来越稠密的人群正紧抓他的车门不放。法亚银团下辖或控制的公司无一不被波及:香港造船厂饱尝航行不安全之苦;其他种种事业,如公共工程、建筑、电力、保险和银行,都受到战争

---

① 世界最早的新闻通讯社,一八三五年由法国人查理·哈瓦斯在巴黎创办,二次大战后改组为法国新闻社。

和共党威胁的影响。进口物资滞存在港沪二地仓库中;出口物资则积压在汉口仓库、甚至被弃置于码头。

轿车停住了。一片静寂(中国的人群通常是世上最喧闹的人群之一)宣告世界末日已到。一声炮响。革命军是否已近在咫尺?不:那是正午的鸣时炮声。人群散开了;轿车并未启动。费拉尔拿起电话听筒。无人回话:他已既无司机,又无仆役。

他一动不动,呆坐在静止的汽车里,人群正缓缓从旁边绕过。最近处的商店店主走出门来,肩上扛着一块大门板;他身子一转,差点碰破车窗玻璃。他正在关商店的大门。别的店主和手工坊主也从左右两侧和对面走出,扛着刷满标语的门板:总罢工已经开始。

这已不是港式罢工(那是渐次展开的、史诗般冗长的、单调无味的),而是军事演习式的罢工。极目所视,已无一家商店开门。应当赶快离开。他走下轿车,想叫一辆人力车,车夫却不答理。他大步流星地奔回停车处,现在几乎是独自一人守着被弃的轿车,待在马路正中:人群方才如

· 人的境遇 ·

退潮一般涌向各家住房。

"他们害怕机枪扫射。"费拉尔想。孩子们停止游戏,在匆匆而过的行人腿足间奔逃。这种静寂不论远近都充满生命的跃动,宛如遍布昆虫的森林里的静寂。一艘巡洋舰的鸣笛声腾空升起,复又渐告消失。费拉尔尽快朝寓所步行而去,两手插进衣袋,低头并且弓腰。两声汽笛再起,声音更高出八度。同一汽笛声消失后又发出尖叫,像寂静中的巨兽,以此宣告自己的来临。整个城市已成为被瞄准的猎物。

午后一时整

"还缺五个人。"陈说。

他的小组成员正在待命。他们着蓝粗布工装,都是纺织工人。陈也穿着相同的服装。他们的脸都刮得很光洁,都很瘦削,但挺壮实:在陈挑选之前,死神已经预选过一遍。有两个腋下夹着步枪,枪口朝地;七个佩"山东号"上的手枪;一个拿着手榴弹;还有的将手榴弹藏在衣袋中。有三十余人手持匕首、包铅头的短棍、刺刀等等;还有八至十人赤手空拳,仍蹲在铁丝卷、煤油桶、破布堆里。一位少年像精选种籽一般,仔细端详着从口袋里取出的一粒粒特号大头钉。

"准比马蹄掌还好!"

真是中世纪的"乞丐王国",但共同的外表是仇恨与决心。

陈不是他们之中的一员,虽然有那次暗杀;此刻他也在他们当中:他若今朝去死,就将独自一死了之。一切在他们都是很简单的:他们是去夺取面包和尊严。可是在他……除去痛苦和共同斗争之外,他甚至不知该同他们谈什么。但他至少明白:最有力的纽带是战斗。而战斗就在眼前。

他们起立,背负口袋,手提煤油桶,腋下夹着铁丝卷。天还没有下雨。一条狗跳两下便越过了这条凄惨的小街(似乎某种本能使它嗅到酝酿中的大事),这凄惨同小街的寂静一样深不可测。从近处街上传来五声枪响:三响连发,接着一响又一响。

"开始啦!"陈喃喃道。

寂静恢复了,但看来已非当初的寂静。忽有一阵急促的马蹄声填补了这寂静,而且渐渐临近。他们仍然未看到什么;但有如雷声隆隆之后霹雳

· 人的境遇 ·

直下一般,街上突然到处喧哗,其间有乱喊乱叫声,有砰砰啪啪的枪声,也有愤怒的嘶鸣声和物件落地声。正当喧哗声消失、被坚固的沉默消溶尽净时,猛可爆出一声垂死之犬的吠声,复又戛然而止:那是某个人刚被掐死。

他们以小跑步前进,几分钟就到达一条稍微宽敞的街道上。商店都关了门。地上横躺着三具尸体。空中电线交错,天色阴郁,黑压压的浓烟正从头上掠过。在街道尽头,二十多名骑兵(平素上海是罕见骑兵的)正在犹疑不决地掉转马头:他们并未发现手执武器、贴着墙根的起义者,却将目光凝集在颇费踌躇的战马掉头上。陈感到,对他们发动攻击简直不可思议:自己人的装备太差。骑兵向右拐弯,终于开进哨所。卫兵们则跟着陈静静走入。

哨所里的值班警察正在打牌。步枪、毛瑟枪都挂在枪架上。负责指挥的下级警官开了一扇窗,朝阴暗的院落嚷道:

"听着,你们都亲眼看到了:人家对咱们可是动了武的。哎呀呀,咱们可是饱尝苦头,只好委屈将就啦!"

他正待关窗,陈上前一把拦住,朝窗外扫了一眼:院内空无一人。但这一招却保全了面子,念白也恰到好处。陈对自己的同胞深有了解:这家伙既已"进入角色",就不会再顽抗了。他便动手将武器一一分发。起义者走了,这回可是配备齐全,都有了"家伙":这小小哨所既已缴械,自不必再占领。那些警察对何去何从正在费思索。有三人起立,愿追随他们("兴许是去打秋风……"),陈好说歹说,才把他们打发开去。其余诸人拾起纸牌又开一局。有一个说:

"要是他们上台,或许这个月就能关饷?"

"或许……"那下级警官答道,他正在分牌。

"不过万一他们失败,人家也许会说咱们通敌呢!"

"咱们又有什么办法?不过是在暴力下求全罢了。大家都可以作证:咱们没有通敌嘛!"

他们像鸬鹚一般紧缩着脖子,沉思着,似乎背着沉重的包袱。

"咱们没啥责任。"有一个说。

大家都赞同。他们还是站起身来,到近处一家店铺里继续打牌。店主不敢把他们赶走。哨所

· 人的境遇 ·

里只留下一堆警服。

陈高兴而警觉地朝一个中心哨所前进。

"一切顺利,"他想,"但这帮家伙几乎跟我们一样穷啊……"

白俄和装甲车上的士兵是会打的。军官们也会打一打。远处的爆炸嗡嗡作响,仿佛被低沉的天空压住声音,它们在市中心附近震荡着空气。

在某十字路口,起义部队(现在所有人,包括提汽油桶的在内,无不有了武器)踌躇了片刻,他们以目光搜寻着。从巡洋舰和不能卸货的客轮上升起一缕缕斜飘的浓烟,原来是强劲的江风将它们吹向起义者奔跑的方向,仿佛天公也参加了起义。新哨所是红砖砌的一座老式旅馆,两层楼,门口伫立两名警卫,一侧一名,刺刀都上了膛。陈知道特别警察处于警戒状态已有三天之久,警员已被这无休止的监视弄得不胜疲惫。这里驻有一些警官、五十多个毛瑟枪手,薪水都很高,另外还有十名士兵。"应当活下去,至少再活八天!"陈在街角上停下脚步。武器大概挂在底楼枪架上,在右侧主室,即警官办公室外的套间里。陈与两个伙伴在本周之内曾摸进来好多次。他挑出十个不扛枪的人(手枪藏在工装里面),同他们一道进发。他们走过街角后,哨兵们便待着看他们走来。哨兵对人人戒备,也就等于无戒备。常有人充当代表,过来同那警官攀谈,通常借机塞点儿酒钱。这类手法得有许多保证,并且要比对方人数更多。

"请水端中尉笑纳。"陈招呼道。

当八条好汉走过时,最后两位仿佛被轻轻推搡了一下,溜进哨兵和墙壁间的缝隙。前几名进入后,哨兵们便感到黑魆魆的枪口顶在肋间。他们让人家给解除了武装:虽说比穷光蛋同事们薪水高点儿,却也没有肥到肯卖命的地步。陈有四名部下没同第一批同行,此刻正装成行人,实际上是解押哨兵沿墙根朝前走。从窗口外眺,什么也没有发生。

陈在通道里就瞥见枪架上挂满步枪。警卫队里只有六名警察配备了自动手枪,这会儿枪装在关得严严实实的枪匣子里,匣子就放在六人身边。陈高举手枪,一个箭步窜到了枪架前。

那些警察如果顽强点儿,这次袭击就会失败。

· 人的境遇 ·

陈固然对环境十分熟悉,却未及将任务落实到每个人头。其中有一两名警察也有可能开枪。不过全部都已举手投降。他们当即被缴械。陈手下一组新人进来。武器又分给大家。

陈暗想:"就在此刻,城里正有二百个小组如法炮制。要是它们也这么走运……"

他刚提起第三支步枪,就听见楼道里传来一阵急促的奔跑声,原来是有人往楼上跑。他往外走。就在跨出大门的当儿,二楼砰然枪响。然后便无声无息。警官中有一名在下楼时察觉了起义者,自楼道开枪,然后立即折回转角处。

战斗迫在眉睫。

二楼楼角正中有一扇门俯临阶梯。按亚洲方式派去一人谈判吗?陈对在自身发现的一切中国式"常识"极为讨厌。要硬拿下这条楼道吗?警察很可能握着手榴弹,强矢向各组传达的军委指示规定:遇有局部挫折可以放火,并在邻屋占有阵地后向特别小队求援。

"点火!"

提油桶者竭力想将汽油洒出来,然而桶口窄小,只能喷出涓涓细流,淋在倚墙的家具上。陈从窗口外眺,对面是关门大吉的店铺,以及哨所出口上方的窗户;再往上一看,则是中式建筑破落的大屋顶。灰色的长空无限宁静,再也没有浓烟划过。在低沉而临近的天空下,是空荡的街道。他刚稍稍振作,就瞥见方窗、十字窗都稀里哗啦地掉下,清脆的喧嚣声,以及噼噼啪啪的枪声混作一团。竟是有人从外头向他们开火。

那是第二排枪声。在这间汽油横流的屋里,他们已是两面受敌:一面是已控制楼层的从容不迫的警察;一面是还没有照面的新袭击者。陈的部下全都已卧倒在地,他们抓到的俘虏则捆绑在一角。只要有一枚手榴弹爆炸,他们的身躯就会熊熊燃烧。卧倒的一名战士边嘟哝边指明某个方向:屋顶上有一名孤独的射手,而在窗户的最左边,视野可及处闪过一只肩膀:其他零零散散的战士正小心翼翼地露面,那是起义者,是自己人。

"这些笨蛋,不先侦察就开火。"陈心里嘀咕。

他兜里装了一面国民党的青天白日旗,便抽出来奔进了通道。正待跨出门,他却感到腰部挨了一击,沉闷而有劲儿。同时,一响可怕的爆裂在他腹部前方炸开。他拼命挺胸收臂以便站稳脚

· 人的境遇 ·

跟,却几乎像是被击中了,一头栽倒在地。这时不再有声响,却有一件金属物掉落,紧跟着几声哼唧随浓烟传入过道。陈又站了起来:他并未受伤。他踉踉跄跄朝前走去,重新掩上被这莫名其妙的爆炸震开的大门,再用左臂打门缝儿伸出国民党的蓝旗。此时此刻,手上挨一枪子儿将不足怪。但没有挨。传过一阵欢乐的喊声。缓缓飘出窗外的浓烟使他无法看见左侧的起义者;但右侧起义者在喊他。

第二声爆炸几乎又把他打翻在地。被包围的警察从二楼窗口扔出手榴弹(他们怎能做到开了窗而又不受到来自街面的袭击?)。第一次的爆炸,就是震倒他的那次发生在屋前,碎片从敞开着的大门和炸碎的窗框里钻进来,给人以在警卫室里面爆炸的错觉。他的部下有几名并没有被打死,这时便在烟雾笼罩的遮掩下跳到大门外。警察自二楼窗口发射子弹,其中有两人在街心倒下,两膝收向胸口,如兔子一样缩成圆球。还有一人面部变成一团血斑,大约是鼻孔哗哗流血不止。零散的士兵似乎认出自己人,但那招呼陈的人做手势,反使楼上警官以为将要有人出门,于是扔出第二颗手榴弹。手榴弹在陈的左侧当街爆炸:墙壁掩护了他。

他从通道观察着警卫室。硝烟自天花板以曲线形缓缓降回地面。那里横陈着几具尸首:哼哼唧唧的声音沿着地面发出,充满全屋,有如动物的尖叫。角落里的一名俘虏被打断一条腿,此刻正对他自己的人大叫:

"别开枪啦!"

他那时断时续的喊声好像突破了烟氲;而硝烟却仿佛是一种命运的化身,不理睬那痛苦的喊叫而继续勾画它冷漠的曲线。这狂喊者的一条腿已被炸断,不能如被捆缚者一般站着,因为这是办不到的。但不是随时有可能再爆炸一枚手榴弹吗?

"这与我无关,"陈想,"他是敌人。"

可这敌人的大腿下方不是小腿,而是一截空白,何况他人还被捆着!陈此刻的反应远远超过怜悯:他简直是感同身受啊!

"假如手榴弹在外面开花,那我就卧倒;假如它滚到这里,我就拾起往回扔。有百分之五的脱险机会。我在这儿干什么? 我干吗待在这儿呢?"

被打死倒无所谓。他担心腹部受伤。而更难耐的是目睹这遭到折磨的被缚者,是人在这痛苦中的软弱无力。陈手持匕首朝他走去,想割断绳索。对方误以为是来结果他的。他想叫得更响:但他的声音变弱了,成为尖啸。陈用左手摸摸他,但那满是鲜血的衣服却粘住了它;不过陈的目光却无法从被砸烂的窗户移开,因为可能飞进一颗手榴弹。他终于触到绳索,将匕首探到绳下一刀斩断。那人不再喊叫:他已死去,或者闭过气去。陈目光不离那扇破窗,终于走进通道。这里的气味变化使他吃惊:似乎他刚开始听到声音,他明白伤员的哼唧已在变化,变作泣号。在这间屋里,浇满汽油的碎片已被手榴弹燃着,此时正熊熊燃烧。

没有水。在起义者攻占哨所前,伤员们(现在俘虏已不算数,他心目中只剩下自己人了)恐怕已化为焦炭。……冲出去,得冲出去!首先要思量好,以便途中尽可能减少动作。他虽然在打颤,但切望逃出的头脑仍很清醒:应该从左边走,那里有门框足供掩护。他以右手开门,左手示意"别作声"。楼上的敌人见不着他;只有起义者的姿态才会给他们以信息。他觉得自己人的目光都凝聚在这扇敞开的大门上,盯着他那肥胖的身影:在漆黑的背景下,这身影已映成蓝色。他紧挨着墙,双臂做十字交叉,右手持枪,开始向左穿行。他一步步往前走,眼盯上方的窗户。其中一扇是以装甲车的铁片遮护的。起义者向这几扇窗开火是白费劲儿,而手榴弹正是从这片窗档下扔出的。

"要是他们还想扔,我该能见着手榴弹,甚至能见着手臂!"陈边走边想:"要是真见着,我就应当像接包裹似的一把接住那颗手榴弹,再使劲远远扔出去……"

想着想着,他依旧如螃蟹一般横行。

"不可能扔很远,我的腹部会被碎片击中……"

他继续往前走。那股浓重的焦味儿,以及他身后突然觉得空荡(他没有回头看),使他懂得:他正走过底楼的窗前。

"要是我接着手榴弹,就要趁它未爆炸就扔进警卫室。走过这扇窗,凭着墙壁的厚度我就得救啦。"

至于那屋里有人,有他方才松了绑的那个人,以及我方伤员,那就都顾不得啦。他看不见起义者,即使借着浓烟的空隙也不行;他的目光已离不开那窗档。不过他一直感受得到搜索他的目光:他为警察们竟不明白当前的事而惊奇,尽管对窗户的射击正碍着他们。他突然想到:也许他们只剩下少量手榴弹,经仔细窥测才肯扔出。顷刻间,这念头似乎正是来自某个阴影,一只脑袋在窗档下出现:它在起义者的目力以外,但他却已瞥见。他神情紧张地改换了小心翼翼前进的姿态,估摸着开了火,一步跳到前面门洞下面。窗里射出一梭子弹,一颗手榴弹在他刚脱身处炸开了:他方才未命中的那警察犹豫片刻,然后才将持手榴弹的一只手伸出窗档,似乎担心再有子弹射来。陈的左臂挨了一记:原来是空气震动,他在干掉唐寅达前以匕首自刺处有感觉。那地方又在淌血。但他不觉得疼痛。他用手绢将伤口扎紧,穿过庭院同起义者会合。

指挥进攻的人聚拢在一条黝黑的过道里。

"你们不能派几名侦察员出去吗?"

这个"组"的组长是一位脸剃得很光的高个子中国人,衣袖却很短。他凝视着这挨近的人影,

缓缓扬起眉头,顺从而简明扼要地说:

"我让人打了电话,我们正等候一辆装甲卡车。"

"别的组现在怎样?"

"我们拿下了一半哨所。"

"还没有超过半数吗?"

"这就不错啦。"

枪声越来越远,是自己人分头向北站集合。

陈气喘吁吁,如同在大风呼啸下从水中走出一般。他倚墙而立,墙角遮掩着他俩。他渐渐呼吸正常,想起他曾为之斩断绳索的那个俘虏。

"我本来应当由他去。为什么要替他斩断绳索呢?这毫无益处!"

然而即使现在,他能对这被炸断了腿,却仍在捆缚下挣扎的人视而不见吗?这个人的伤痛使他联想到唐寅达!他这一夜、这一上午过得真是愚不可及!杀人是最简单的事啊。

哨所里,碎片还在燃烧,伤员们在火势逼迫下仍在嚎叫。他们不住重复的喊声在这低矮的通道中回荡,并且相对地显得很近:因为爆炸、鸣笛和在沉闷的空气里消逝的交战声都已远去。远处喧哐啷哐的铁片声正传到近处,压过其他声响:那辆卡车在开过来,趁夜间装上了防弹钢板,但工艺粗糙;所有的铁片都在晃动。一声刹车,哐啷声便告消失,重新听到的又是叫喊声。

只有陈曾经去过哨所,便向援救队队长作了汇报。队长是黄埔军校士官生出身。陈不大喜欢他手下青年资产阶级组成的队伍,而更喜欢加托夫领导下的任何一个小组。在这些死于街心、蜷缩成团的伙伴面前,陈不能同自己人融为一体;但他又深知自己一贯仇恨中国资产阶级。无产阶级至少体现着他的希望。

军官很在行。"这卡车派不上用场,"他说,"连个顶篷都没有!只要人家扔一颗手榴弹,就会炸飞!不过我也带了手榴弹!"

陈指挥的带手榴弹的人全在警卫室中,(都牺牲了吗?)第二组的人则没能搞到手榴弹。

"从上头试试看!"

"行呀。"陈说。

军官愤然瞧着他:他没有要陈点头,不过也不吭气。两人同时端详着这间哨所(前者是着便装的军人,剃平头、蓄短髭、上装由于腰间佩戴手枪而较端正;后者则是面色铁青的矮胖子)。在门的右首,负伤同志近侧的火苗冒出的浓烟正机械而规则地向外飘逸,看上去很有秩序,同负伤者的叫喊一样(由于喊声不停,如果不是音调凄惨,就会误以为是孩子的喧嚷)。左首则毫无动静。二楼窗口蒙上一层烟云。不时还有个把攻击者对某扇窗户射击,于是又落下几块碎片,加入人行道上由石灰、木棍、竹刺构成的土堆。虽然天色灰暗,碎玻璃片却在土堆里闪闪发光。除了还有起义者走出掩体外,哨所不再射击。

"其他各组情况怎样?"陈又问道。

"几乎各哨所都已经攻下。主要哨所经过突袭,已在一时半攻下,缴获步枪八百支。我们已经有能力增派援兵应付顽敌:你们是第三个获援小组。对方的后援却已切断,我们封锁了各兵营、南站及军火库。不过这里应收兵了:我们需要尽可能多的人手发起总攻。还要解决掉装甲列车。"

一想到有二百个小组正在同时行动,陈觉得又受鼓舞,又有些困惑。虽然和风吹来全城砰砰的枪声,这一次的激战仍然使他感到起义是一次孤立行动。

· 人的境遇 ·

某人从卡车上取下一辆自行车就走。在他骑上自行车的瞬间,陈认出那原来是马某:他是宣传鼓动的主力之一。他正要去向军委汇报。马某是排字工人,十二岁起致力于到处组织印刷工会,想团结全国排字工人。他曾遭通缉、被判死刑、越狱逃走,却照旧做组织工作。这时传来一阵高兴的叫喊:其余的人也跟陈一样认出了马,便朝他欢呼。马瞧了瞧这些人。他们正在共同创造一个世界,但它却跟敌人的天下一样不给他陈某人出路。在未来的工厂里,他穿上他们的蓝工装又有何用呢?

军官分发了手榴弹。十名战士跨过几处屋顶,去夺取岗哨楼顶。他们的任务,是要对那些警察以牙还牙,从窗口塞进炸药:窗户正对着大街,却不能扼制住屋顶,只有一扇窗户的上方装置着挡板。起义者从一处屋顶走到另一处,人影在天空衬映下显得修长。岗哨并未校正射击方向。似乎只有快要死的伤号才料到有人靠拢,喊声突然变作呻吟。人们已几乎无从辨识:现在已差不多是嘶哑的抽泣了。人影爬到哨所那片斜屋顶的脊梁上,然后悠悠下行。因为他们不再衬着蓝天,陈也就看不很清楚了。呻吟像回声一般又起,然后就停住。一声产妇惨叫的喉音同呻吟声互相交织。

虽还有一些嗡嗡之声,但呼叫声的骤然停止却使人感到残酷的沉默:火苗是不是烧到了伤员?陈同军官面面相觑,阖上眼想听个明白。啥也听不见。他俩睁眼时,相遇的是对方默然的视线。

有个战士一手紧攥房顶上的琉璃怪兽,一手伸向街道上空,把手榴弹朝正下方的二楼窗口扔去:扔得太低了,手榴弹在人行道上炸开了。他又扔出第二枚手榴弹,扔进了伤员所在的屋里。被命中的窗口迸出叫喊声。不!这已经不是刚才那种叫喊,而是垂死挣扎的断续呼号,是残余的痛苦的爆发。那人又扔第三枚手榴弹,依然没有扔进窗口。

他是卡车送到这里的一员。他机灵地向后一闪,好避开弹片。他再次猫腰,举臂擎牢第四枚手榴弹。陈的一名战士从这人的身后往下走。他的手臂没有往下探,整个的身躯却被撂倒,如一只大圆球翻滚而下。人行道上一声巨响;硝烟下,仍可瞥见一米高的血污溅到墙上。硝烟散开了。墙上沾满星星点点的血肉斑痕。原来是后面的起义战士一失手,便直愣愣地从屋顶滑落,将前面的战士也推了下去。两人都跌在自己那颗手榴弹上,而保险盖早已打开。

在屋顶左侧,两组组员(国民党资产阶级分子和共产党工人)小心翼翼地来了。正当有人落下时,他们站住了。此刻他们又极为缓慢地往下走。二月的镇压中滥施酷刑,因此这次起义不乏勇士。右边有另一些人在靠拢。

"拉成一条线!"陈从下面大喊道。

在哨所一旁,起义者也跟着叫喊。战士们手拉着手站开。站在最高处的那一位,以左臂使劲挽住屋顶最高处一尊结结实实的大兽雕。又重新扔手榴弹了。被包围者没有办法反击。

不到五分钟之内,两扇窗户遭三颗手榴弹击中,另一颗打掉了窗上的护档。惟有中间那扇窗子未被波及。

"对准中间!"那士官生喊道。

陈瞧了瞧他。他把指挥作战看成最佳体育运动而兴高采烈。他几乎毫无掩护。他无疑是很勇敢的,但却没能同部下联系上。陈有部下配合,但并不充分。

并不充分啊。

他从那个士官生的身边走开,在被包围者的射程以外穿过街道。他爬到屋顶上。拉住屋顶顶部的人累坏了。他把这人替换下来。他以受伤的胳臂,挽住这水泥石膏做成的怪兽,右手牵住队首那人。他并未因此摆脱孤独感。向下爬的三人体重都拉在他胳臂上,就像一根粗铁索紧压他的胸部。手榴弹已经在哨所里面炸响,哨所不再往外射击。

"阁楼掩护了我们,"他想,"但不会太久,屋顶会被炸掉的。"

因为面临死亡而油生亲近感,弟兄们的体重几乎要扯断他的身躯……虽然如此,他仍不属于他们一伙。

"难道连鲜血也白流?"

那士官生在一旁莫名其妙地盯着他看。一名战士爬到陈身后要求换他。

"也好,我就去扔手榴弹。"

说着,将这条"人链"移交给这位战士。陈劳累已极的肌肉产生出一种无尽的绝望。在那猫头

· 人的境遇 ·

鹰式的脸谱上,两眼眯了起来,脸色紧张却不动情。他惊奇地感觉到一滴泪珠正顺着鼻头掉落下来。

"我太紧张啦。"他想。

他从兜里掏出一颗手榴弹,紧紧挽着人链往下爬。但方才因硬撑而大伤元气,现在两臂发软,简直不听使唤。人链顶在屋脊两侧尾部的雕饰上,再想从那里摸到中间的窗户几乎谈不到。陈到达屋顶边缘后便松开同伴的臂膀,转而抓住他的小腿,然后抓住下水管道,沿着纵向延伸的管道向下爬行:他离开窗口还是太远了,摸不着,但已经能朝里扔手榴弹了。同志们不再挪动。底楼的上方有一块突出的东西,使他得以停下喘口气。伤口的疼痛轻微得很,令他惊奇。他用左手抓住套在下水管道上的一只铁钩,掂掂拉开了保险栓的第一颗手榴弹:

"假如落在街面我身体之下,那我就完啦!"

他在所处角度的范围内,奋力将它抛出。结果命中屋内,炸开了花。

楼下,射击又重新开始。

从最后一间屋被赶出来的警察乱开一通枪,

像一群失魂落魄的瞎子推推搡搡往外走。起义者从屋顶上、门洞里、窗户边上开火射击。对方一个接一个倒下,其中许多倒在门前,后来就七零八落地往下倒。

射击停住了。陈仍然紧扶管道往下蹭:他看不清楚脚底下,跳在一具尸首上。

那士官生走进哨所。陈尾随其后,掏出没来得及扔出的手榴弹。他每走一步,就愈觉伤号已不呻吟。警卫室里只留下一些尸体。伤号都已烧成焦炭。二楼还有一些死者和几名伤号。

"现在出发去南站,"那军官说,"把枪全扛走,别的小组正得用。"

武器装上了卡车。全部收齐后,人们也上了车。他们一个挨一个地站着。有的人坐在车篷上,有的倚在踏板上,还有的攫住后挡板。未搭上车的就抄小街步行。在空荡的街上留下一大摊无法解释的血迹。载满了人的卡车在街角消失,在哐啷啷的白铁撞击声中开向南站和兵营。

不一会儿,他只好停步:街道被四匹死马和三具缴了械的尸身所堵塞。死者是陈在清晨见到过的三名骑兵。头一辆装甲车及时赶来了。地面洒

满碎玻璃碴儿。然而只剩下了一个活人:一位蓄山羊胡子的中国老汉,正不停地呻吟。陈挨近时,他字句分明地说:

"太冤啦,可怜呀!四具尸体……四具!哎!"

"只有三具嘛。"陈说。

"是四具,哎!"

陈又看了一眼:人的尸体只有三具,一具侧卧着,好像是被使劲抛出的。另两具在沉闷的天空下死寂的房屋间俯卧着。

"我指的是马。"老人道,神情轻蔑而怯懦,因为陈手里有枪。

"我是指人。其中有一匹马是你的吗?"

看来是这天早晨被征用的。

"没有。不过我当过马夫。牲口跟我亲着呢。什么都不为,四匹马就被打死了,什么都不为呀!"

司机这时插话道:

"什么都不为吗?"

"别耽误时间啦。"陈说。

他靠另两人的帮助挪开了马尸。装甲车开过去。待卡车开到街尾时,陈坐在踏脚板上向后张望:老马夫还坐在尸体中间,变成灰蒙蒙的街道上的一个黑影子,大概还在那里呻吟。

清晨五时整

南站失守了!

费拉尔挂上了电话听筒。他刚同别人定下了约会(国际商会的一部分人反对一切干涉,但费拉尔控制着上海最大的报社),这时起义进展的消息一个接一个传到他这里。他有意单独一人往外打电话。他回到写字间。马尔西亚尔刚刚来,正在同蒋介石的代表商谈,这个人既不愿在保安局,也不愿在家中会见马尔西亚尔局长。虽有枪声干扰,费拉尔未推开房门便听见:

"我呀,你得明白我在这里代表谁?代表法国的利益……"

"可我能答应给什么支持呢?"那中国人并不热心地强调说。"总领事先生本人嘱咐我等您做具体指示。因为您对敝国和国人是很了解的。"

写字间里的电话铃响了。

"市政府已经失守。"马尔西亚尔说,接着改

· 人的境遇 ·

换语调道:"我不是说本人对贵国,一般来讲对贵国人民没有某种心理上的经验。心理与行动是我的本行。据此经验……"

"不过,某些对贵我两国同样危险,对维护文明安定同样危险的不良分子,假如像往常一样藏身租界呢？公共租界的巡捕房……"

"说到要害啦。"费拉尔边进门边想。他是想知道:一旦出现决裂,马尔西亚尔会不会在法租界给共产党头目提供藏身之地呢？

"……曾应允对我方持最大善意……法租界的巡捕房打算怎么办呢？"

"我们自有安排。不过请注意:不许伤及白人妇女,白俄女人除外。关于此点,我已获硬性指令。不过我已向您申明:没有任何官方协议。没有官方协议……"

在这间现代派的写字间里(墙上挂着毕加索粉红时期①的作品和弗拉戈纳尔②的一幅有关爱

---

① 毕加索(1881—1973),西班牙著名画家,法国现代画派主要代表,早期作品较写实,接近古典风格。
② 弗拉戈纳尔(1732—1806),法国画家,作品多以调情场面为题材。代表作有《秋千》《偷吻》等。

情的素描),这两位对话人站在一件唐代黑色石雕、一尊大观音像两侧。石雕是按克拉皮克的主意购下的,吉索尔却认为是件赝品。在座的中国人是位年轻的上校,鼻梁微弯,此刻着便服,一排纽扣扣得很严实。他略带微笑地凝望着马尔西亚尔,头稍稍朝后仰着。

"本人谨代表吾党向您致谢意……共党一贯奸猾,此刻正在出卖我辈,即其忠实盟友。双方的协议本意在相互合作,社会问题自应于国家统一后再议。共党却不顾前已有约而于目下将社会问题提出。共党孜孜以求者并非建设我中华,而欲另立苏维埃。我军中先烈抛洒热血,则是为了造福中华,而绝无助益苏维埃之意。共党无所不用其极。故此向局长先生请教,对加强总司令的近身防卫有无异议?"

"绝无异议,"马尔西亚尔回答,"请派贵方保安局长洽谈。柯尼希还在任上吗?"

"还在任上。请问局长先生研究过罗马史吗?"

"当然研究过。"

"大概是在夜校学了点皮毛。"费拉尔想。

电话铃又响了。马尔西亚尔拿起听筒。

"大桥已失守,"他放下听筒说,"一刻钟以内起义者将占领中国城。"

"我认为,"那位中国使者充耳不闻地继续说,"罗马帝国之毁灭在于伤风败俗。如能像安排警务一般,对宿娼嫖妓作西式之技术性组织,或有助于制服汉口诸头目(彼等实不及罗马帝国诸首领)。您以为如何?"

"这也是一计啊……但窃以为实难付诸实施。需要多加思索呀……"

"西人对敝国之了解,仅限与彼等相似之点。"

一片沉静。费拉尔觉得有趣。这位中国人令他产生新奇之感:这向后仰起的脑袋,几近傲慢的表情,同时又是那么窘态毕露……

"汉口淹没在成车厢的妓女当中啦……"他想。"而这位先生是熟悉共产党的,甚至还懂一些政治经济学哩!真绝呀……"

这座城市或许正在孕育着苏维埃政权;而此君却在对罗马帝国玄奥的教训沉思遐想着。吉索尔说得对:他们一直在寻找诀窍。

电话铃又响啦。

"兵营已被包围,"马尔西亚尔说,"官军的后援却接不上。"

"是在北站吗?"费拉尔问。

"北站还没有拿下。"

"那么政府能从前方撤回一些部队吗?"

"或许能,先生,"那中国人说,"官军士兵和坦克在往南京方向撤,也可能派一部分到这里来。装甲列车还可以认真打一阵子。"

"是呀。在装甲车的四周以及车站附近,是能坚守住的,"马尔西亚尔又说,"各据点是被有步骤地夺走的;起义者当中肯定有俄国人或别的欧洲人充当骨干。政府各单位中的革命派职员为起义分子带路。设有军委来指挥全局。现在整个警察局已被缴了械。赤色分子有若干集合点,部队即从这里出发进攻兵营。"

"中国人是很有组织能力的。"军官又说。

"蒋介石的警卫工作是怎么安排的?"

"他的轿车一贯以私人卫队开路。我们有自己的密探。"费拉尔边说边弄明白了对方为什么显得神情傲慢,他深有被冒犯之感(起先他一直以为,这位军官是在越过马尔西亚尔的头顶觑着那幅关于爱情的素描):原来是他的右眼患了角膜翳,不得不取仰视的姿势。

"这还不够,"马尔西亚尔接话道,"得好好安排。越早越好。现在我要告辞了,要选出执委会来接替现政府。我也许能在这方面做点什么。还要选出总督,这可不是小事一桩……"

于是只留下费拉尔和中国军官。那中国人仰着头问道:

"所以先生,从现在起我方是否即可以仰仗贵方?"

"刘铁玉在待命。"费拉尔答道。

刘铁玉是上海银行家协会会长兼中国商会名誉会长,同各行会的首领均有往来。他在中国城为所欲为,比费拉尔在租界更放肆。而中国城已开始落入起义小组手中。那军官稍稍欠身便告辞。费拉尔登上二楼。在一间现代化办公室的一角,刘铁玉的确在静候。这间办公室处处装饰着中国古代雕塑品。刘铁玉身着白色西服,内套无领粗毛线衣,毛衣也是白色的,同他那剃成平顶的头发一样颜色。此刻他正将双手放在安乐椅的镍质扶把上。他的全部神情都凝聚在大嘴和下颚上,活像一只精力旺盛的老蛤蟆。

费拉尔并不就座。

"您已经决心干掉共产党啦!"他这是确认,而不是发问。"我们当然也下了决心,"费拉尔两肩前倾地踱着方步,"蒋介石已经准备决裂。"

费拉尔从来没有在中国人脸上遇到过不信任的表情。可是这个中国人信不信他费拉尔呢?他递过一包香烟。自他决心戒烟以来,这包烟始终打开放在办公桌上,似乎是为了表示他意志坚强。

"应当帮助蒋介石。这对你们是生死攸关的事。不能再保持现状。在军队的后方即农村,共产党已在着手组织农会。农会的第一号命令将是没收借款人(费拉尔不愿直呼为'高利贷者')的财产。您的资本绝大部分在乡间。您在银行的存款大部分也是以土地作保证的。农民组织的苏维埃……"

"共产党不敢在中国建立苏维埃!"

"别咬文嚼字啦,刘先生。农会或苏维埃全都一样,反正共产党的组织要实行土地国有化,并宣布借据失效。这两项措施等于取消主要的保证,可你们获得的外国信贷正是靠这两种保证。连日本和美国朋友都算上,外国贷款总数在十亿元以上。这么大笔钱不能以瘫痪的商业做保证。何况且不说外国信贷,农会的法令就足以整垮所有中国银行。显然如此。"

"国民党不会听之任之的。"

"国民党根本不存在,只存在着蓝党或赤党。他们迄今为止是合作的,但不合拍,因为蒋介石没有钱。拿下上海(就在明天)之后,蒋介石用海关的钱几乎就够发军饷了。但不十分够。所以他还指望咱们。共产党到处主张收回土地。听说现在他们也想拖延一下,但已经来不及。农民听信他们的演说,但又不是他们的党员。农民可以为所欲为。"

"只有武力才能制止农民,我对英国总领事先生说过这话。"

费拉尔发现对方的语调与自己相近,觉得有可能把他争取过来。

"他们已试着收回土地。蒋介石决心不能听之任之。他已明令禁止触动军官或其家属的哪怕一寸土地。应当……"

"咱们都是军官家属，"刘微笑着说，"难道中国有一个土地的地主不是军官家属的吗？"

费拉尔对中国式的裙带关系非常熟悉。

电话铃又响了。

"军火库被围，"费拉尔说，"一切政府机构均被占领。国民革命军明日抵达上海。这个问题要立即解决。请理解我。由于共产党的宣传，许多土地已从地主手里没收。蒋介石或者必须接受这一事实，或者必须下令枪决夺取土地的人；汉口的赤色政府不会接受这类命令。"

"它将起拖延作用。"

"您已知道汉口英租界易手后英国公司股东的命运。当无论什么土地被合法地从地主手里夺走时，您就将知道自己的命运如何。蒋介石懂得，而且已宣布他必须立即决裂。您愿意助他一臂之力吗？"

刘缩着脖子吐了一口痰。他紧闭双眼，接着又睁开，眯成一条缝儿瞧了瞧费拉尔。那是世上任何一个地方老高利贷者的眼神。

"要多大数目？"

"五千万。"

他又吐了一口痰。

"专门由我们出吗?"

"对啦。"

他又阖上两眼。在一片撕裂般的枪声中,装甲车不时开火。

如果刘的朋友们已下定决心,那仍旧要费一番力气;万一他们下不了决心,那么共产主义在中国就会占上风。

"这是世界命运的转折关头之一……"费拉尔含着几分自豪说,其中有振奋,也有冷漠。他的目光不离对方。只见那老头儿闭目养神,似乎已经入睡。但看他的手背,一条条如绳索般的静脉正像神经似的在颤动。

"也得有一条纯属我个人的论点。"费拉尔想。

"蒋介石是不会让手下军官被剥夺的,"他说,"而共产党已决心要暗杀他。他本人是知情的。"

这传说已有好几天,但费拉尔却将信将疑。

"咱们还有多少时间?"刘问,接着马上睁一眼闭一眼(右眼表示精明,左眼象征羞愧)地说:

"你能肯定:他的许诺不兑现就不拿钱吗?"

"也有我们的一份钱,这就不是许诺的问题了。他别无选择。请注意:他要消灭共产党不是由于你出钱;恰恰是由于他要消灭共产党,你才给他掏钱!"

"我要把朋友们都召来。"

费拉尔知道中国的习俗,也了解说话人的影响。

"您有何高见?"

"蒋介石有可能被汉口人击败。汉口有二十万失业大军。"

"咱们若不帮助他,他准会被击败。"

"五千万元……数目……很大呀……"

刘终于正视费拉尔说。

"但比您可能不得不资助一个共产党政府的钱要少。"

电话铃再响。

"装甲列车已被围住!"费拉尔重复道。"政府即使愿意从前方调兵,也已来不及行动。"

他伸出手来。

刘握了握这只手便离去了。从这间办公室的

· 人的境遇 ·

大窗口朝外望,可以看见天空布满残云断絮。费拉尔眼见刘的轿车远去,马达声一时淹没了枪击声。即使费拉尔是赢家,他企业的处境也会逼得他向法国政府求援。法国政府却是经常拒绝援助的,前不久就回绝了中国实业银行。但在今天,他却是上海生死关头的体现者之一。各种经济力量,以及差不多各国领事馆都跟他从事同一游戏:刘是会付那笔钱的。装甲列车仍在开火。是呀,对方也有组织,这是头一遭。他倒想认识一下这组织的领导者是谁。也想设法将他们统统杀掉。

战斗的黄昏消逝在夜色中。地面上燃起火光。看不见的大江像往常一样,把城里残存的生命召唤到自己身边。这大江是从汉口奔泻而下的。刘说得好,而费拉尔也明白:危险出在汉口。红军正在那里形成。共产党在那里占了上风。自国民革命军如扫雪机一般涤荡北方军阀之后,左派都在向往这块福地:革命的摇篮就潜藏在这些炼铁厂和兵工厂淡绿色的身影里,虽然革命尚未接收这些工厂。现在,革命已经拥有它们,而这些穷苦的进军者渐渐消失在黏黏的薄雾里:那里的灯笼越聚越多,正朝大江的方向汇集,似乎也都来自汉口,却带着一副挫折的神情;威严的黑夜正将这不吉利的兆头驱赶到江边。

十一时。自刘走后,晚餐前后来访的有行会头目、银行家、保险公司和内河航运公司经理、进口商人、纺织厂长等。他们都多少依附费拉尔或其他外国集团(这些集团与法亚银团有政策上的联系)。费拉尔不仅依靠刘。上海是中国怦怦搏击的心脏,一切滋养它的东西流过时都令它搏击。包括在遥远的乡间(地主多半依赖银行),条条血脉莫不如江河沟渠,一齐汇向这正在决定中国命运的大都会。枪声依旧。此刻需要等待。

华莱丽娅正躺在他身旁。费拉尔想起一位友人,是一位聪敏的残疾人。费拉尔曾经忌妒他有好些情妇。某一天,费拉尔曾同华莱丽娅谈起他。华莱丽娅说:

"男人最诱人之处,莫过于强壮与柔弱相结合。"

费拉尔主张任何人都不依照自己的生活,来作自我辩白。所以把这句话牢记心间,这比她自叙生平留下的印象更深。

不过他明知:华莱丽娅对他并无深情。他猜想:他是在满足她的虚荣心。她期待当他不在意的时候能得到更高贵的待遇。但他没想到,她但愿他这个性急的人突然会天真起来。她甘当情妇,是为了最终得到他的爱。她却不懂:费拉尔的天性,以及他当前的搏斗,都将他限于色情,而达不到爱情的高度。

这位富有的高级服装剪裁师并不追逐金钱(至少目前还没有)。她声称:许多女人的色情要求不过是在选定的男人面前赤身露体,并且只能尽兴一次。然而她与他睡觉已是第三次了。他觉得她有与自己近似的自豪感。

"男人远行,女人养汉。"昨天她还这么说。

他在她面前表现得既强硬又斯文;是否这种反差能讨她喜欢,就像对许多女人应验的那样呢?他自知在这场游戏中,投进去的是他最强烈的感情,即自豪。同这个伙伴相处不无危险,她常说:

"亲爱的,任何男人都不了解女人,因为男人都不明白:凡有一种新化妆,新衣裙,一个新情夫,就会有一颗新的心灵……"

边说还边挂着那不可缺少的微笑。

他走进卧室。她正躺在床上,头枕着一只浑圆的肘弯,笑盈盈地瞧着他。

微笑赋予她生命,来自欢乐的充实而放浪的生命。华莱丽娅静止时的表情是忧伤中有温柔。费拉尔记得:初次相逢时他说过她的相貌是一种融合,是与她那灰眸子的柔情相谐协的相貌。但一旦她卖弄开风情时,她那微启的弧形嘴上挂着的笑意,更多地挂在嘴角,而不是嘴上。这笑意不期而然地与她层层曲卷的短发和变得不太温柔的眼神相配,使她具有某种被抛弃的猫的复杂表情,虽然她的脸相很匀正。费拉尔喜爱小动物。犹如一切过于自负而不善处世者一样,他最喜爱的是猫咪。

他去浴室脱光衣服。那里的灯泡坏了,于是化妆品便如火光照耀,染上一抹桃红色。他自窗口外眺,大街上人群蠕动不已,像是黑水池里微微颤动下的万千鱼龙。他突然有一种感觉,似乎人群的灵魂已抛开躯体,如同入睡者在梦中灵魂出窍一样;这灵魂在燃烧,以欢乐的力量,在照亮诸建筑边沿的浓烈火焰中燃烧。

当他返回时,华莱丽娅已不复微笑,而在沉思遐想。他不是只想被那含笑的女人所爱吗?这位没有笑容的女人不是像一个陌生者在将他俩分开吗?装甲列车每隔一阵便开火,似在表示凯旋:这列车还掌握在官军手中,如同兵营、军火库和俄罗斯教堂一样。

"亲爱的,"她问,"您又见过德·克拉皮克先生吗?"

上海的法侨都认识克拉皮克。华莱丽娅是在前一天晚宴上与之相遇的。他的奇思异想吸引着华莱丽娅。

"见过。我托他为我买几幅嘉摩的水墨画。"

"古董店里能找到吗?"

"找不到的。不过嘉摩正从欧洲归来。再过半个月他会经过此地的。克拉皮克累了,他只讲了两则动听的故事:一则故事讲一名中国窃贼,从一个古琴形状的洞穴钻进一家当铺行窃,后来却被认定无罪释放。另一则故事是说贤德先生养了二十年兔子。某个国内关卡的一侧是他的家,另一侧是兔棚。某日又值关员换班,忘了将他每日过关的事告诉接班者。他挎着装满青草的篮子来啦。'喂,喂,请打开篮子!'原来青草下装满手表、项链、电灯泡、照相机。'你就靠这些东西来喂兔子吗？''对啦，关卡主任先生，假如（他吓唬兔子们说）它们不爱吃这些，那就没吃的！'"

"哦，"华莱丽娅说，"这则故事倒很合乎科学。现在我明白啦，摇铃的兔子、打鼓的兔子等等小动物，它们在月球之类的地方都挺自在，一进入孩子们的卧室却不行啦。原来它们是从那些地方来的哟……这贤德先生的故事冤得叫人伤心哩。革命报刊会使劲抗议，我想。您不妨相信兔子们真是吃这些东西呢。"

"亲爱的，你读过《爱丽斯漫游奇境》吗？"

他几乎是以含讥带讽的语气称她为"亲爱的"，这使华莱丽娅大为气恼。

"您怎么知道我读过这本书呢？我能将它背出来哩！"

"你的微笑使我想起猫影儿①，它永不会变成实在的猫：人们只能瞥见一种猫的动人微笑在空气里浮动。唉，为什么女人的智慧总要选择与己

---

① 《爱丽斯漫游奇境》中一只会咧嘴微笑的猫，它出现时，有时只显现一张微笑的脸而不是全身。

不同的对象呢?"

"那么亲爱的,女人自身的对象又是什么呢?"

"显然是魅力与理解。"

她边说边思考着。

"男人所谓的魅力与理解是束缚思想。你们只认可女人身上与你们一致的智慧。那是多么叫人放心啊……"

"女人奉献,男人占有,人类理解一切就只靠这两种方式……"

"亲爱的,难道您不了解:女人可从不奉献(或者差不多从不奉献),而男人也不曾占有任何东西,是吗?什么'我自信在占有她,她也就相信自己被占有……'不过是绕口令罢了。哎,真是这样吗?我要说的话可能很不中听。难道您不认为这就好比瓶塞儿自认比瓶身还重要百倍吗?"

女人风情的放任自由吸引着费拉尔,但思想的放任自由却叫他恼火。他但求重温能使他制服女人的惟一感觉,即基督教的羞耻感、对所蒙受耻辱的承认。她虽未想到这一点,却想到他正在远离她而去。不过她对费拉尔的欲念有切身感受,想到有可能随意召他回来便暗自好笑。她此刻正芳唇半启地(既然他喜欢她的笑容……)凝望着他。她奉献了这缕目光,认定他同几乎所有男子一样,会将她诱惑人的快乐误认作纵情的乐趣。

他上床与她一同躺下。抚摸华莱丽娅的闭月羞花之貌,他想看到这容貌的变化。他渴望看到另一副表情,切望肉感将这种表情凝聚到华莱丽娅的眉尖。他觉得自己正在消除某种面具,而她最深沉隐秘的感受必是他所喜爱的:他过去只是在黑暗中同她做爱。但他刚用两手轻轻掰开她的大腿,她却立刻关上电灯。于是他又将灯打开。

他是摸索着开灯的,她以为那是个误会,将灯又关掉了。他立即再打开。她感觉敏锐,认为这既好笑又好气,此时正与他的目光相遇。他将开关推到一边。她明白啦:他正期待从自己脸上肉感旺盛的变化中得到飘飘然的乐趣。她深知自己仅在做爱之始才充满女性的性感,而且这做爱须是突如其来的。当她感到找不到开关时,她所熟悉的热流正攫住她,从腰间升腾到乳峰,到两唇:她猜想,在费拉尔的注视下,它们正不知不觉地膨胀着。这热流正是她愿要的,她紧紧搂着他,凝神屏息地深深渗透着:遥遥离开那正如火如荼的罢工。她明白,在此次罢工中,她本人将被抛到一边,而不宽恕这男人的决心也将被抛弃……

华莱丽娅睡着了。她呼吸均匀,睡态舒适,因而芳唇微绽,流露出尽欢之余的酣畅神态。

"像我这样一个人,一条富于个性的生命,孤单却完整的生命……"费拉尔思索着。

他假设自己便是她,设身处地,借她的躯体来领受这欢乐的情趣;可眼前他只能认为那是屈辱。

"想得太蠢了。她的感觉是凭着自己的性感产生的,正如我也是这样,不多也不少。她觉得自己像是一种欲望之结,忧伤与自豪之结,如同一种命运……这是不言而喻的。"

但不是在此刻:睡梦和她的芳唇正给予她一种完美的肉感。仿佛她愿放弃做自由的活物,而仅仅留下这副容貌:它认可着肉体的胜利。中国之夜深沉的寂静,夹带着樟树和草叶的芳菲,一直扩展到太平洋之滨。这寂静不受时间的约束笼罩着她。没有一艘船舰鸣笛,也不复爆出一声枪响。她带进梦乡的不是他永不会有的记忆与希望:她不过是他的欢乐之彼极。她没有存在过,也未曾度过做小姑娘的岁月。

炮声又起:装甲列车重新开始射击。

三月二十三日清晨四时

某钟表店被改作一个值班处,强矢从那里瞭望着装甲列车。在前后约二百米处,革命者炸毁了路轨,拔除了平交道口的栏杆。装甲列车横挡着大街,如死一般纹丝不动。强矢只瞥见它的车厢:一节如牲口车一般紧闭,还有一节像被大油筒压得喘不过气来,上端有一个瞭望塔,伸出一只小口径炮筒。没有人:没有在紧闭的小窗后隐蔽的被围者,也没有在铁路高处室内走动的攻击者。在强矢背后的俄罗斯教堂近侧和商务印刷厂附近,炮火没有停息。准备让人缴械的士兵已无关大局,其他的将要送命。眼下各起义小组都已武装起来。官军前沿已被突破,现正乘坐损坏了的火车或沿着公路泥泞的车辙,在凄风苦雨中向南京逃遁。国民党军队几小时后即将抵沪:不时有传令兵来到。

陈仍着工装走进,坐在强矢身边凝望列车。

他的部下正在一条街垒后面警戒,离此约百米,但不得主动进击。

从侧翼望去,列车的炮筒正在挪动。缕缕黑烟如低云在他身前飘拂而去,那是已熄灭的大火的最后残余。

"我想他们库存弹药已不多。"陈道。

自瞭望塔伸出的炮筒有如天文台的望远镜,在小心翼翼地左右挪动。虽然护有装甲,挪动的审慎却似乎表示它很脆弱。

"只要咱们自己的炮一运到……"强矢喃喃道。

他们跟踪的炮筒突然停住并开火。作为反击,一梭子弹在装甲身上炸开了花。灰色的空中,在列车上方露出一片晴空。一名交通员将几份文件送达强矢。

"咱们在中央执委不占多数。"强矢说。

起义前,国民党举行了秘密代表大会,选出二十六人的中央委员会,共产党占十五人。中央委员会又产生中央执行委员会,后者将筹建市政府。实权是在中执委,而共产党人在这里不占多数。

第二名交通员着军装入内,在门框下停步。

"军火库已拿下。"

"坦克呢?"强矢问。

"已开往南京方向。"

"你是从部队来的吗?"

他在第一师当兵,该师共产党员数目最多。强矢问了他一些情况,他心情沉痛:人们在思考这"国际"有何用处。什么都给了国民党资产阶级。战士们几乎都是农民出身,家里正被迫缴纳重税以支持战事,而资产阶级倒只被课以很轻的税赋。他们若想占些田地呢,上头却明令禁止。共产党士兵认为攻克上海便可以改变这一切,而他这位交通员却不大以为然。他的论据不很充分,但从中很容易推出更扎实的理由。强矢答道:上海会成立赤卫队、工人纠察队的;汉口则有二十多万失业大军。他俩且谈且止,好听清外头的动静。

"汉口,我知道有个汉口……"那交通员道。

他们的话音变得沉浊,它似乎就滞留在近处,似乎被紧张的空气挽住,而那空气似乎也在静候炮声再起。他俩的思想都奔向汉口:那是"全中国工业最发达的城市"。那里正在组织一支新的赤色军队。正在此刻,那里的工人小组在学习使

· 人的境遇 ·

用步枪……

陈岔开两腿,两拳置于膝上,张着嘴凝望交通员,却一语不发。

"全看谁当上海市长,"强矢又道,"若是自己人,多数不多数就无所谓。若是个右派……"

陈看了看时钟。在这家钟表铺里,至少有三十只挂钟各指各的钟点,有的上了弦,有的却停了摆。急促的枪炮声如雪崩般袭来。陈颇费踌躇,不愿朝屋外看。他的两眼不能离开这钟表转动的世界,它们在革命中也依然故我。交通员的离去把他解放了:他决定瞧瞧自己的手表。

"四点钟啦。我们能弄清……"

他摇了野营电话,又气呼呼地放下耳机,转身对强矢说:

"市长竟是右派!"

"先扩大革命,再加以深化……"强矢答道。这不像是发问,而像是回答。"国际的路线似乎是将这里的政权交给资产阶级。暂时如此……我们将失窃。我见过前线来的交通员:后方严禁一切工运。蒋介石在稍加掩饰后,下令对罢工者开了枪!"

一线阳光照入室内。天上蓝色的空隙越来越大。街上充满阳光。虽仍有炮击,装甲列车在阳光照耀下却一如弃履。它又重新射击。强矢和陈仍在监视它,但已不专注:也许敌人已靠近,已经打进他们的阵地。强矢感到不安,心烦意乱地看着残阳下的人行便道。一个巨大的身影出现了。强矢一抬头,只见是加托夫。

"不出半个月,国民党政府就会查禁咱们的突击组。我刚见过蓝派的几位军官,他们被特意从前方派回摸咱们的底,狡猾地暗示:武器在他们手里比在咱们手里好。一解除工人纠察队的武装,他们就有了警察、中央执委、市长、军队和武器,而我们正是为了这些才举行起义的。我们应当脱离国民党,将共产党与之分开,可能的话还要掌权。这可不是下棋玩儿,而是通过这一切认真替无产阶级着想。我们为无产阶级出了什么主意呢?"

陈瞧了瞧他那细皮嫩肉,却很不洁净的双脚,那是一双套在木底皮鞋里的光脚。

"工人罢工是有理——咯。我们命令他们停止罢工。农民要夺地。他们也是有理——咯。我们却不准!"

他把重音不是放在最长的音节上。

"咱们照抄蓝党的口号,"强矢说,"不过诺言稍多一点。但蓝党许给资产阶级的诺言却都兑现了。咱们向工人许的愿却不落在实处。"

"得啦,"陈眼都不抬地说,"先得杀掉蒋介石。"

加托夫安静地听着,终于说:

"那是将来的事。现在是人家杀咱们的人,正是这样啊。可强矢,我未必赞同你的意见。你看,俄国革命初期,我还是社会革命党人,我们都反对列宁在乌克兰的策略。那时安东诺夫任乌克兰契卡委员,他逮捕了矿主们,以破坏罪论处,每人判十年苦役。不经过任何审判。他以契卡委员的资格擅自做主,列宁称赞了他。我们大家都表示抗议。要知道,这些矿主是不折不扣的剥削者,而我们当中好几个人曾被判下矿做苦工,因此更觉得应当做出范例,对他们要特别公正。不过如果我们放了他们,无产阶级就没法理解。列宁做得对。我们是在理的,可列宁做得对。不过我们也反对契卡的特别权力。真得留神哩。现在的口号是正确的:革命要先扩大、再深化。列宁并未立即提出'一切权力归苏维埃!'的口号嘛。"

"可列宁也没说过'一切权力归孟什维克!'呀。任何局面都不能强迫我们把武器交给蓝党。不管什么局面!那将等于说革命已失败,就只能……"

一位国民党军官进来了。他矮小、僵直,很像日本人。他们互致敬礼。

"再过半小时部队就开到,"他说,"我们的武器不够。您能给我们发多少?"

陈来回踱方步。加托夫静静地等着。

"工人纠察队理应保存武装。"强矢说。

"本人得到汉口政府的批准,才提出前面那项要求的。"军官答道。

强矢和陈不禁失笑。

"你们可以去了解嘛。"那军官又说。

强矢拨动起电话机来。

"即使下达命令……"陈边说边打起嗝儿来。

"好啦!"强矢大声说。

他在往下听。加托夫一把抓过第二只听筒。他们把电话挂了。

"好,"强矢说,"但士兵们还在前线。"

"炮兵即将抵沪,"那军官说,"咱们得把这些事办妥……"

他指了指躺在阳光下的装甲列车。

"……我们自己办。你们明晚能将武器交给部队吗?我们迫切需要武器。我们正继续向南京推进。"

"我怀疑:连一半武器都收不回!"

"为什么呢?"

"共产党人不见得都同意交出武器!"

"汉口方面下命令也不行吗?"

"莫斯科下命令都不行,至少目前不行。"

他们可以感到军官不胜愤慨,尽管他并没有流露。

"请你们尽力去做。我七点钟左右再派人来。"

他走出房间。

"你同意交出武器吗?"强矢问加托夫。

"我努力理解这件事。你看,得首先去一趟汉口。'国际'想干什么呢?首先是利用国民党军统一中国。其次是借宣传等等来发展革命,它自应由民主革命转变为社会主义革命。"

"得杀掉蒋介石!"陈喃喃道。

"蒋介石不会让我们干到这一步,"强矢答道,"不会的。他一定会依赖海关和资产阶级捐款,才能在这里站住脚。而资产阶级是不会白给钱的。他得以屠杀共产党来作报效。"

"这全是无聊的废话。"陈说。

"让我安静些,"加托夫说,"难道你没有想到,你试图刺蒋并未得到中央或至少是国际代表的批准?"

远处的杂乱声渐渐取代了安静。

"你要去汉口吗?"陈问强矢。

"当然要去。"

陈在屋里踱着步。上方的闹钟和布谷鸟钟摆还在作响。

"我方才的意见很简单,"陈终于又说,"那是要害,是惟一应该做的事。你向他们报告吧。"

"你能等吗?"

强矢懂得:陈之所以犹豫不做答,是因为加托夫未能把他说服。因为当前国际的任何命令都不能满足他内心深藏的、驱使他成为革命者的那种激情。他若是为了守纪律而遵命,便不能够有所行动。强矢凝视着这个站在钟表下的倔犟汉子。他为革命而牺牲自己与他人,或许革命将使他陷于孤立,只留下关于暗杀的种种追忆。强矢既是他的同志,又反对他,既不能与他合伙,又不能同他分手。凭着战友之情,强矢正注视他们或将一同攻打的这列装甲车。此情此景,他深感决裂或有可能,如同感到一位患癫痫或神经病的朋友,正是在最清醒的时候有发病的危险。

陈又踱起步来。他摇头以示抗议,终于说:"好——咯。"他同时耸耸肩,似乎这答复是为了满足强矢某种天真的心愿。

嘈杂声再度出现,更响亮,却极乱,他们得仔细聆听,才能分辨其内容。嗡嗡的声响似乎拔地而起。

"不,"强矢道,"这是人的喊声!"

声音越来越近,变得更清楚了。

"也许是在攻打俄罗斯教堂吧……"加托夫问。

官军以重兵把守着该地。但那喊声又似乎是从郊区向市中心逼近,而且越来越响亮,却分不清喊的内容。加托夫扫视一眼那装甲列车。

"难道是官军的后援到了?"

语义不明的喊声越来越近,仿佛有重要新闻在人群里传播。还有另一种声响在与它争高低,终于取而代之,变得很分明,那是地面在脚下有节奏的震动。

"是队伍,"加托夫说,"自己人!"

少许是。那叫喊是欢呼声,还不能与恐惧的呼叫区别开来。强矢从前听到过群众在洪水逼迫下这般涌来。脚步的撞击声变成水波拍岸声,接着又来一遍:战士们立定,尔后又改换方向重新前进。

"有人告诉他们装甲列车在这里。"强矢说。

列车里的人听喊声大约不及他们听得分明,但装甲铁片共鸣下的脚步声却很清楚。

一阵可怕的噼啪声使三人都一怔:装甲列车上的每门大炮、每挺机枪和每支步枪都同时开火。加托夫曾是西伯利亚某列装甲车上的一员。他想象得到眼下这列车最后挣扎的情景。军官任意下令射击。他们躲在瞭望哨里,一手提电话听筒,一手举枪,又能干些什么呢?每个士兵无疑都猜到这有节奏的声响是什么。在这艘永远不会浮起的巨大的"潜水艇"里,他们是准备同归于尽,还是相互厮杀一番呢?

列车自身也疯狂地抖动起来。它仍旧四面射击,并被这股狂热所震撼。它似乎想将自身从铁轨上连根拔起,车中人绝望的怒火似乎也传给了这被困的装甲物:它也挣扎起来。在这一发不可收拾的场面中,令加托夫纳闷的不是车中人致命的狂醉,却是路轨的摇荡:正是它有如一身铁马甲禁锢着种种惨痛的呼叫。他做了一个胳膊前伸的姿势,好让自己相信他还没有瘫痪。三十秒钟后,噼啪声中止了。在行军的隆隆滚动声和店里钟表的嘀嗒声的上空,又出现一片沉浊的铁器轰鸣声,那是革命军的炮兵。

每片装甲都遮掩着一个车中人,他们聆听这轰鸣就像听见死神光临一般。

第三部分

三月二十九日

汉口就在眼前:穿梭来往的大帆船几乎全部占据了江面。兵工厂的烟囱在一座小山衬托下渐渐显露,而在浓烟密遮下,本来几乎看不见它们。透过春天黄昏时节的淡蓝光芒,城市终于露出眉目:在清晰的黑色近景的空隙中,圆柱式的银行大楼历历呈现于眼前。它们便是西方国家的"炮舰"。强矢逆江而上已有六天之久,上海方面全无音信。

在大客轮下头,一艘外国快艇还在鸣笛。强矢的证件合格,他对地下工作已很习惯。不过为小心起见,他还是只走到船头。

"他们要什么?"他问一名机械师。

"问咱们有没有大米煤炭。目前正值禁止输入。"

"为什么?"

"这是个借口罢了。要是咱们真运煤来,他们也不会吭声的。不过他们要设法在港里就解除船上的武装。供应市内已无法实现。"

市内有烟囱,有电梯,有蓄水站:这些都是革命的"盟友"啊。但上海的经验已使强矢明白什么才叫活跃的港口。眼前所见只有帆船和鱼雷舰。他举起望远镜:有一条,两条,共三条商用轮船。还有一些别的船只……他乘的船在武昌这面靠岸了。他该坐轮渡去汉口。

他下了船。岸上有位军官监管登岸事务。

"为什么只有这几条船呢?"强矢问。

"公司将船全调走了:它们就怕征调。"

上海方面以为征调早已进行过了。

"轮渡什么时候开呀?"

"每隔半小时开一班。"

他还得等二十分钟,于是就随意走走。铺子

里头都点着煤油灯。树木和屋角零散的影子在夕阳照耀下突现。天边的一丝残照不知从何而来,仿佛来自柔和的空气,又在高处与夜色的宁静交融。虽然士兵和工会在当家,但在如血的残阳消逝后,游方郎中、草药小贩、卖牛角蛇怪者、测字先生、星相学家、算命看相者……还在模糊的光亮中营生。人与物的影子泛着一层淡蓝的磷光,在地面上稍稍延伸,继而渐次消逝。在天边遥远的某个处所,这难得的黄昏残照只有一丝回光惠予大地,此刻在一座巨大拱门的内侧发出微光,而拱门之上的宝塔已被发黑的藤萝侵蚀。远处,有一营士兵在河面雾沉沉的夜色中消失,消失在远离铃铛、唱机的喧闹声之处,消失在灯火阑珊之处。强矢也在朝江边走,走进一片巨石工地:这是一片城墙砖,城墙被夷平象征中国的解放。轮渡的码头离此很近。

他在江面上又走了一刻钟,遥望城市在黄昏中升腾。终于到达汉口了。

一些人力车正在码头上等候。但强矢很焦躁,不可能停下脚来。他宁愿以步当车:这是在英租界内,英国人一月份撒手不管了,世界性的大银行也关闭了,但迄今未有别人来占领……

"焦躁是一种奇怪的感觉:人们从心律可以发觉呼吸不畅,似乎心脏变成了呼吸器官……"

在一条街的拐角处,透过一座大花园的缝隙可以瞥见西方工厂的烟囱,园内长满鲜花盛开的果树,在黄昏的雾色中显得影影绰绰。没有一缕青烟。在所见的烟囱里,惟有兵工厂还在冒烟。全世界的共产党人正指望从汉口传来中国得救的信息,而它竟在罢工?兵工厂是开工的;至少可以寄希望于红军吧?他已不敢跑步。假如汉口不是大家所想象的那样,那么上海所有的自己人便只有死路一条。包括梅。包括他自己。

终于找到了共产国际代表团。

整座别墅亮着灯光。强矢知道,鲍罗亭在最高一层办公。底楼的印刷间正开足马力,那台已破旧不堪的巨型鼓风机正咯咯作响。

强矢身穿一件大翻领灰色厚毛衣,一位警卫将他仔细打量了一番。警卫以为他是日本人,已用手指着专为外国人带路的哨兵。这时警卫的视线碰到强矢递过的文件:于是他穿过阻塞严重的门厅,将强矢带往国际代表团上海组。有位秘书出面接见,强矢仅知道他组织过芬兰最早的起义。有位同志隔着办公桌伸过手来,并通报自己名叫沃洛金。他胖得像一位中年妇女,而不像男子汉:也许是由于他的面部线条细嫩吧?那线条轮廓突出,像个布娃娃;他脸色清秀中带点中东人的气质。也许还因为那几绺花白的长头发吧?他的发式是应该向后翻梳的,但却披散在两颊上,像僵硬的女式长发!

"我们在上海正走着一条错误的道路。"强矢说。

他立即对刚说出的话感到不满:他的思想比行动更为敏捷。不过这句话是反映了他方才的本意:假如汉口不能提供各小组期待的援助,那么在上海交出武器即是自杀。

沃洛金蜷伏在安乐椅里,双手紧缩在咔叽布制服的袖管中。他喃喃道:

"又说老话啦!……"

"先谈谈这里发生了什么情况?"

"请往下说:我们在上海走的道路有什么错?"

· 人的境遇 ·

"可这里的工厂为什么不开工,为什么呀?"

"慢着,哪些同志表示了不满?"

"战斗小组的同志,还有主张搞恐怖的人。"

"对恐怖分子可以不理睬。其他的同志嘛……"

他两眼盯着强矢,问道:

"他们要求什么?"

"要求退出国民党。组织独立的共产党。将权力交给工会。尤其反对交出武器。特别是最后这一点。"

"还是老一套。"

沃洛金站了起来,面无表情地从窗口眺望着大江和山丘;只有一种凝重的紧张感(如同夜游者那样)赋予这呆板的容貌以生气。他身材矮小,脊背也像腹部一样肥胖,所以看上去有点像驼子。

"听我说:假定咱们退出国民党。那咱们干什么呢?"

"首先,每个劳工组织,每个工会都建立起一支纠察队来。"

"用什么武器?这里的兵工厂操在将军们手

里。蒋介石掌握着上海的兵工厂。可咱们同蒙古接不上:因此得不到俄国的武器。"

"在上海,我们已拿下兵工厂。"

"那是以国民革命军做你们的后盾,而不是与之迎面作战。咱们在此地武装什么人呢?或许可以武装一万工人。除去'铁军'外的共产党核心:也许可以加一万人。每人分得十粒子弹!面对的是他们:仅在这里便有七万五千人。还得算上……蒋介石,以及另一些人。他们一碰上真正共产主义的措施,便会兴高采烈联合起来对付咱们。而咱们用什么来保障部队的供给呢?"

"有炼铁厂,有其他工厂!"

"原料供不上!"

沃洛金不动声色地说着,他站在窗前,面对冉冉升起的夜色,面部的侧影被那几绺头发所遮掩。他继续说:

"汉口是失业者,而不是劳动者的都会!"

"手无寸铁也许更好。有时我甚至想:咱们要是武装他们,他们也许会朝咱们开枪!可有那么多工人每天干十五小时,却不提任何要求,因为'咱们的革命在受威胁……'"

· 人的境遇 ·

强矢如在梦境里一样不断下坠。沃洛金又说:

"权力不归咱们,而归'国民党左派'(如他们自称的)属下的将军们。他们像蒋介石一样不接受苏维埃。这是肯定的。咱们可以利用他们。不过如此。还得十分小心。"

万一汉口只是一幅鲜血染红的外景呢……强矢不敢深想了。

"我往回走时得见一见波索兹。"他想。那是他在汉口惟一信得过的同志。"我得见波索兹一面……"

沃洛金比表面上远为焦躁不安。经过反托派斗争,党纪已极度强化。沃洛金在此是为了贯彻一些同志的决定,他们比自己,也比强矢更权威,更灵通。若在俄国,他是不会争辩的。他并未忘记,当年他们是那么有耐心(布尔什维克不倦地将自己心目中的真理灌输给不识字的群众)。以列宁的演说为例,那是刻意追求的螺旋上升式的说理。他有时接连六次重申同一观点,但每次都更上一层楼。他认为中国党的成分远不及俄国党坚强有力。而对形势的阐述、各项指示,甚至明令,在莫斯科到上海的漫漫途程中往往走了样。

"……不要咧嘴现出一副傻相……"沃洛金说。"全世界都以为汉口在共产党手里,那正好嘛。这是咱们的宣传工作成功,但不等于就是事实。"

"最新指示又是什么呢?"

"是加强铁军的共产党核心。咱们可以在天平一端的盘子里加分量。咱们不是一支独立力量。在这里同咱们并肩作战的将军们,跟蒋介石一样仇恨苏维埃,仇恨共产党。我知道这一点,并且……天天亲眼见到。任何共产主义的口号都会诱发他们向咱们猛扑过来,并可能导致他们联蒋。咱们能做的,只是利用他们来瓦解蒋。然后视需要照样瓦解冯玉祥。如同咱们利用蒋瓦解了咱们迄今的对手军阀们。正如胜利给他们增了兵,宣传也为咱们壮大队伍。双方在齐头并进。所以争取时间最要紧。总之革命不可能在民主形式下长期不变,其本性决定必须转化为社会主义。应当顺乎自然。现在是要为之接生,而不是令其流产。"

"对。可是马克思主义有某种命运感,并且

要鼓励意志。不过每当命运高于意志时,我就警惕起来。"

"现在一句纯粹共产主义的口号,就会使一切军阀联合起来对付咱们:是二十万比二万的格局。因此你们必须在上海应付好蒋介石。万不得已时,就交出武器。"

"照这个算法当初就不该搞十月革命:当时布尔什维克有多少人啊?"

"'和平'的口号使我们争取到了群众。"

"还有其他口号。"

"那是些不成熟的口号。你是指哪些?"

"如:立即取消各种佃金和债务。切实地、不折不扣地进行农民革命。"

逆江而上的六天坚定了强矢的想法,即在黏土地带的这些城市(是数千年来在长江支流的河岸上形成的)里,穷人可以跟工人走,也可以跟农民走。

"农民总是跟别人走,"沃洛金说,"不是跟工人,就是跟资产阶级。总是跟别人。"

"真抱歉。农民运动只有紧紧依靠城市才能持久,而农民自身却只能产生雅克团式的运动,这是不言而喻的。当然不是叫农民与无产阶级分家:取消债权是一个战斗口号,惟一能动员农民的口号!"

"还有'分田地'!"沃洛金插话道。

"说得具体点儿:许多农民很穷,是土地所有者,却替高利贷者干活。谁都明白这一点。另一方面,在上海应该赶快训练工人纠察队。不能允许以任何借口解除其武装。面对蒋介石,要将他们化为*咱们的力量*。"

"这个口号一传开,咱们就必定遭到镇压!"

"咱们反正是会被镇压的。共产主义的口号不胫而走,宣布放弃也无用。只须发表演说便可叫农民要求土地;但若想叫他们不再要求土地,发表演说就不够了。咱们要么同意跟蒋介石的部队一同进行镇压,你看行吗?干脆来个彻底卷入。要么他们就会镇压咱们,不论是否出于自愿。"

"党同意最后要决裂,但不能这么早。"

"那么,如果首先是讲策略,就别交出武器。交出武器就等于出卖同志!"

"他们按照指示办,蒋介石就不会动手。"

"按不按指示办都无关紧要。军委、加托夫

和我一起组织了工人纠察队。你们要解散它,上海的无产阶级都会认为是背叛。"

"那就让别人来解除它的武装。"

"在贫民区,工会到处自行组成。你们是否要以共产国际的名义来禁止工会呢?"

沃洛金回到窗口。他微微朝胸前耷拉着脑袋,露出双下巴。夜幕已降临,天上布满还不明亮的星星。

"决裂肯定招致失败,"他说,"莫斯科不会容忍咱们现在退出国民党。而中共比莫斯科更赞成妥协。"

"那只是上层:在基层,同志们不会交出全部武器,你们下命令也没有用。那样你们既把我们牺牲了又达不到使蒋放心的目的。鲍罗廷可以将这种看法报告莫斯科。"

强矢能寄托希望的惟有他而已。沃洛金式的人物是说服不了的。他至多只能转达……

"莫斯科已经知道:交出武器的命令是前天发来的。"

强矢为之愕然,他没有立即回答。

"各组交出武器了吗?"

"交出的不足半数……"

就在前天夜里,正当他在船上沉思或入睡的时候发来的命令……他明知莫斯科将坚持它的路线。形势突然使陈的方案具有一种朦胧的价值。

"还有——也许是同一回事:我们那边的陈大儿要杀蒋。"

"噢,原来是这样!"

"怎样呢?"

"他托人带了张条子,要求趁你来访也见他一面。"

说着从桌上拿起一张便条。强矢还没注意到,他的双手像神职人员一般细嫩。

"他为什么不让陈立即上来呢?"强矢纳闷。

"这是个严重问题……"沃洛金在看那张便条,"他们都说问题严重……"

"他人已在汉口了吗?"

"他不应当来吗?他们都一样,几乎总是要改变主意。他嘛,到达汉口已经有两三个小时啦;你的船晚了好几个钟点哩。"

他打电话叫陈上来。他不喜欢同恐怖分子谈话,因为深感他们眼光短浅、态度傲慢而又缺乏政治头脑。

"当尤邓尼奇打到列宁格勒城下时,"沃洛金说,"情况还更糟糕。可我们还是闯了过来……"

陈走进来,他也是身着厚毛衣。他从强矢身前走过,正对着沃洛金坐下。这会儿只有印刷车间的声响划破寂静。从与办公桌成直角的落地窗看去,夜色已经很浓,将两人的侧影分割开来。陈用两肘撑着办公桌,两手托住下巴颏儿,神态固执而紧张,一动也不动地待着。

"一个人性格若极度强烈,就会具有某种非人的色彩,"强矢瞧着他想,"这是不是由于我们常感觉到,因各自有弱点而彼此相通?……"

惊奇之后,强矢认为陈的汉口之行是不可避免的。在布满星辰的黑夜的另一侧,沃洛金正站立着,发绺落在脸上,一双胖手交叉于胸前。他也在静候。

"他对你说过吗?"陈问,说着把头转向强矢。

沃洛金答道:

"共产国际对恐怖行为的看法你已知道。总之,我就不为此而向你长篇大论啦!"

"现在是特殊情况。只有蒋一人才有这么高

的威望与实力,足以维持资产阶级一致对付咱们。嗯,你们当真反对杀他吗?"

陈两手托腮帮,臂肘支在桌上,始终不动声色。强矢明白,同陈争辩是枉然,尽管他亲自来了。他俩的共同点仅在于破坏。

"国际不会批准这方案,"沃洛金毫不含糊地说,"不过,即使从你的观点看……"

陈依旧不动弹。

"……时机选择得当吗?"

"难道要等蒋下令杀咱们,你才动手?"

"他只会下令,到此为止啦。别忘记他的公子还在莫斯科①。还有,加伦②手下的俄国军官尚未从蒋军参谋部脱身。要是蒋被杀,他们必遭酷刑。加伦和红色参谋部都难以接受……"

"此事似在这里讨论过。"强矢想。在那次讨论中,有一些无以名状的因素不能服人,而且令强矢困扰:他觉得,沃洛金下令交出武器比谈到杀蒋

---

① 当时蒋介石的长子蒋经国正在莫斯科。
② 加伦(1889—1938),即瓦·康·布笛赫尔。俄国革命家、军事家,被授予苏联元帅军衔。一九二四年受当时苏联政府派遣,来华任军事总顾问,一九二七年八月回国。一九三八年在肃反中被杀。

要坚定百倍。

"假如俄国军官遭酷刑,那就让他们受罪吧,"陈说,"我也可能受刑,这没啥意义。千百万中国人比十五个俄国军官更重要。好咯……蒋也会顾不上他的公子呢!"

"你如何知道?"

"你呢?"

"可以断定,他的爱子之心不及爱己之心,"强矢说道,"而如果不设法镇压我们,他就要完蛋。不阻止农民的行动,他自己的军官就不跟他走。所以我担心,只要欧洲各国领事向他许愿,再搞一点别的名堂,他就会丢开儿子不管。在解除咱们的武装后的第二天,你沃洛金想争取的小资产阶级就会都跟着他跑:它会站在有实力的这一边。我熟悉小资产阶级。"

"未必吧。何况不光有上海呢。"

"你说你们正在挨饿。上海一丢,谁供应你们?冯玉祥切断了你们同蒙古的联系,我们一被打垮,他就会出卖你们。这样,长江一带无所得,俄国方面也供不上。你们拿国民党的纲领向农民许愿(二五减租,这可不是闹着玩,真不是闹着玩呢),农民难道就甘心饿死来养活红军?你们会更进一步落到国民党手里。现在就提出真正革命的口号,依靠上海农民和无产阶级,设法同蒋介石斗争,这当然有风险,但并非不可能。第一师师长以下几乎全是共产党人,他们会同我们并肩战斗。你说我们留下一半武器。不竭力去斗争便等于束手待毙。"

这场争论开始使沃洛金恼火,虽然他具有不介意的长者风度。但他也知道,强矢维护的那种倾向在上海很有实力。

"国民党是客观存在,而不是我们制造的。它存在着,而且暂时还比咱们强大。咱们可以从基层把它攻下,将能调遣的共产党人统统派到基层。基层的成员多半是激进派。"

"你同我一样明白:在民主制度下,数量对领导机构毫无作用。"

"我们正在证明:如果去利用国民党,它是可以被利用的;这不能靠空谈来实现。两年来我们一直在利用它。月月利用,天天利用!"

"是在你们接受其宗旨的限度内利用。一旦需要它接受你们的宗旨,却一次也利用不上。你们促使它接受最急需的礼物:军官、志愿者、金钱和宣传。而士兵苏维埃、农会之类,则是另一回事。"

"那么,开除反共分子又怎么解释呢?"

"那时蒋还没有拿下上海。"

"不出一个月,我们就能让国民党中央宣布他为非法。"

"他早已先将咱们镇压下去啦。杀不杀共产党的积极分子,这跟中央的军阀又有何关系?反正是好事嘛!你当真不明白:由于死抱住经济规律,中共,也许还有莫斯科,就看不清咱们当前的基本需要?"

"这是机会主义!"

"就算是这样!照你说,列宁就不该提出分田地的口号(何况社会革命党党纲也有这一条,他们并未因为执行它而完蛋。这一条比布尔什维克的党纲突出得多)。分田地意味着建立小生产所有制:所以列宁该做的就不是分田地,而是立即搞集体化,建立国营农场。列宁成功了,于是你们明白这是策略。我们也只是讲策略嘛!你们正失去对群众的掌握……"

"你真以为从二月到十月,列宁一直掌握着群众?"

"他有时也不能掌握。但他始终坚持群众方向。而你们,你们的口号是逆流而动。这就不是迂回前进,而是方向不对,越走越远了。为了影响群众(如你们所说),那就得大权在握。目前并非如此。"

"这一套全不对头。"陈表示。

他站起身来。

"你们不可能阻止农民的行动,"强矢又道,"目前,我们共产党人正在给群众发指示,而他们必定认为这些指示是背叛。你以为他们能理解你这些犹疑不决的口号吗?"

此刻沃洛金的话音第一次带有一丝激动:

"即使我正在上海港充当苦力,我也会把服从党看成是共产主义战士惟一合理的态度。所以应当交出全部武器!"

陈站起身来:

"大家去拼死不只是靠服从! 去杀人也不是由于服从! 只有懦夫才只知道服从!"

沃洛金耸了耸肩。

· 人的境遇 ·

"总之,不应当将暗杀看成是追求政治真理的主要途径!"

陈走出屋子。

强矢向沃洛金伸手告别,并说:"中央一开会,我们就将提出立即分田地,和取消债权!"

"中央不会通过这些建议。"沃洛金笑着答道。

陈肥胖的身影正映照在人行道上,他在静候。强矢在问明好友波索兹的办公室后也赶了上来:波索兹负责领导港务。

"听我说……"陈开口道。

印刷间机器的震动经地面传导变得很规律,像轮船的马达一样有节奏。这震动从头到脚摇撼着他俩。在这座酣睡的城市里,国际代表团正通宵达旦地工作,窗户照得亮堂堂,黝黑的半身人影在走动。他俩也在行进,两个相像的身影映照在他们脚前:他俩身材相似,厚毛衣的翻领也相似。街道的远景中有几间茅舍隐约可辨,它们带着炼狱的影子消失在静谧而几近庄严的夜色里,消失在鱼腥和焦油脂味当中。强矢无法摆脱从地面传到他躯体上的机器震动:似乎这几台制造真理的印刷机,将沃洛金态度中的唯唯诺诺综合到他身上。在逆水上行的过程中,他痛感自己消息不灵,但他若不愿意盲从共产国际,要为自己的行动找到根据又谈何容易!而共产国际是错了。争取时间已经没有可能。共产党的宣传如洪水般深入群众,因为这宣传符合他们的利益。无论莫斯科多么谨慎,这宣传已是锐不可当。蒋深知这一情况,因而会立即镇压共产党人。惟有这一点是真实的。也许领导革命的方法可以变通,但现在为时已晚。共产党领导的农民将会分田占地,共产党工人将会竭力主张革新雇工制度,共产党士兵将问明缘由再作战,而不顾莫斯科的意向。莫斯科与敌对的西方各国首都可以在暗中处置它们彼此相悖的愿望,并试图依此建立一个世界。革命完成了它的妊娠期,现在要么临产,要么死亡。深夜的手足之情使他挨近陈,他感受到一种强烈的依赖心理:惟恐自己单枪匹马,无依无靠。

他想起,在这种夜色中,他见过中国穆斯林伏身在烧焦的香草草原上大声歌唱,那是世世代代受苦,自知死将临头者肝胆俱裂的歌声。他来汉口干什么? 让共产国际了解上海的形势。共产国

· 人的境遇 ·

际的态度本已趋于强硬,目前还是这样。他亲历的种种比沃洛金的议论更重要:他目睹工厂寂然无声,亲见这座城市虽顶戴革命璀璨的光环,却正向灭亡走去,全城早已人心惶惶。人们可以将自己的遗物传给下次起义高潮,而不是消失于阴谋诡计之中。他们的失败已成定局,要紧的是不应白费力气。可以肯定,陈也在此时与他结成了患难之交。

"不明白!"陈喃喃有词,"要是指杀蒋,那我心里明白。但对这位沃洛金,我想那无所谓。他不愿做杀人犯,而愿意惟上级命令是从。像你我这样,活着需要一种信念。我想,对他来说,执行命令顶顶实在;犹如对我而言,杀人最为实在。是得有点儿实在的东西,得有啊!"他沉默了。

"你经常做梦吗?"他又问。

"不经常。至少不大记得梦见什么。"

"我几乎夜夜做梦。自然不无消遣幻想之类的内容。比如梦见在地板上出现猫咪的幻影……在谋杀当中,困难并不在杀人本身,而在不可心慈手软,要设法使你高于当时的自我!"

痛苦吗? 从语调上是难以判断的,而强矢又看不见对方的容颜。在寂静的街道上,远方汽车发出一响沉闷的爆裂与骤起的风一起消失,而这阵风又将果园的芬芳吹入樟树的漫漫气息中。

"假如只要有这一点……不——咯。做梦就更不好。梦见的是动物。"

陈接道:

"是动物……尤其是章鱼。我都能记住。"

虽然夜里空间开阔,可是强矢感到:就像在紧闭的屋子里一样离陈很近。

"这有很久了吗?"

"很久啦。就我记忆所及一直是这样。近来不常如此了。可我只记得……这些事。我一般很讨厌回首往事。现在我没遇到这种情况:我的生命不在过去,而在未来。"

一片静默。

"……我惟一害怕,很害怕的事,是入睡。可是我天天入睡啊。"

十点钟已敲响。在沉沉夜色中,有人用中国式的短促尖啸声争吵着。

"……或者说害怕自己发疯。这些章鱼在一生当中白天黑夜地反复出现……人们正发疯时不会去自杀,好像是这样……从来不会。"

"你的梦没有变化吗?"

陈明白强矢大概指什么。

"以后告诉你,在……杀蒋之后。"

强矢早已置生死于度外,并且生活在明知朝不保夕的人当中。勇敢对他并没有新意。但他首次遇到被死亡吸引的事(此刻正体现在这位几乎看不见,以漫不经心的口气说话的朋友身上),仿佛这些话发自夜的力量(它同他本人一样惶惶不安),发自焦虑、宁静和疲乏的强有力的混合……不过,他的声音刚刚变调儿了:

"你是……怀着焦虑心情想到的吗?"

"不——咯。是怀着……"

他踌躇着说:

"我在找一个比'欢乐'更强烈的词汇。没有合适的字,连中文里也找不到。一种……彻底的宁静。一种……你们怎么说来着?一种无以名状的东西。只有一种东西还更加深沉。离凡人更远,而更近于……你抽过鸦片吗?"

"没怎么抽过。"

"那我只能勉强向你解释。更近于你所谓

的……出神入化。是的。很浓烈。很幽深——咯。不是淡淡的。一种向着……向着尘俗的出神入化。"

"使你有这想法的是某种观念吗?"

"是的:是我自己将要死去的观念。"

……仍然是漫不经心的声音。

"他将杀了自己。"强矢想。他常听父亲侃侃而谈,因而知道:这般刻意追求绝对的人,惟有在自身感受中才能找到它。渴望着绝对,渴望着永生,因而害怕死亡:陈本应是怯懦的,但他却像一切神秘论者那样认为,他心目中的绝对只有在眼下瞬间才能被掌握。所以他或许蔑视那不走向这瞬间的一切:这瞬间会在天旋地转的占有中使他与自身联结。从这个强矢此刻甚至看不见的人影中,产生一种控制这人影的盲目力量,也就是构成命运的无形物质。这位此刻沉默无言的同志,正在想象自己熟悉的恐怖视象,他身上有点疯狂的东西,也有点神圣的东西:那是非人的因素始终具有的神圣。或许,他之去杀蒋不过是为了自杀。强矢想在夜色中再看一看那张有善良嘴唇的尖面孔,他感到自己身上颤动着那主宰一切的惶惑,使陈投入梦中的章鱼和投向死亡的惶惑。

强矢慢条斯理地说:"我父亲认为:人的实质是惶惑不安,是对自身命运的意识,从而产生各种恐惧,甚至是对死亡的恐惧……但鸦片可以解除这些恐惧,而它的意义正在于此。"

"人们总是能在自身发现恐惧。只须寻找得深刻一些:幸好人们可以有所行动。假如莫斯科批准我的想法,我也无所谓。假如莫斯科反对,最省事的办法是置之不理。我要走啦。你还要留一留吗?"

"我先要见波索兹。你不能走:你没有通行证。"

"我要走,一定要走。"

"怎么走?"

"不知道。但我要走,一定要走。"

的确,强矢感到,在当前形势下,陈的意志作用很小。命运之神假如存在于某处,今夜她就在这里,在陈身边。

"你觉得由你组织刺蒋很有必要吗?"

"不——咯……不过,我不愿让别人做这件事。"

"因为你不放心吗?"

"因为我不愿自己所爱的女人被别人亲吻!"

这句话引起强矢本已忘却的深痛创伤:他突然觉得自己已与陈分手。他们已经走到江边。陈砍断一条系在岸边的游船的缆索,离江岸而去。强矢已不见其身影,但尚能耳闻噼啪的桨声,正均匀地压过轻轻拍岸的涛声。他认识一些恐怖分子。他们相互间并不提问。他们隶属于一个小组:作为伤人的昆虫,他们靠与一个小小的蜂窝联系以维持生存。然而陈……他却依旧在思考,不改变自己的步伐。强矢朝港务局走去。

"他的小船一到发船口就会被扣留……"

他走到军队防守的几幢大楼前面,与共产国际大楼相比,它们几乎空空荡荡。走廊里,有的士兵在睡觉,有的在打斗兽牌。他顺利地找到了老友。那人的面容像一只苹果,脸上长着葡萄农家的酒糟鼻,他身着咔叽布军装,蓄高卢式胡髭:他便是波索兹,曾是拉·肖德封地方的一位信奉无政府工团主义的老工人,战后到俄国成了布尔什维克。强矢在北京与他结识,并信任他。他们安详地握手致意:在汉口,什么幽灵来访都是正常的。

"卸货工人在那边。"一个士兵招呼道。

"叫他们过来。"

士兵出去了。波索兹转身对强矢说:

"小老弟呀,你发现我在这里毫无作为吧?港务局本是为三百艘船设计的:现在却连十艘也不到啊……"

港口在敞开的窗户下沉睡:没有汽笛声,只有不绝的波涛拍岸和冲击大楼支架的声音。一道灰白的巨光,照亮了办公室的墙壁。远方炮舰的探照灯刚刚扫照过江面。响起一阵脚步声。

波索兹拔出手枪放在办公桌上,对强矢说:

"他们以铁条袭击了赤卫队!"

"赤卫队有武器!"

"小兄弟,危险不在他们袭击赤卫队,而在赤卫队倒戈。"

探照灯的灯光再现,将他俩高大的身影映照在后面的白壁上。卸货工人进来时,夜色复又降临,共有四个、五个、六个、七个工人。一律着蓝色工作服,有一位打着赤膊。戴着手铐。面容各不相同,暗中看不很清楚。但都是恨恨然的样子。

与他们同来的有两位中国卫兵,腰间挂着拉康手枪。卸货工人站成了一排。有仇恨,也有恐惧。

"赤卫队员都是工人呀。"波索兹用中文说。

静默。

"他们当赤卫队应当是为革命,而不是为自己。"

"可也是为了吃饭!"一个卸货工人说。

"配给券发给作战人员是公道的。你拿它干什么呢?拿来打牌吗?"

"大家平摊哟。"

"发给少数人都不够呀。政府决定对无产者从宽,即使他们在犯错误。如果赤卫队员们到处遭到杀害,军阀和外国人就会东山再起。瞧,你们知道这一点嘛。那该怎么办?难道你们愿意他们东山再起?"

"从前还有饭吃!"

"不对,"强矢对工人说,"从前没有饭吃!我晓得的,因为我当过码头工人。反正是一死,总要争取做真正的人!"

众人的眼睛(在微光映照下)都不觉睁大了:他们竭力想看清这举止像日本人的家伙:他身着

厚毛衣,说话带北方口音,还自称当过苦力!

"这是空话!"一位工友低声回答。

"对呀!"另一个讲,"咱们尤其有权罢工,有权饿死!我的哥哥在当兵。为什么要求成立士兵大会的人,都被师部开除啦?"

口风越来越硬。

"你以为俄国革命是一天完成的吗?"波索兹问。

"俄国人做成了预定要做的事!"

不必再争论:目前只要弄清这次反叛深入到什么程度。

"攻击赤卫队是反革命行为,可以判死刑!你们明明知道这一点。"

他稍停又说:

"若下令恢复你们的自由,你们将干什么呢?"

他们面面相觑。但黑暗使人无法看到面部表情。尽管手枪、手铐俱全,强矢仍感到正在酝酿一种中国式讨价还价的气氛,那是他在革命中已多次见到过的。

"有活儿干吗?"一名囚犯问。

"有活会让你们干的。"

"那么,假如眼前赤卫队使我们没有饭吃,我们就要打他们。我已经三天没吃饭了,颗粒未进呀!"

"牢里有饭吃吗?"一个未开过口的人问。

"你会看见的!"

波索兹只按了按铃,没再吭声,卫兵便将犯人带下。

"这一点最令人讨厌了!"波索兹这回用法语说,"他们竟会认为:牢狱里会对他们待若上宾哩!"

"你既叫他们上楼,又为什么不尽力说服他们呢?"

波索兹沮丧地耸耸肩。

"小老弟,让他们上来是因为一直希望他们讲点别的!毕竟还有另一种人,有每天干十五六个小时的青年,他们不提什么个人要求!而且会一直干下去,干到我们放心,好像①……"

这句瑞士方言的出现使强矢感到惊奇。波索

---

① 原文为瑞士法语。

兹淡然一笑。在朦胧的光照下,他的牙齿在杂乱的胡须遮饰下闪闪发光,如同方才卸货工人的眼睛一般。

"在战地生活中,你能保住这一口好牙,真是福气!"

"不,小老弟,不是这么回事:这是我在长沙装的假牙。牙医们似乎不受革命感动。你呢?你是代表吗?你到这儿来干什么?"

强矢对他解释一番,但没提到陈。波索兹听他讲着,越发忧虑了。

"小老弟,这一切都很可能,而且格外令人遗憾呢。我干了十五年钟表业,知道什么叫作机件相互制动。若是信不过共产国际,那就不该入党呀!"

"共产国际有半数人认为,咱们应当建立苏维埃!"

"有一条总路线指导咱们,必须遵循这条总路线。"

"要交出武器!造成咱们向无产阶级开火的路线,那准是一条错误路线!现在农民一分田,将军们就设法让某些共产党部队参加镇压。你会不会同意向农民开枪?"

"小老弟,人无完人呀:那我就对天开枪呗,弟兄们大概也会这么办。我希望不要发生这种情况。但这不是主要的。"

"明白啦,老兄:这就好比我看见某人正在朝你瞄准,而咱们还在探讨手枪子弹是否危险……蒋介石不可能不屠杀咱们。然后这里的将军、咱们的'同盟军'也会照办!他们这样做是合乎逻辑的。咱们会自讨屠杀,连党的尊严都保不住。咱们正日复一日将党引向混乱,原因就在这一大批将军。似乎混乱就是党的归宿……"

"如果人人自行其是,一切就都会完蛋。共产国际如果成功,大家就会欢呼:好呀!而且欢呼得也有道理。但我们如果从中作梗,党就要失败,而关键在于叫它成功……说是让某些共产党人向农民开枪,我知道有人这样说,可是你有把握吗,所谓真正有把握?你并没有亲眼看见。而且,总之(我知道你并不是故意,但总之……),你相信它,这对你那套理论有利……"

"这话你我之间说说就够啦。现在不可能搞一年半载的调查。"

·人的境遇·

为什么要争论呢？强矢想说服的不是波索兹，而是上海那一帮人。而且他们很可能现在已经被说服，正像汉口的现实和方才的一幕坚定了他的决心。现在他惟一的愿望便是动身回去。

一位中国下级军官进来了，脸拉得长长的，身体微微前倾，如同象牙雕品正好同象牙的弧形相吻合。

"抓到一个偷偷上船的人。"

强矢静候着。

"他自称是经您批准而离开汉口的。是个商人，名叫董炯。"

强矢舒了一口气。波索兹答道：

"我没有批准过任何人。与我无关。直接送警察局。"

被捕的富人往往提及某某官员。有时他们能单独造访，便塞上一把钱，这比束手待毙要聪明点。

"等一会儿！"波索兹从吸墨纸垫板下抽出一张名单，喃喃念着几个人的名字。

"就这样。他已列在名单上。他已被告发。让警察局处置他！"

那位下级军官出去了。名单是从练习本上撕下的一张纸,仍放在吸墨器上头。强矢还在想着陈。

"这是被通缉的名单。"波索兹说着,并且注意到强矢的目光还盯在那张纸上。"最后几名是通过电话宣布通缉的,是在船只起航前。待到船一起航……"

强矢伸出手来。共有十四人,陈未被通缉。沃洛金不会不明白:陈会尽早离开汉口。而且即使顺便指出他可能出走,也总是谨慎之举吧。"共产国际不愿承担刺蒋的责任,"强矢想,"但也许它对这种不幸的结果并不见怪,而是可以接受。沃洛金的答话听来那么含混,可能原因正在这里?……"

他交回了名单。

"我要走啦。"陈这样说。他的突然来到、沃洛金的抵触态度,还有那份名单,这一切强矢都能理解。但陈的每一个姿势都使他重新感到临近那刺杀,而事情本身似乎也在被陈的命运牵动。一些蜉蝣在那盏小灯附近嗞嗞作响。

"或许陈就是一只自己会发光的蜉蝣,它将

在那光照中毁灭自身……或许人类本身……"

难道人们只能看出别人的命运吗?他自己正想尽早回上海、不顾一切维持各战斗小组,这不也像是蜉蝣吗?军官回到办公室,他便借机向波索兹告辞。

他又回到宁静的夜晚。没有一声汽笛鸣叫,只听得见水波声。离岸边不远,在飞虫嗞嗞作响的路灯附近,有一些苦力正在睡觉,姿势像瘟疫患者。人行道上,零散地张贴着一些小幅红标语,圆满满的像下水道的薄板,上面仅书一字:**饿**。就像方才与陈同在时一样,他感到就在今夜,在整个中国,越过西部到半个欧洲,某些人正像他一样在徘徊,煎熬在纪律与自己人被屠戮之间。提出抗议的卸货工不理解这些。然而即使理解,又怎能在此地,在这座城市里选择牺牲?西方正期待这座城市决定四亿人口,乃至西方自己的命运;然而它却在大江之岸带着食不果腹者的焦虑沉睡,在束手无策、贫困和仇恨中沉睡。

第四部分

四月十一日

中午十二时半

克拉皮克差不多是独自待在格罗斯威诺尔小旅店的酒吧间里(这地方有修剪平整的核桃树,有酒瓶,镍边柜台上插着小旗),此刻正将食指伸直,顶起一只烟灰缸来转动着。他正在等候什皮列夫斯基伯爵。伯爵走了进来。克拉皮克揉着一张纸,他刚刚在那上面为每个朋友写下了一份想象中的礼品:

"这小村落充满阳光,你买卖兴隆吧,老兄?"

"不怎么兴隆。不过到月底,买卖会好起来

的。我在推销食品。当然是专销欧洲人。"

什皮列夫斯基长着细巧的弯鼻头,额顶已光秃,灰白的头发朝后梳,颧骨挺高。虽然身着极素净的白西装,样子却仍像一只巧饰的兀鹰。他那只独片眼镜更加突出了脸谱的漫画色彩。

"请看,老兄,问题自然在于找到两三万法郎。有这笔钱,就可在饮食业弄到一个体面的地位。"

"老兄,拥抱我吧!要在食品业弄一个小小位置,不,一个体面的位置?太好了……"

"我本来不知道你有这么多……讲究……这么多成见。"

克拉皮克以眼角扫视着这只鹰鹫:他是前克拉科夫大刀队的先锋,尉官团的一员。

"我嘛?去你的吧!我要乐开花呢!你想,我如果有这么多钱,就会用来模仿苏门答腊的一位荷兰大官儿,年年回国抚摩他种植的郁金香花,年年途经阿拉伯海岸。老兄呀,这就使他计上心来(这可是一八六〇年的事儿),想到麦加捞一把。麦加那笔财宝似乎数量很大,全是金器,藏在几个又黑又大的地窖里,都是朝圣者往里投献的财宝。我吗?我一心想在这地窖里度日。总之,咱们那位郁金香专家留下一笔遗产,并到安底列斯群岛去招募一群海盗,以便征服麦加。他们搞了许多新式武器,像双筒步枪、活动刺刀,天晓得还有啥?将武器装了船,而且(没话可说!)运走了……"

他将食指放在嘴唇上,赏看着那波兰人的好奇心,似乎两人都心照不宣。

"好啦,他们造起了反,密谋宰了他,利用他的船,在某片海洋里搞名副其实的海盗活动。这可是一篇合乎伦理的真实故事。不过我想说的是,你若指望我将那两万法郎搞到手,那可是痴人说梦!你若要我去拜访一些人,或办这一类事,那我就照办。何况为了每桩交易,我都得给你那了不起的巡捕房进贡,我宁可找你,也不找别人。但人呢?房子都着火啦,他们还这么迷恋鸦片白面!"

他又旋转起那只烟灰缸。

"我找您谈是因为,"什皮列夫斯基说,"假如我想成功,当然就该向每个人交代。我至少……本应等一等。不过我只是想为您效劳:叫您来给我送这瓶酒(可这是假酒),就是为了这个目的。听我说:明天就离开上海吧!"

"嗬、嗬、嗬!因为什么呢?"克拉皮克扯开了嗓门儿,像是外面汽车喇叭声的回响。

"因为……你所谓'我的'巡捕房还干点儿好事。快走吧!"

克拉皮克深知自己不能太固执。但他也转了一个念头:骨子里是不是在耍花招,也许是为了诓骗那两万法郎?啊,真蠢啊!

"明天就得走?"

他扫了一眼这酒吧,它的冷饮调制机以及镀镍栏杆,那都是老相识啊。

"最晚到明天。可您不会走,我看出来啦。不过我至少有言在先了。"

一种说不清的感激心情渗透着克拉皮克的灵魂。与这感情相悖的倒不是信不过,而是由于忠告性质严重,他又对面临的威胁一无所知。

"我会不会比刚才设想的运气好点儿?"那波兰人又问。他挽着克拉皮克的臂膊说:"走吧。其中有某只船上的故事啊……"

"可我没起任何作用呀!"

"走为上策啊!"

"告诉我:也是针对老吉索尔的吗?"

"我想不是。也许小吉索尔有份儿。快走吧!"

这波兰人准是消息灵通的。克拉皮克将自己的手放在他手上,又道:

"真抱歉,老兄,我没有那么多钱来替您的杂货铺付账:您也许在救我一命……不过我还有几件破烂,两三尊雕像之类:就请取走吧!"

"不必啦……"

"为什么?"

"不必啦。"

"哦!?……不肯讲原委吗?算啦。不过我还是想弄明白您为什么不要我的雕像?"

什皮列夫斯基凝望着他。

"以我的经历怎么能干……干这个行当,假如不报答人家的话?"

"我怀疑有多少行当是不用报答的……"

"说得对呀。比如您就想不到:店铺里的警卫工作是多么稀松……"

这又有什么关系呢?克拉皮克几乎问出声

来。不过他凭经验明白:这类话语搭在一起总有某种含意。他决心要助什皮列夫斯基一臂之力,即便只让他道出想法来也好。可他毕竟尴尬到面有难色了:

"您在警卫店铺吗?"

在克拉皮克心目中,警察是阴谋和讹诈的混合物,是专事对鸦片、赌场秘密课税的机构。与他往来的巡捕,尤其是什皮列夫斯基,一直是半个对手加半个同谋。不过对告密者,他却是又厌恶又害怕的。什皮列夫斯基答道:

"警卫?不是,不尽然。事情……正好相反哩。"

"哦,那是退换个别商品啰?"

"要知道,只是玩具而已。我已经没有那么多钱来为我的小儿子买玩具了,这是桩窘事。尤其是因为,我实际上只有让孩子开心时才喜欢他。我又没有别的法子能叫他开心。真难呀!"

"瞧您说的,就拿走我那些雕像吧。随您的便,也可以不都拿走。"

"别客气啦,用不着客气……所以我就跑进玩具店,当场宣布……"

说着,他将头向后一仰,额头和左颊独片眼镜近处的肌肉抽搐了一下,倒并不是为了表示讥讽。"……我就是玩具发明家,当然是发明家兼制造人。是专门来看贵店的各类玩具的。于是人家就让我看。我只取走一件,从不多取。有时有人监视我,但并不经常就是了。"

"万一您露出马脚来呢?"

他从衣袋里抽出皮夹,在克拉皮克面前晃动一下,露出那张巡捕证。然后便合上皮夹,做了个极模糊的手势。

"有时我有钱……也可能被赶出店门……什么情况都会发生的……"

克拉皮克很惊奇,他突然发现自己是个郑重并有分量的人物。正因为他从来不认为自己担负重任,所以这时更有惊奇感。他心里盘算着:

"我得给小吉索尔报个信!"

午后一时整

陈腋下夹着提包,提前在河边行走,与面熟的欧洲人擦肩而过。在这时分,几乎所有欧洲人都要去喝酒,在"上海俱乐部"的酒吧会面,或去邻近的酒店。一只手和气地从背后搭在他肩上。他一怔,摸摸内衣口袋里藏着的手枪。

"陈,久违啦……你可愿意……"

他转身一看,原来是他的启蒙老师斯密逊牧师。他立刻认出他那张美国人的漂亮面孔,像北美的印第安人,现在变得很憔悴。

"……跟我同一段路?"

"好呀。"

为了安全,或许也是为了更具讽刺意味,陈倒愿意有个白种人陪伴:他的提包里装着一枚炸弹!今天上午他身着这套笔挺的西服,似乎连思想也不自由了。有了这位同伴,就使这副装束更有锦上添花的妙用了。出于朦胧的迷信,他不想伤害这位牧师。今天上午他点街上汽车的数目就花了一分钟,想借奇数、偶数的交替来判断成功的机会:答案是肯定的。他对自己很恼火。与斯密逊谈谈也好,可以消消火。

这火气逃不出牧师的直觉,可是他弄错了原因:

"陈,你觉得身体不舒服吗?"

"不——咯。"

他对昔日的师长满怀敬爱之情,不过也有一些抱怨。

老人挽起他的胳臂。

"陈,我现在天天为你祈祷。你抛掉一种信念,但找到了替代吗?"

他以深沉的爱看着陈,其中绝无摆长辈架子的意思,只能说是一番好意。陈踌躇地说:

"……我并不是幸运儿啊……"

"陈,世上不只有幸运,还有安宁,有时还有爱情……"

"不——咯。它们不属于我。"

"属于每个人呢……"

牧师合上两眼。陈自觉是在挽着一位盲人的臂膀。

"我并不追求安宁。我追求的……正好相反。"

斯密逊瞅瞅他,却并未停下脚步:

"小心,不要傲慢哟!"

"谁能说我没找到信念?"

"什么政治信念能道出人间的苦难?"

"苦难吗?我宁愿减少它,而不是'道出'它来。您的话音……充满了人道啊。可我不喜欢对苦难仅限于旁观的人道。"

"陈,你认为还有别的人道吗?"

"说不清……有另一种人道,不仅仅由它构成……"

"什么政治信念能消除死亡呢……"

牧师的语调不是询问,而是饱含忧郁。陈想起同吉索尔的那次谈话,此后就未再见过他。吉索尔以他的智慧为自己而不是为上帝效劳。

"我对你说过,我并不追求安宁。"

"安宁……"

牧师欲言又止。他们继续前进。

"可怜的孩子,"他终于又说,"人人只感受到自己的痛苦。"

他的臂膊将陈挽得更紧:

"你是否认为:一切真正的宗教生活,都是日积月累的信仰转变的呢?……"

他俩都凝望着人行道,似乎只有两人的臂膊相互联结。

"……日积月累……"牧师既厌倦又强调说,似乎他的话是萦绕不绝的思绪的回声。陈没有回答。牧师是在说自己,是说真话。也像陈一样,牧师正在实践自己的思想,而不是空虚的软蛋。陈左臂夹着提包和炸弹,右臂紧挽对方的胳膊……

"日积月累的信仰转变……"

这种语调神秘的倾诉,使牧师的话具有一种突发而感人的深沉。陈离行刺的时间已近,对种种惶惑心情正在适应。

"陈,今后每夜我都要祈祷上帝助你克服傲慢:我主要在夜间祈祷,夜色有益于祈祷。假如上帝愿使你谦逊,你就会得救。现在我找到并跟踪你的视线,方才却找不到……"

陈感到共鸣的不是他的话语,而是他的痛苦:这最后一句话(是觉得垂钓有望的渔翁自白)令他生气。这股怒气在费力地上升,但并没有驱走那悄然的怜悯心。

"听我说,"他开口道,"两小时后我就要杀人啦!"

他这回凝望着牧师的眼神。他无缘无故地将颤抖的右手向头部举去,攥住笔挺的西服翻领:

"您还能看到我的目光吗?"

不,他很孤独,再次感到很孤独。他的手从西

· 人的境遇 ·

服上装移开,紧紧抓住牧师的大翻领,似乎要摇撼他。牧师把手放在他的手上。他们就这样在人行道正中呆呆站立着,似乎准备扭打一番。一位行人停住脚步。他是个白种人,竟以为他俩在口角。

"这是可怕的假话!"牧师低声道。

陈放下手臂。他连笑都笑不出来。

"一种假话!"他对那位路人大声说。那路人耸耸肩就走了。陈僵直地转过身来,几乎是跑步走开了。

他终于在一公里外找到了两个伙伴。

"打扮得真体面呢!"他想。

原来伙伴中的一位头戴破帽,身着工装:那是专门挑来配合提包的——一只包里装的是炸弹,另一只装着手榴弹。孙在沉思,他长着一只鹰钩鼻,是具有印第安模样的中国人。他什么也不看。至于白,他那副面容多么像一位少年!那副玳瑁架的圆眼镜也许更加衬托出他很年轻!他们一同走到双共和大道。各家商店都开着门,这条大道在浑浊的天色下恢复了生机。

蒋介石的轿车将从一条垂直的小街开进这条大道。它会减速转弯,必须追踪它的来到,趁减速的时候扔出炸弹。它天天下午一时至一时十五分之间驶过:将军坐车去进西餐。负责监视者一见车出小街便向另二人打暗号。一家古玩店开在与小街相对处。古玩商在场对他也有好处,除非这家伙是警方的密探。陈想亲自监视。他把白安排在大街上,挨近轿车大拐弯完毕正待再加速的地方。孙却离此稍远点儿。陈将首先打暗号并扔出第一枚炸弹。如果轿车不停车(不管是否已命中),另两人就抛出各自的爆炸物。如停车,他们就猛扑上去:街很窄,无法急转弯。正是在这里可能出差错:立在踏板上的警卫如果无恙,一定会开枪阻止任何人靠拢。

陈该同伙伴们分手了。轿车过处,必有密探混迹于人群。白要从一个小小的中国酒吧间跟踪陈的手势;孙要在更远处等待白出现。三人中至少一人会被击毙。多半是陈。他们不敢多言,分别时连握手也免了。

陈走进古玩店,要求看出土小铜器。店主从抽屉里取出一大堆紫锦盒,将托着一大堆小盒的手放在桌上,又将小盒一一放妥。他不是上海人,而是北方或新疆人。他蓄着疏疏的胡须,像一般

· 人的境遇 ·

下层的回族人,眼睛带蒙古褶儿①,嘴巴显出一副逢迎谄媚之态;但他的脸型又不像下层人,脸上几乎看不出鼻梁,像一头扁鼻山羊。谁告发在将军路途上有人携炸弹,谁就必获重赏,并受到同胞的敬仰。这位富裕的市民或许是真心拥护蒋介石的。

"您来上海有些时候了吧?"他问陈。

这个奇怪的顾客能是干什么的呢?他举止局促,对陈列的古玩又不很好奇,这都令店主不放心。这年轻人也许不大习惯于穿西服。他那两片厚嘴唇(虽然他的面影侧看是尖削的)却逗人喜欢。是内地某个富农的儿子吗?但大农户一般不收藏古铜器。是来为欧洲人采购的吗?他不像侍者或掮客:假定他是古玩爱好者,人家给他看货时他却几乎没有兴致,而是魂不守舍。

因为陈已在监视那条小街。从古玩店往外望,大约能看到二百米开外。轿车在他视线所及的地方经过有多长时间呢?可在这白痴好奇的目光下怎样计算呢?首先得回答他的问话。像到现

---

① 蒙古种人特征:上眼皮与下眼皮间有联结的皮褶。

在为止那样保持沉默是愚不可及的。于是他说：

"我早先住在内地，是因为战事而被迫搬迁的。"

店主还想发问。陈已觉察自己使他不安。古玩商在琢磨：此人会不会是窃贼，这会儿来望望风，好趁下一回骚乱的机会下手。不过这年轻人无意挑选最值钱的货色来看。他只想看看铜器和狐头别针，还限于便宜货。东洋人独爱狐狸，可他又并不是东洋人。还得巧加盘问才是。

"您的老家在湖北吧？听说眼下中原一带日子不好过啊！"

陈在琢磨要不要装耳聋。可是他又不敢，怕显得更古怪。

"现在不住湖北啦。"他简短地应答。这语气、句型，在中文里也算极精练的。他快人快语，并没有套话。可他却在心中盘算着如何讨价还价。

"这要多少钱呀？"他指着一枚狐头别针问。那是墓葬中的大路货。

"十五元。"

"公道价该是八元哟。"

· 人的境遇 ·

"这样的上等货才八元?您怎么有这种想法?……您知道吗,进价就十元呀!您说还有什么赚头?"

陈没有搭腔,却盯着远处的白:他正坐在酒吧间的一张小桌前,大门敞开,一束光线正照落在他的眼镜片上。白大约没有瞥见他,因为他处在古玩店的玻璃窗后。不过他会注意到陈跨出店门的。

"我顶多付九元,还得省俭才拿得出!"陈终于开口说,好像是颇费斟酌的结论。

这类交谈倒是按老套儿,陈不难运用。古玩商说:

"这可是今天头一笔生意,或许命定该吃这一元钱的亏,做成它图个吉利得了!"

小街上空空荡荡。远方有一辆黄包车在横穿马路。又来了一辆。两条汉子跨下车来。街上有只狗。一辆自行车。汉子朝右拐。黄包车过了街。街上又空了。仅剩下那只狗……

"您能付九元五角吗?"

"瞧您面善,就这么着啦!"

陈接着又看了一只瓷质狐头别针,又进行了

一轮讨价还价。陈买下一件后,就比较能取信了。他也有权思索一下:究竟出什么价钱,才正好能跟这货色的质量相符呢? 这种一本正经的思考真不该受到干扰呀。

"这条街上轿车的时速是四十公里,两分钟就能跑出一公里多。我看得见它的时间不超过一分钟。实在太短啦。白应当紧盯这扇门……"

没有汽车经过。只有两三辆自行车……他又就一只玉腰带扣讲起价钱来,回绝了店主的要价,说要想一想。一位店员敬上一杯茶。陈买下一只水晶狐首雕,店主只收三块钱。古玩商的疑团并未完全打消。

"还有别的上等货,全是真品,狐饰的做工顶呱呱。不过价钱很高,店里没有存货。可以约定一个日子……"

陈依然沉默不语。

"……需要的话,我可以派伙计去取……"

"我对贵重的古玩没有兴趣。可惜我并不是富户。"

看来他不是贼,连原件也不要。店主又炫耀一番那只玉腰带扣,举止却蹑手蹑足,像搬运木乃伊的工人。可是不论从那柔软的双唇流出多少甜言蜜语,也不论他的眼神多么贪婪,客人却毫不动情,似乎神不守舍……可这毕竟是他自己看中的玉扣呀。讲价钱本来事关双方,跟谈恋爱一样。可这店主简直是在跟木头块儿谈恋爱!那他干什么要买古玩呢?店主忽然悟到:他大约是那种年轻天真的穷光棍,被闸北的东洋妓女迷住了。她们对狐狸可是很崇拜的。他买这些是为了酬赠一位女侍者,或某个假艺妓。态度之所以漠然,是因为那都不是自己的爱好。(这时陈念念不忘的是轿车就要开到,怎样才能飞快地打开提包、取出炸弹抛过去……)……然而艺妓是不喜欢出土古玩的……或许她们见到小狐狸精就当作例外?可这年轻人还买下了一件水晶质和一件瓷质的货物……

那堆小方盒有关着的有开着的,此刻摆了一桌。两名伙计支起臂肘瞧着。其中一位很年轻,竟倚着陈的提包,因为左右两腿交替站立地晃动着,把提包晃到了桌子边上。炸弹就搁在提包的右半部,离桌边只差三公分。

陈不能动弹。他后来只得伸出臂膀,将包朝

自己这边拉一下。这倒没什么困难。他们几个人都没发现死神逼近,也没感觉到刺杀未成。这倒没啥:一只提包被一名店员晃得移了位,包的主人将它拉回来……陈忽觉一切都很容易。事物乃至行动都不复存在,一切都像萦绕着我们的梦。因为是我们赋予它力量,但我们也可以否认它……就在此刻,他听见一辆轿车的鸣笛声:蒋介石来了。

他操起他的武器,也就是那只手提包,付了账,将桌上的小盒装进衣袋便出了门。

店主追着他,手中还拿着他不肯买下的那只腰带扣:

"东洋女人最喜欢这种玉器!"

难道这白痴想溜之大吉?

"我还要来呢!"

店主哪有不听惯这类客套的?轿车以比平常快得多的速度驶近(陈有这种感觉),前面有福特牌警卫车开道。

"滚开!"

轿车朝着他们疾驶,将站立在踏板上的两名警卫向外剧烈地摇动。福特车开过去了。陈停步打开提包,将手放在报纸包着的炸弹上。店主面带笑容,悄悄将腰带扣塞进提包空余的夹层里。那是靠里口的夹层,因此他就挡住了陈的两臂。

"随便您给多少钱!"

"滚开!"

古玩商被这声吼叫吓呆了。他瞧瞧陈,而陈也愕然张着大口。

"您觉得有些不舒服?"

陈什么也看不见了。他周身发软,好像就要昏过去:轿车正疾驰而过。

他没有及时摆脱店主的那副架势。

"这位顾客马上要病倒了。"店主暗想。他竭力想扶住他。陈狠狠一记打掉拦阻他的两臂,拔腿就跑。一阵剧痛使店主停下步来。陈几乎是在狂奔。

"我的腰带扣,我的腰带扣!"店主大喊。

那件东西还在手提包里。陈却不明白。他的每块肌肉、每根最细小神经都在等待,等待那震动全街的轰鸣,等待它在低沉的天空下砰然消逝。然而什么声音也没有。轿车拐了弯,现在很可能已经驶过孙的所在。被弄得不知所措的古玩商还呆立在原地。其实并没有什么危险,一切险情都已过去。另外那两个人干了什么呢？陈又跑开了。

"抓贼呀！"那古玩商大喊。

一些店铺的老板露了面。陈恍然大悟。他如痴如狂地想携着这腰带扣跑开,将它扔到随便哪个地方。可是另一些围观者走了过来。于是他将那劳什子朝古玩商迎面扔去,同时发现忘了关上手提包。轿车驶过后,那包竟一直敞开着,明摆在这白痴和路人眼前,那颗炸弹竟亮于光天化日之下：连包装纸也脱落了。他终于小心翼翼地将手提包合拢（他差点没将它猛抛出去）。他憋足力气同自己的神经搏斗。店主以最快的速度奔回店里。陈也再一次狂跑。

"怎么样？"他追上白问道。

"你呢？"

他俩气喘吁吁,面面相觑,谁都想先听听对方的说法。孙也走过来,衬着朦朦胧胧的屋影,侧视他俩：他俩一脸的疑云,正陷入无言的对视中。天上虽然布着云,但强光却清晰地照出陈那一派好好先生、长着鹰钩鼻头的侧影,以及白的大胖脸蛋。在熙熙攘攘的惶恐人群之中,他俩尤其显得突出:他们双手战栗,在晌午方过的日光下,带着矮小的身影伫立在街头。三人手中都提着自己的包:聪明点儿的就不会久留于此。饭馆全都不可靠。他们当街时聚时散,次数也太多啦。为什么会这样呢?因为还没有成事啊……

"找赫梅尔里克去!"陈终于开口说。

他们走进小街。

"出了什么事?"孙问。

陈解释一番。白见陈并不是单独离开古玩店,便有些慌张。他走到自己应当待的地方,离街角约两三米远。上海的习惯是车辆靠左走,汽车拐弯一般走最短距离。白站在左侧人行道上,好就近扔出炸弹。但这次车开得飞快,双共和大道上这时并无车辆通过。司机拐了个大弯儿,贴近的竟是右边人行道,白与他之间还冒出了一辆黄包车。

"那就该那黄包车倒霉!要想到成千上万别的苦力,蒋死了他们才能生!"陈说。

"我会扔歪了的!"

至于孙,他没有扔出手榴弹是因为见另两个

人按兵不动,便认定蒋不在车中。

他们静静地夹在两垛墙当间行走。充满雾气的淡黄天空,把墙面照成青灰色。所过之处一片穷愁寂寞的景象,到处堆满垃圾和电线。

"炸弹还完好。过一会儿再干!"陈低声道。

可两位伙伴已经泄了气:自杀未遂者很少有再干的。他们一度神经极为紧张,现在却极虚弱。向前走着,呆痴的表情渐渐被失望的心绪所代替。

"都是我的错。"孙说道。

白也跟着说:

"是我的错!"

"别提啦!"陈厌烦地说。他琢磨着,一边继续走这段该死的路。不能再如法炮制。这套方案很糟糕,但另外设计又很难。他曾想到过……说着就到了赫梅尔里克的家。

赫梅尔里克从唱片行后头听见有人说中国话,另有两人在答腔。那嗓音和不安的节奏,都引起他的注意。

"昨天我就看见有两个家伙在这里游荡,"他想,"那脸相使人觉得他们是患痔漏的老病号,肯定不是来玩儿的……"他听不清楚这些人在说什么,楼上的孩子不停地哭叫着。可这会儿安静下来,人行道上几个矮小的黑影,说明有三个人来了。

"是警察?……"赫梅尔里克站起身来,想到自己的鼻子扁平,肩膀像累垮了的拳击手一般耷拉着,大概不会引起来犯者的惊恐,于是朝门口走去。他的手还没摸着衣袋,便已认出了陈。他向陈伸出手来,而不是从兜里掏出枪来。

"咱们上后屋去!"陈说。

三人都从赫梅尔里克身前走过。他仔细端详着他们。每人带一只手提包,不是随便提着,而是胳膊紧绷地攥着。门一关,陈急忙说:

"是这么回事:能让我们在这儿待上几个钟头吗?收容人,也收容包里的家伙?"

"是炸弹?"

"对啦。"

"那不行。"

楼上的小孩仍在叫,最痛苦的几声变成嚎哭,时而还夹着咯咯声,似乎是闹着玩儿:这就令人更觉得痛心。唱片、椅子、蟋蟀的叫声,一切都同陈刺杀唐寅达之后到来的那回一模一样,赫梅尔里克与他不约而同地想起那晚的情景。他并不声张,但赫梅尔里克能猜到。

"炸弹嘛,"赫梅尔里克又道,"眼下不能收容。假如被他们发现,他们就会杀了女人和孩子!"

"好——咯。我们就上夏家去吧。"那就是强矢在起义前一天去过的灯具店。"这时刻他家只有小伙子本人——咯。"

"陈,请谅解:孩子病得很重,他母亲的身子也不舒服……"

他两手哆嗦地凝望着陈。

"陈,你不明白,也不会明白:你这样自由自在有多么幸运!……"

"不,我明白。"

三个中国人走了。赫梅尔里克却在想:

"妈的,妈的,他妈的!难道我永远不能像他这么干?"他兀自冷冷地咒骂,好像在拍慢镜头电影。他缓步上楼,回到卧室。他的中国女人端坐着,眼光盯着床,头也不回。

"那位太太今天挺和气,她几乎没把我弄

痛……"孩子说。

"那位太太"指的是梅。赫梅尔里克想起她说过："乳突炎……可怜的人儿呀,得伤筋动骨呢……"孩子还几乎是婴儿,生命微弱到只能勉强忍受痛苦,可是还得"跟他说明白"!说什么呢?说只要伤了面部的筋骨就能免于一死?就能弥补苦难于万一,过他父亲如履薄冰式的罕见的生活?"婊子养的青年时期!"他这样咒骂了整整二十年。还要过多久,又得咒骂"婊子养的老年时期"呢?何况还要将刻画人生的这两句妙言,传给这不幸的孩子!前个月,家里养的猫咪爪子脱臼,那时得压紧它的身子让中国兽医整骨。那畜牲又是惨叫,又是挣扎。它一点也不明白出了什么事。他认为:它也许自以为是在受酷刑呢。猫不是小孩,不会说:"大夫几乎没把我弄痛……"

赫梅尔里克下楼了。伴随着依稀的夕阳,悄然吹进唱片店的是一股尸腥味;群犬大概正在邻近的小街上争夺尸骨。

"这里缺的并不是苦难!"赫梅尔里克想。

他不能原谅自己拒人千里之外的态度。如在

严刑下招供的犯人一样,他自知还将像过去一样行动,但却不能宽恕自己招了供。他背叛了自己的青年时代,自己的志向与梦想。又怎能不背叛呢?"关键在于,要立志做能做成的事……"他无意于去做根本不能做成的事,比如收留陈,再与其一同外出干下去。还是以任何一种暴力,以炸弹来医治这惨痛的一生吧!这一生自他呱呱坠地以来就毒化着他,还将毒化他的后代,特别是毒化他的后代。他有可能咽下自己的苦难,因为已经习惯……但孩子们的苦难却咽不下去啊!"他自得病以来伶俐多啦。"梅说过。似乎是偶然……

与陈一同出去干,取出包里的一枚炸弹,将它扔出去……这才是常理。甚至可以说,这在他目前的生活中将是惟一有意义的事。三十七岁,或许还要再活三十年。怎样活呢?店里存了这么多唱片,他与陆有顺分享着它们所象征的贫困,却谁都不能靠它们过日子。将来,他老了……三十七岁!人们常说:"就我记忆所及……"可他无所谓"记忆所及":毕生所有的只是贫困啊。

在校时他是个坏学生,两天里就有一天旷课:他的母亲为了心安理得地贪杯,就让他顶工。到

· 人的境遇 ·

工厂去,干的是粗活。脾气又不好,在团队里老被关禁闭。接着是打仗。中了毒气。为谁,为什么而战?为了祖国吗?可他连比利时人也不是呀。他只是一条可怜虫罢了。但在战时,用不着干多少活就有饭吃。后来他复了员,终于来到印度支那,但依然失业。

"这里的气候不大适宜体力劳动……"但它却适宜让人得痢疾送命,尤其是让那些脾气坏得出名的人送命。他在上海也受尽了挫折。炸弹啊,天哪,炸弹!

有他的妻子:生活没给他别的什么。本来她以十二元的价格被卖给了别人。后来那买主不喜欢她了,便将她甩掉。她来这里时不胜惊恐,来的目的不过是为了吃饭睡觉。但起初她不能入睡,因为人家老对她说起欧洲人的恶行,她等着他来这一手。他却善意待她。她渐渐从惊恐的谷底爬出。他得了病,她就照料他,替他顶班干活,忍受他的坏脾气:那是因为无可奈何而疾愤才发作的。她牢牢地攫住他,那是一种受难之犬般盲目的爱,她还认定他也是失明的难犬。现在又有了孩子。他能为孩子做些什么呢?几乎连养活都办不到。

他只剩下给别人增添痛苦的力量,人间的痛苦比天上的星星还要多,他却可以用最大的痛苦加于这个女人,即以一死来甩掉她,就像住在近处的饿鬼俄国人一样:他当粗工之后,某日因贫困到极点而自尽。妻子气得发疯,面对弃她而去的尸体,她上前就是一记耳光。四个孩子挤在屋角里,有一个竟问道:

"你们干吗打架啊?"……

他的女人和孩子嘛,他是决不让他们饿死的。这不算什么。什么也算不上。他若有钱,能给他们一笔遗产,就可以自由自在、舍身奋斗啦。老天爷似乎在他一生中踢他揍他还不够,还要剥夺他具有、可能具有的惟一尊严,即寻得一死。他怀着但凡活物都会有的愤怒,呼吸着那股尸腥味(虽则他已习以为常),每一阵风都将这股气味吹向静谧的太阳。他怀着一种餍足的恐怖感,深深吸进这气味,同时老想到陈,觉得他像一个垂危的友人一样难忘,一边还寻思(似乎这有多大的意义!):在他身上,羞耻感、友情或可怕的忌妒,究竟是什么更占上风?

陈同伙伴们离大街远去:小路和弄堂不常有

人监视,将军的专车从不路过这里。

"得修改一下方案。"陈暗想,眼睛盯着自己那双正正经经,一步紧跟一步的皮鞋。

以逆向汽车同蒋的专车拼撞吗?但所有轿车都可能被军方征用。试以某公使馆的信号旗来掩护他们的轿车吗?那也靠不住。警察能识别每个外国公使的司机。用大车拦截?蒋的前头始终有贴身警卫的福特轿车开路。一遇可疑的车,踏板上的警卫和警察就会对有意靠拢者开火。陈在倾听:几分钟以来,伙伴们一直在交头接耳。白开口道:

"要是知道蒋介石真会被暗杀,许多将军准会把他甩开。只有咱们这边才讲信仰!"

"对啦。受过酷刑的烈士子弟,已被训练成恐怖行动的能手。"孙接话道。

"剩余的那些将军,也许是想缔造一个反对咱们的中国,"白又道,"即便他们建成伟大的国家,那也得用他们自己的鲜血奠基。"

"不行。"陈、孙二位不约而同地反对。

他俩深知:在共产党员,特别是知识分子当中,有很多民族主义者。白曾在一些很快被取缔

的杂志上发表过小说,他的痛苦很快便在凄楚中化解。他还写过一些文章,最近发表的一篇开宗明义地说:

"帝国主义深感困惑。中国想再一次求它行好,用镍做的佩环,取代拴在自己鼻孔上的金环……"

另一方面,他正在孕育恐怖主义思潮。在他眼中,共产主义不过是复兴中国的有效手段而已。孙却表示:"我并没有建设中国的愿望。我只是要使自己人兴旺起来,有中国或没有中国都是可以的。自己人就是指穷人嘛。正是为了他们,我才心甘情愿地去送死,心甘情愿地杀人。全心全意地为了他们啊……"

陈应答道:"只要我们还用扔炸弹的办法,那就不妙。失手的可能性太大啊。今天不再用这个办法了。"

"别的法子也未必容易。"白又道。

"有一个主意……"

在一抹浅黄色的阳光下,凝重而低沉的云絮,带着命运急促不安地跃动,与三人同方向缓缓飘浮。陈合上两眼沉思冥想,但脚步继续往前迈进。

伙伴们怀着期望,注视着他略显佝偻的侧影:它跟平时一样沿着墙根往前挪动。

"有一个主意,而且我相信只有如此:不扔炸弹,连人一起扑上去!"

他们继续在这没有尽头的"院子"里行走,孩子们不再在此游戏。三人都在沉思。

他们来到灯具店。店员把他们带进后屋。他们夹着提包,站在灯具中间,后来才小心谨慎地放下提包。孙、白二人按中国习俗蹲在地上。

"陈,你笑什么啊?"

他没有大笑。最多不过是微微一笑。白由于惶惑不安而以为他是含讥带讽,其实并不然。他不胜惊奇地发现了一种欣然的气氛。他深知伙伴们很勇敢,却仍不免有窘迫之态。扔炸弹是一种冒险,即使方式很厉害。敢死却是另一码事了,也许正相反。他来回踱起步来。后堂全仗透过店面的微光照明。天色灰暗,天上泛着深灰的光,有如春雷之将至。在这恶浊的雾色中,防雨灯罩的罩腹掠过一片光影,如同疑问号的倒置与并列。陈的身影凌乱,不像是完整的人影:它在走动,在其他人忧虑的目光的上方走动着。

"强矢说得好:咱们最欠缺的是剖腹自杀精神。不过东洋人杀身便化作神,那倒是混账的开始了。不——咯:要血溅人身,并且永不褪色!"

孙却说:

"我宁可成功地搞几次暗杀,却不会为自己离开人间而搞一次性冒险!"

陈的一席话不过是在语调上振振有词,内容就未必了;他的话音似乎极为紧张。一种趋势吸引着孙。

"该由我来扑到轿车的车身下!"陈应答道。

当陈走开又走回时,另外那两人伸长脖子凝望着他,他却不再瞧他们。他一脚绊住搁在地上的一盏灯,幸好及时抓牢墙壁:灯被打翻,当啷一声碎了。陈那重新立定的身影高出一头,在阑珊的灯光下显得格外分明。孙已意识到陈对自己的期望。不过由于缺乏自信或防范心理,他反问:

"你要干什么?"

陈发现自己也没底。他觉得他正在抗争,不是针对孙,而是针对正在飞走的思想。他终于开口道:

"要使这不成为白干一场。"

"要我们保证照你的样子办,是吗?"

"我并不期望你们许愿。这是需要。"

灯上的反光消失了。那间无窗的屋子已渐渐暗淡:大约外面的云正在聚集。陈想起吉索尔的话:

"临近死亡,这种热情便要求得到传播……"

他恍然有所悟,而孙也悟到了:

"你想把恐怖行动奉为宗教吗?"

这句话空虚荒谬,用来形容陈对他俩的期望,又太软弱无力。

"不是某种宗教,而是生命的意义。彻底……"

他用手做了一个揉面的抽搐姿势,而他的思潮却如呼吸一般时起时伏。

"彻底……把握自己。"

他继续"揉"着"面":

"紧些,再紧些,如同这只手紧握着另一只手(他用全力紧握),这还不够,如同……"

他拾起一块破灯的碎片,是一大块三角碎片,闪烁着反照的光芒。蓦地,他将碎片刺进大腿。

他那断断续续的话音充满粗犷的信念,但他更像是主宰着激情,而不是被激情所左右。绝不是精神失常。另外两人几乎看不清他的模样。然而他的身影笼罩着整个房间。

孙担忧起来:"陈,我没你那么聪明。可对于我……对于我,事情不是这样的。我眼见父亲被高高吊起,被人用藤鞭抽打腹部,要他说出主人将钱藏在哪里,可那钱并不属于他啊。我是为自己人而战,不是为我单个儿一人。"

"既是为自己人而战,那么最好的办法就是决心一死。任何人的用处都不能与下了这种决心的人相比。我们若早下了这样的决心,方才就不至于放掉蒋介石。"

"你,你也许需要这样。我却不知道……"他支吾着,"要知道:我若同意,就会觉得我不是为大家而死,倒是……"

"倒是?"

午后时分淡淡的日光几乎完全变暗,但又尚未消尽,似乎永远长存。

"……倒是为了你。"

一股浓烈的煤油味使陈想到那起义头一天哨

所着火时的煤油桶。然而一切都已沉没于往昔,连孙也在内,因为他不愿跟着陈干。但还有一种意志,是他当前的思想未加否定的,那就是由一群"绝望分子"组织一个"公判团",他们是铁了心的复仇者。这群体的诞生体现在他身上,像世间的生命呱呱坠地一样撕裂着、鼓舞着他,而这一切又都身不由己。他不再能忍受别人也在场。

"你会写文章,请你解释一下这道理。"陈对白说。

白在擦眼镜。陈提起裤子,用手绢包扎了大腿,却并未洗伤口:何必去洗呢?它不会有感染的工夫啦。接着陈走了出去。

"人们总是做同样的事情。"他困惑地想,忽然记起自己刺进胳膊的刀子。

"我单独去干,"他说,"今晚我单独干就够了。"

"我总还得做点什么吧。"孙应道。

"来不及啦。"

在灯具店外,白跟着陈走。陈发现这位少年手持眼镜,正悄然而泣。当这孩子不戴眼镜时,就显得人情味儿浓厚得多了。

"你要上哪儿去?"

"我也来。"

陈站定了。他一直以为白同孙的看法一致,向他指了指站在门前的孙。

"我与你同去。"白又说。

白尽量少说话,声音也变了调,无声的抽泣使他的喉结战栗不已。

"不,今天你就旁观吧。"

他用手指紧紧抓住白的臂膀。

"你就旁观吧。"他又说了一遍。

他走开了。白张着嘴待在人行道上,仍在擦眼镜,样子很好笑。他从未想到人会有这么孤单。

下午三点钟

克拉皮克以为会在家里找到强矢,然而并没有找到。一间宽阔的房屋,地上铺满画稿,一位穿和服的学生正在那里收拾。吉索尔在屋里同他的姻兄画家嘉摩交谈。

"我亲爱的,早晨好!接受我的拥抱吧!"

他安详地坐下。

"很可惜你的儿子不在这里。"

· 人的境遇 ·

"你愿意等他吗？"

"等等看吧。我很需要见到他。烟桌下那盆新的仙人掌是哪一类？你的收藏很可观了呀。好极啦,亲爱的朋友,好极啦！我也得买一盆。你在哪儿买的？"

"是人家送的礼物,下午一时前不久才送到。"

克拉皮克念着刻在那植物扁平的梗干上的汉字。大字是"忠",落款是"陈大个儿"三个小字。

"陈大儿……陈……不认识,很可惜。这孩子倒很懂仙人掌哩。"

他记得第二天他应该动身的。得搞到路费,而不是拿钱买仙人掌。在这座武装占领下的城市里,艺术品不可能很快脱手。朋友们都很穷。而费拉尔任何时候绝不肯借钱给人。他托克拉皮克在嘉摩到达后代买几幅这位日本画家的水彩画。为此给了他几十元的佣金……

"强矢该来啦,"吉索尔说,"他今天大概有许多约会……"

"他全都失约才好呢。"克拉皮克嘟哝道。

他不敢多说。他不知道吉索尔对强矢的活动

了解有多深。吉索尔却什么也不问,倒使克拉皮克感到委屈:

"您知道情况很严重吗?"

"凡是关系到强矢的事对我来说都是严重的。"

"您不能想办法立刻去赚四五百元来,或者搞到这笔钱吗?"

吉索尔苦笑一下。克拉皮克明知他很穷;而他的美术作品即使愿意卖……

"就赚它几个钱吧。"克拉皮克男爵心想。他走过来,瞧瞧散乱在沙发上的水彩画。男爵很精明,不会从日本传统艺术与塞尚或毕加索关系的角度来评判这种艺术;他今天看了这画却很厌倦:对被追踪者而言,宁静的兴致自然不浓。山谷里的星星灯光,潇潇细雨中的山村幽径,茫茫雪景下的鹭鸶翱翔……无不以忧愁来陶冶乐趣。不幸的是,克拉皮克轻松地向往天堂,但他是要被挡在天堂门口的。不过他对天堂的存在感到恼怒。他道:

"世上最美的女人,赤身裸体、欲火旺盛,却有贞洁的腰带保护。那是费拉尔受用的,不是给我的。不如藏身到地下去吧!"

他选了四幅,向学生口授了地址。

"因为你惦念着咱们的艺术,它可不是派同一种用场啊。"吉索尔道。

"嘉摩君,您为什么要画画呢?"

这位大师同门生一样身着和服,光秃的头顶反射着灯光。他好奇地打量克拉皮克。

那门生丢下画稿,翻译了这句话,接着说:

"大师说:首先是为了内人,因为我爱她……"

"我不是问'为了谁'。是问'为什么'?"

"大师说那就一言难尽了。他说:'我在欧洲旅行时参观了许多博物馆。你们欧洲画家画土豆,甚至画不代表任何东西的线条;越是这样便越有人议论他们。对我来说,有意义的是整个世界。'"

嘉摩又说了一句话。一丝温婉的表情掠过他那宽厚的、老妪般的面容,几乎没有被人察觉。

"大师说:'在日本,绘画相当于欧洲的慈善事业。'"

另一位门生正在充当厨师,他端上几碗日本

米酒便退下了。嘉摩又有话了：

"大师说：他若不作画，便觉得成了盲人。比盲人更糟：成了孤独者。"

这时，克拉皮克男爵眼开眼闭地伸出食指大声说：

"等一等。假如有个医生对你说'你得了不治之症，只能活三个月了'，你还要继续作画吗？"

"大师说：他如果知道死亡将至，只会画得更好，如此而已。"

"为什么会更好呢？"吉索尔问。

他一直在思念强矢。克拉皮克进门时说的话已令他不安：今天，宁静几乎会变成一种侮辱。

嘉摩作了回答。吉索尔亲自翻译道：

"大师说：'有两种微笑，即内人与小女的微笑，我会认为将永远不能再见到。我会更喜欢忧伤的。人世与我们的方块字同理。字对花有意义，正如花（他指着一幅水彩画：比如这朵花）对某个物体也有意义。一切都不过是符号。从符号走向有意义的事物，就是探究人生，就是迈向上界。'他认为，死之将至……等一等……"

他又问了一次嘉摩，继续译道：

· 人的境遇 ·

"对啦,是这个意思:他认为死亡将至或者会使他对世上的事更有热情,赋之以更多的忧郁,使笔下的种种形态变成易于明白的符号,使它的含意和内蕴更加明白。"

克拉皮克觉得自己是在一位否认痛苦者的眼前忍受痛苦。他凝神细听,注视着嘉摩苦行僧式的宽厚面容。而吉索尔却将臂肘紧贴上身,两手合掌地做着翻译。克拉皮克只要脸上显露智慧,便酷似瑟缩而忧伤的猢狲。

"也许你的问题提得不很好。"吉索尔道。

他用日语说了一个很短的句子。这以前,嘉摩几乎都是即问即答。现在他却在思考。

"您问他什么来着?"克拉皮克小声问道。

"假如医生确诊他的夫人属于不治,他将如何对待?"

"大师说,那他就不信医生的话了。"

门生兼厨师又来将酒碗托在盘上端走了。他的那身西服,一脸的微笑,那兴奋得出奇的举止,以至彬彬有礼的风度,凡此种种都令人感到奇特,连吉索尔也有同感。嘉摩又小声说了句什么,那另一位门生却没有翻译。

"日本国内的年轻人可从不喝酒。"吉索尔道。他为这门生的醉意而感到沮丧。

他的目光消逝在远方:寓邸的大门洞开。传来一阵脚步声。却并不是强矢。他的目光又变得明亮,毫不踌躇地与嘉摩的目光相遇:

"假如她去世呢?"

吉索尔会同一个欧洲人这样交谈下去吗?可这位老画家属于另一个世界。在回答这个问题前,他怀着长久而感伤的笑意(不是双唇,而是眼皮的笑意)说:

"人甚至可以跟死亡相通……这是难能可贵的事,却也许是生存的意义所在……"

他告辞了,带着门生回到屋里。克拉皮克坐下来。

"没问题……真棒,老兄,这真棒呀!他走时就像一个训练有素的鬼魂。你知道吗?小鬼魂往往训练不佳,老鬼得费足劲头才能教会它们吓人,因为这般小鬼不通人语,只会说'喷、喷、喷……'那就……"

他停住了,重新拿起弹拨器。吉他的音符在寂静中响起:它们不久变成缓缓的降音符,越降越

动听,直至最低音,久久不散,最后消逝在庄严的宁静中:

"这是什么,什么呀?"

"他在弹日本三弦。当他觉得困恼时,便总是这样:在日本境外,这也就是他的自卫之道了……他游历欧洲归来时对我说过:'现在我有领悟了,我能在任何地方恢复内心的宁静……'"

"是做作出来的吗?"克拉皮克不在意地问。

他正在聆听。他的生命或许正处在危难之秋(虽然他极少关心自我到认为自己身处险境),此刻这缕纯净的音符真叫他得以重温旧梦。他年少时曾以音乐为生,对音乐爱之甚切;青春既逝,这乐趣也与之俱灭。

此刻又传来一阵脚步声:强矢已走进屋内。

他将克拉皮克带进自己的房间。里面有沙发、椅子、办公桌、洁白的墙壁:有意布置得很简朴。屋里很热。强矢脱掉上装扔在沙发上,身上只穿毛衣。

"对啦,"克拉皮克道,"方才有人告诉我一条内幕消息:咱们若不在明晚前逃走,就必死无疑。您若不当真,就大错特错啦!"

"这秘密是从哪里透露的?是警方吗?"

"对极啦。不用说,我不能对您多讲。但这是真的。船上的事已被发觉。您可以放心,但必须在四十八小时内离开。"

强矢真想说:既然咱们胜利了,这件事就不是犯罪。但这话没有说出。他充分估计到工人运动会被镇压,所以并不觉得奇怪。这就是决裂,克拉皮克不可能明白。如果克拉皮克被追究,则是因为"山东号"被共产党夺下,人家就会以为他同共产党有勾结了。

"您想怎么办呢?"克拉皮克又问。

"先考虑一下……"

"真是深谋远虑呀!您有钱远走高飞吗?"

强矢苦笑着耸耸肩。

"我没有要远走高飞的意思!"

过了片刻他又道:

"您的消息对我还是极其重要的。"

"没有远走高飞的意思?难道您很愿意做刀下鬼?"

"也许。不过您呢,想走吗?"

"我干吗要留下呢?"

"您要多少钱?"

"三四百吧……"

"也许我能给您一部分。我愿助您一臂之力。别以为这是报恩……"

克拉皮克苦笑。他对强矢的细致考虑并没有误解,而是很领情的。

"您今夜在哪里过?"强矢又问。

"随便。"

"不行!"

"假定是在黑猫吧。我得想各种办法凑钱呀。"

"好的:夜总会在租界里头,因此并没有中国警察。而绑票比在这边的可能性更小,人太多啦……我会在十一至十一点半之间打那儿过。不会更晚。其后我还有个约会……"

克拉皮克的目光挪开了:

"……我一定不失约。你能肯定黑猫那时不关门吗?"

"您疯啦!那里会挤满蒋介石手下的军官。他们载歌载舞,象征荣誉的戎装,将同狂热的中国姑娘的身姿联袂成片,变成姹紫嫣红的花环。告诉你,我将细细品尝这定会出现的场面,借此事静候你到大约十一点半钟。"

"您认为今晚会得到更多消息吗?"强矢问。

"我尽力而为吧。"

"那也许是比您估计得更为可贵的帮助。我被点了名吗?"

"点啦。"

"我父亲呢?"

"没有。否则我会通知他。他同'山东号'事件无关。"

强矢明白现在不应当去想"山东号",而要想到临近的镇压。梅呢?她的作用很小,不必问克拉皮克了。至于强矢的伙伴们,既然强矢自己处境艰难,那么他们也就都一样了。

"谢谢!"

他们一起往回走。在挂着凤凰画的屋里,梅对吉索尔说:

"真难办啊。假如妇联同意被虐待的女人离婚,男人就退出革命工会。不同意呢,她们就不再信任我们。而她们并不理亏呀!……"

"要组织起来。我担心现在太晚了。"强

· 人的境遇 ·

矢道。

克拉皮克充耳不闻地往外走,同时转身对吉索尔说:

"愿您慷慨如旧,赏我那丛仙人掌吧!"

"我爱那赠送这盆景的孩子……随你另取一盆,哪一盆都行……"

被端走的是一盆枝叶横生的小仙人掌。

"好吧。"

"希望很快再见面。"

"很快再见……不。也许是以后见,老兄。上海惟一没有踪影(绝无踪影!)的人问候您!"

他走了。

梅和吉索尔焦虑地凝视强矢。他立刻解释道:

"他从警方获悉我已被通缉,劝我暂时别动,但在两天内应出走。同时,镇压已是迫在眉睫。第一师的最后一批人马已经开出城了。"

共产党惟一可指望的,就是这个师。蒋介石深明此点:他遂命师长率部开到前线,而向中共中央建议抓蒋的正是此人。有人劝师长称病延搁,但他很快就面临抉择。未经党批准,他不敢擅自作战,于是开出城区,计划仅留下少数兵力。现在情况在发展,就连这为数不多的人马,也在不久前出发。

"他们还没有走远,"强矢又说,"全师人马也有可能杀回来,要是咱们控制市区的时间较长的话。"

门又开了,探进来一只鼻头。只听得一个有气无力的声音说:

"德·克拉皮克男爵已经没有踪影了!"

门重新关上了。

"汉口方面有无消息?"强矢问。

"没有。"

他回到上海后,就着手组织秘密反蒋战斗小组,像当年组织北伐小组一样。共产国际一概拒绝反对派提出的口号,但同意保留共产党突击小组。至于新出现的积极分子小组,强矢等人想使他们成为群众的组织者,因为群众天天拥向工会。然而共产党的正式言论,要求与国民党讲团结的种种言论,却使他们无法工作。惟有军委同他们站在一起。武器并未全部上缴。但蒋介石要求当天缴清所有未缴武器。军委的最近一次呼吁已经电告汉口。

老吉索尔(这次他已知情)非常忧虑。他同强矢一样认定蒋介石会残酷镇压共产党。同强矢一样,他也认为刺蒋能触及反动派的要害。但他又厌恶他们当前行动的阴谋色彩。蒋之死,甚至上海市政府易手,都只会导致冒险。他同共产国际少数人士的想法一样,希望铁军和国民党里的"共产派"能打回广州:以这座革命城市为据点,并且借重一家活跃的、确有原料的兵工厂,"赤色分子"就能站住脚,继而乘有利之机发动一场新的北伐:即将来临的反动行动已经孕育着这一切。汉口的将军们一心想争地盘,但不大想争得华南:那里的工会忠于继承孙中山遗志的人,他们或许会迫使将军们从事收效不大却旷日持久的游击战。红军就不至于先要同北方军阀,接着又同蒋交战,反而可以用蒋制约军阀。不管此后在广州同谁遭遇,这个对手肯定已经被削弱。

吉索尔在谈到将军们时说过:

"驴子见到胡萝卜就很受诱惑,不大可能在这时咬咱们一口:除非咱们自己置身于驴子与胡萝卜之间……"

但中共党内多数派,或许还要加上莫斯科,却认为这是"取消主义"。

强矢与父亲一样认为上策是回师广州。他还想加强宣传,动员大批工人从上海流回广州,他们本来就一无所有。这不容易,但不是不可能:南方各省的出口市场不成问题,大批工人可促成广州加速工业化。这对上海却是一种危险的计划:纺织工人多少是较熟练的,教会新工人等于培养新革命者,除非提高他们的工资。

"这种假设可以排除,"费拉尔或许会说,"因为中国工业的现状不过如此!"

使上海徒具虚名,却让广州从中获益,照搬一九二五年香港的那一套……香港离广州才五小时,上海却同它相隔五日啊:难于实现,也许比让人消灭自己还难,但却不是那样愚蠢。

汉口归来,强矢即已认定反动派正在摩拳擦掌:即使克拉皮克不先透风,他也会认为,蒋的军队一旦向共产党人开刀,形势就会极度恶化。那么任何事变,包括刺蒋(后果不计)都是好事。工会如果武装齐全,也能大体应付溃兵。

铃声复响。强矢跑到门口:交通员送来汉口

的答复。父亲和梅无言地看着他回到屋里。

"命令埋藏武器!"他道。

电报被撕碎,在他的掌心揉成一团。他又拿出碎纸片,在烟桌上摊开,拼成原样,对着这道天真的命令耸耸肩:果真是指示隐蔽或埋藏武器!

"我得马上去那里一趟!"

"那里"是指党中央。因此他必须走出租界。吉索尔知道自己不能说什么。也许儿子是去送死。这已经不是头一回。老人只好强忍痛苦,一言不发。他把克拉皮克的情报看得颇认真:当年他在北京曾向柯尼希报信,说柯所在的士官生兵团将遭到屠杀,因而救了这德国人一命。现在柯当上了蒋介石的警察头子。吉索尔不认识什皮列夫斯基。当强矢与他目光相遇时,他想强作欢笑。强矢也一样。接着便是四目相对:双方都明白自己无异于撒了谎,可正是这谎言沟通着他们,而其间又饱含挚爱!

强矢回到屋里,他的上衣就脱在那儿。梅穿上大衣。

"上哪儿去?"

"与你强矢同行!"

"干什么?"

她没有回答。

"咱们在一起更容易被识破,还不如分开。"他说。

"这话不对。怎么说呢?要是你已被张榜通缉,那反正是一样的……"

"你一点儿也帮不上忙呀。"

"可我要是留在此地,在这段时间里能顶什么用?男人们都没有尝过等待盼望的滋味啊!"

他踱了几步又停下,转身道:

"梅,听我说:每当关系到你的自由时,我可是承认这自由的呀!"

她听明白了这话里的意思,心中不免恐慌:她早已将那事忘掉。于是他以更深沉的音调补充说:

"……而你享用了你的自由。现在涉及我的自由啦。"

"可是,强矢啊,这有什么关联呢?"

"承认别人的自由,便是承认他有理,自己则甘愿受苦,我从经验中知道这一点。"

"难道我是'别人'吗,强矢?"

他再次沉默。是的,这时的她正是"别人"。他们之间发生了某种变化。

"那么,"她又说,"因为我……总之,因为发生过这件事,咱们连有难同当也不行啦?……想想吧,强矢:差不多可以说你是在进行报复哩……"

"'不再可为'与'徒然追求'是两码事啊。"

"不过你若是这样怨我,就不妨去找个情妇!……不!我干吗要这样说呀?这不合实际,我并没有搞个情夫呀!你明明知道,你有权同随便哪个女人睡觉……"

"我有你就够了。"他不胜痛苦地回答。

他的目光汇集着酸甜苦辣,梅见了不胜惊异。而最费解的是,他脸上流露出表示情欲的惶惶神色,自己却又不曾意识到。他接着说:

"此时此刻,我渴望的不是睡觉。我无意说你错了,而是说我要独自去。你认可我的自由其实是你的自由。是你愿意做什么就做什么的自由。自由不是一种交换。自由就是自由。"

"是一种放任不管……"

一片静默。

"强矢啊,爱侣为什么要一同面对死亡,假如不是为了同冒一死的危险?"

她猜想他会不由分说而去,便站到门前,说:

"那么你当初就不该给我这自由,假使如今它要把你我分开!"

"你并没有要求这种自由!"

"是你先承认我有这自由的。"

"你不该听信我嘛。"他默默地想。不错,他始终承认她有这自由。但在这个关头,她竟来议论什么权利,这真使她离强矢更遥远了。

"某些权利只是为了不付诸实施才给予人们的。"她道。

"我现在或许要使你牢牢把握这些权利哩;单为这而承认你拥有它们也是好事。"

这一秒钟比死更使他们彼此见外:在死者身上,一切含情的部分,如眼皮、嘴巴、鬓角等都历历可见;但眼前这隆起的颧骨,这细长的眼皮都只属于陌生世界了。爱的巨创深痛足以构成刻骨铭心的仇恨。此刻,她离死亡只剩下咫尺之遥,她会在这正被发现的世界,这充满敌意的世界面前退缩吗?

· 人的境遇 ·

"强矢,我并不想把握任何东西,"她回答,"就算我错了,从前也错了,随便你怎么说吧。然而眼下、此刻、现在,我一定要与你同去。求求你!"

他默不作声。她又道:

"即使你不爱我,那么让我同去对你也无妨呀……啊,咱们为什么要折磨对方呢!?"

"似乎这正合时宜哩!"她厌烦地补充道。

强矢感到身上骚动着熟悉的恶魔,对之颇为讨厌。他真想狠狠揍她一顿,而这恰恰是出于爱。她说得好:他若不爱她,她死了有什么关系?或许正是因为梅在此刻迫使强矢明白此点,倒令他极度反感。

她想哭吗?她闭上两眼,两肩却不停地无声地战栗,同她静止的容貌形成对照:而那恰似人们受难时的真实表现。现在分离他俩的已不仅是他的意志,而且是痛苦。痛苦本身使人分离,而痛苦的场面恰恰使人亲近。于是他又情不自禁地转向她,注视她那睫毛渐渐扬起的容颜(如惊诧不置的样子)……在闭起的双目上方,前额不复动弹,这副紧张的容貌(她的眼皮仍然垂落)忽而有如一副死者的面具。

他对梅的多数表情大体很熟悉,那不可能打动他。但他却从未见过这死者的面具(是痛苦而不是睡意压得她双目紧闭),死亡又近在眼前,这种幻象便具有一种不祥的预示力。她两眼再启时却对强矢视而不见:那目光仍然消逝在屋内白壁上。她没有一根肌肉在抽动,却有一滴泪水沿着鼻梁一侧淌下,挂在嘴角上,以它静静的生命、带着野性痛楚的生命,宣泄了这副如方才一样象征着死的非人性面具蕴含的真情实意。

"睁开眼睛吧!"

她瞧着他。

"已经睁开了呀……"

"我以为你方才已经离开人间了呢!"

"那又怎样呢?"

她耸耸肩,用极愁惨的倦怠的声音说:

"我吗? 假如我死掉,会觉得你也可以同去……"

他终于明白自己在受着什么真情的推动:原来他是想安慰梅啊。但除非赞成她一同走,否则无从安慰。她又重新闭上两眼。他将她搂在怀

里,吻着她的眼皮。分手时,梅问:

"咱们走吗?"

"不。"

她很诚实,不会掩饰自己的本能。她以猫一般的执着回到切身的欲念上来,这执着常常令强矢恼火。她走出房门,但强矢发现:自己明知跨不过房门,这才更想跨过去。

"梅,难道我俩将不辞而别吗?"

"我何时作为受保护的女人而生活过?"

他俩面面相觑,不知还该说什么,但也不愿再沉默。他俩都知道正在经历毕生最严重的时刻,而眼下是在虚度时光。强矢的岗位不在这里,而在党中央。在他的种种念头下,焦急的心情隐然若现。

她以面部表情指示着房门。

他凝视着她,双手捧住她的头,轻搂而并不拥抱她;在这贴面的轻搂中,似乎是刚柔兼备,那是表示爱情的男性特有的。终于,他挪开双手。

两扇房门在强矢走后重新关上。梅仍在倾听,仿佛在等待那并不存在的第三扇门关上。她不胜柔弱地张着嘴,沉醉在离愁别绪中。她发现,自己赌气同意他独去正表明:这乃是促使他带她同往的最后惟一表示。

　　强矢走出不到百步便遇见加托夫。

　　"陈不在这儿吗?"加托夫边说边指着强矢的屋子。

　　"不在。"

　　"你真的不知道他在哪里?"

　　"真的不知道。你问这干吗?"

　　加托夫很平静,但那表情似乎老在表示他患头疼……

　　"蒋介石有好几部轿车,陈却不知道。警察当局要么已有情报,要么已在提防。陈如果不知内幕,就会被抓走,炸弹也白扔。瞧,我一直在追他。炸弹应当在一点钟扔出。没有这种迹象:否则我们会听说的。"

　　"他应当去了双共和大道。上策是到赫梅尔里克家里去。"

　　加托夫立刻往那里去了。

　　"你带了你那份氰化钾吗?"强矢在加托夫回头张望时问。

· 人的境遇 ·

"带啦。"

他俩和另外几位革命领导者都在腰带的板扣里藏着氰化钾,板扣是可以像小盒一样打开的。

分离并未使强矢解脱。正好相反,在这荒凉的街道上,梅在让他走后,反比当面、比跟他唱反调时显得分量更重。他跨进中国城,心里明白却并不在乎。

"我何时曾作为被保护的女人而生活过?……"

他凭什么对这女人实行可悲的保护?须知连他的离去她也接受了下来!他为什么要离开她?难道真没有报复的意思吗?梅或许还坐在那张床上,被一种心理学无法形容的痛苦所折磨……

他匆匆跑回来。

有凤凰画幅的屋里已经空无一人:父亲已走,梅仍在卧室里。他没有开门,先在门前站住:他被面对死亡的友情压倒,发现在这种交融面前,肉欲虽在跃动,却已微不足道。他此刻悟到:接受爱人卷入死亡,这或许是爱情至善至美而不可超越的形式。

他打开卧室的房门。

她匆匆披上大衣,默默随他而去。

下午三时半

赫梅尔里克久久盯着那些无人想买的唱片。有人以约定的暗号敲门。

他开了门。是加托夫。

"你见到陈没有?"

"忏悔的游魂!"赫梅尔里克嘟哝着。

"说什么?"

"没什么。是的,我见到过他。大约在一两点钟的时候。这与你有关系吗?"

"我急需见到他。他说了些什么?"

从另一间屋里传来孩子一声叫喊,接着是母亲哼哼唧唧的抚慰声。

"他同两个伙伴一道来过。一个姓孙,还有一个不认得,是位戴眼镜的小伙子,模样平常,举止高雅,腋下夹着手提包:你懂这是什么意思吗?"

"正因为这样,我一定得找到他,明白吗?"

"他要我在这里等足三小时。"

"那好,他眼下在哪里?"

"混账!听我说:他要我在这里等候。我没有走动过。你懂吗?"

一片静默。

"跟你说我没走动过!"

"他能到哪儿去呢?"

"他跟你一样,没透过风儿。今天处处是一片沉默……"

赫梅尔里克站在屋子正中,瑟缩着身躯,眼神里几乎带着恨意。加托夫并不瞧对方,安详地说:

"你骂自己骂得太凶。大概你是想叫别人骂你,好心安理得吧!"

"你懂什么?这关你什么痛痒?别这样瞪着我:瞧你那绺头发,像鸡尾巴一样翘着,双手这么摊开,活像耶稣基督,准备让人钉上钉子!……"

加托夫没将张开的手掌合拢,却放到赫梅尔里克的肩上:

"楼上的情况仍然不好吗?"

"好了一些。但还是够呛。可怜的孩子!……他那么干瘦,脑袋又大,像剥了皮的兔子……让……"

这比利时人猛然挣脱,不再往下讲。接着,他走到房间顶端,以奇特的天真,赌气说:

"最糟的正是还没有那么做。不,别像那种浑身发痒的家伙,难受得老扭动身子!我没有向警察局告他的密。行啦。至少现在还没有……"

加托夫忧伤地耸了耸肩。

"你最好自己说清楚。"

"我本想跟他同去。"

"跟陈同去?"

加托夫相信,现在已经找不到陈了。他以挨打者的平静和厌烦的声音在说话。蒋介石夜间才回家,在这以前陈不可能有什么作为。

赫梅尔里克把拇指伸到肩膀上方,指点着孩子叫喊的方向:

"楼上、楼上!你叫我有什么办法?"

"等着吧……"

"孩子会死的,是吗?听着,一天之中有半天时间,我是盼他一死的。但要真是这样,我又会盼他活下来,不要死掉,哪怕是留下病根或残疾……"

· 人的境遇 ·

"我明白……"

"什么?"赫梅尔里克像被人夺走什么东西似的说。"你明白什么? 你连婚都没有结过!"

"我从前结过。"

"我倒真想亲眼见一见呢! 从你的举止来看……不,这些闲荡的小妞儿们不是给你我之辈消受的。"

他觉得,加托夫想到了那在楼上照料小孩的女人。

"忠厚……那是有的。还有她力所能及的一切。至于其他,她不具备的,那可是有钱人的事。一见到似乎在搞恋爱的人,我就想狠揍他们一顿!"

"能忠厚就很好……惟一非做不可的是要避免孤独。"

"你就是为这留下的,对吗? 是为了帮助我?"

"是呀。"

"是可怜我?"

"不,倒是……"

然而加托夫词穷了。也许压根儿就没有这种

词汇。他想绕着弯儿解释:

"我见识过的,或者差不多是这样。也见过你这种……肝火……怎能要求别人用回首往事以外的办法来理解事情呢……也正因为如此,你并没有使我恼火啊。"

他将脖颈缩在肩膀里面,凑近赫梅尔里克,说话时常吃掉几个音节,同时还用眼角觑着人家:双方这样低头互看,颇有摆开架势要在唱片丛里恶斗一番的样子。不过加托夫深知自己更强,虽然不明白是怎样个强法。或许是他的声音、冷静以至友谊在发挥作用?

"一个对什么都不在乎的人,如果真遇见忠诚、牺牲或这类东西,那他就完啦!"

"果真这样吗? 那他怎么办呢?"

"搞虐待、性虐待。"加托夫冷冷瞧着对方答道。

蟋蟀在叫。街上脚步声渐渐消失。

"实实在在的性虐待是罕见的,"他又道,"口头说说又谈不上。但女人如果能承受,她如果能超越这……我认识一个人,他的妻子有一笔积攒多年的钱,准备用来住疗养院;他却拿去赌博了。

那可是要老命呢。他输了个精光(这类情形没有不输的)。他回家时万念俱灰,跟你现在一样。全垮啦。她眼见他挨近床铺。瞧,她马上明白了。后来呢?她竭力安慰他……"

"那要容易些,"赫梅尔里克慢慢道,"安慰别人比安慰自己容易……"

他突然抬起两眼问:

"那个人就是你吧?"

"别胡诌!"加托夫以拳头猛击柜台说,"要真是我,我会照实说,不会说是别人!"

不过他立即息怒,又道:

"我还没有落到这一步,也没有这么做的必要……人家如果压根儿信不过,尤其是因为人家压根儿信不过,你就会不得不信赖心灵的品质(要是正巧碰上这类品质),这是理所当然的。你就是这么干的。我毫不怀疑,假如你无妻无子,那就一定会去。那么——?"

"由于你只是为这些心灵的品质而活着,它们会将你吞掉;反正要被吃掉的,就不如有这些品质……不过这些都是混账话。问题不在于有理。我不能忍受将陈拒于门外,可也不能忍受收留他啊!"

"对同志们只可以能力来要求。我要的是同志,不是圣贤。我对圣贤并不信任。"

"你当真心甘情愿陪别人下过铅矿吗?"

"我身在集中营,"加托夫颇带愧色地说,"铅矿与集中营,那是半斤八两……"

"半斤八两吗?未必吧。"

"你懂什么?"

"这不是实话。换了你,是一定会收留陈的。"

"我没有孩子……"

"我觉得那对我……会……容易些。甚至他没有病而遇害,那也好承受……我真蠢。的确蠢。我也许连当劳动者也不够格。还有呢?还有我觉得自己就像一只壶,世上的自由人都往里撒尿!"

他再次以扁平的脸示意楼上:孩子又哭叫了。加托夫不敢说:"死会将你解脱的!"

已解脱他的,倒真是死。从赫梅尔里克开口以来,他们一同忆起加托夫之妻。当年加托夫失魂落魄、垂头丧气地从西伯利亚归来,医学学习已经中断,当上工厂的工人,自认有生之年见不到革命爆发了;可他竟在凄苦中表现了残余的生命,让一个很爱他的青年女工遭了罪。但一旦她接受他带来的痛苦,他就一心为她而生存(有一种人,为给自己带来痛苦的男人而吃尽苦头,这种柔情蜜意真令人陶醉。加托夫深为此情所动)。加托夫只是出于习惯才继续革命行动,不过他带进革命的也有这糊涂的痴女心中剪不断的柔情。他可以接连几个钟头抚摸她的秀发,两人成天耽于床笫之乐。后来她死了,从此……但这段往事只有赫梅尔里克和他本人知道。没有领受够的乐趣呀……

仅仅靠语言,他几乎已毫无办法。但除了语言还有手势、目光,以及其人在场本身所表达的一切。他凭经验懂得:痛苦莫大于随之而来的孤独。将此种孤独表达出来,也可以使人解脱;但巨创深痛的语言尤其鲜为人知,别种语言却不至于如此。说不清,或说假话,都会使赫梅尔里克再度激动而妄自菲薄;他主要是为自己而感到痛苦。加托夫瞧瞧他,却不很专注,而是带着某种忧伤:他又一次惊奇地发现,男子汉表示爱的姿态是多么贫乏而笨拙!

"我不说什么你就应当明白,没什么可说啊。"

赫梅尔里克举起手来,又沉重地放下,似乎他只能选择一筹莫展或人生的荒谬。他站在加托夫面前,陷入沉思。

"过一会儿,我就可以再次去找陈啦!"加托夫想。

下午六时

"钱是昨天交付的。"费拉尔对上校说。上校这回着军服。"进展怎样?"

"军事总督写了一份很长的备忘录给蒋介石将军,问他发生骚乱时如何应变。"

"总督想得到保护吗?"

上校不顾眼疾瞧着费拉尔,只答道:

"译文在这里。"

费拉尔看了看这份文件。上校又说:

"连复信我也有。"

他递过一份复印件:在蒋介石亲笔签名的上方有两个汉字。

"那意思是——?"

· 人的境遇 ·

"枪决!"

费拉尔看了看挂在墙上的本市地图,上面大片的红块表示工人与穷人的密集点,那是同一批人。他想:"三万工人纠察队,也许还有三十万后援。可是他们敢采取行动吗?对立面是蒋和他的军队……"于是问道:

"在发生任何骚乱前,他是否会先处决共产党领袖?"

"当然。不会有骚乱的,共产党几乎已全部解除武装,蒋介石却有队伍。第一师已经开赴前线,那是惟一危险的队伍。"

"谢谢,再见!"

费拉尔要到华莱丽娅那里去。一名侍者坐在司机座旁等候他,膝上放着装有一只乌鸫的大金鸟笼,正是华莱丽娅点的礼物。车一启动,费拉尔就从衣袋里掏出一封信来再读一遍。他焦虑了整整一个月的事情竟然发生了:他的美国贷款将中止。

印度支那总督府的订货已能维持工厂的活力:生产能力的设计是针对理应逐月扩大的市场,结果市场却是日渐萎缩,银团的实业机构便出现亏空。巴黎的股票市场依靠费拉尔的银行和相关的法国金融集团维持,尤其是借通货膨胀来维持。但法郎稳定后,股票行情就不断下跌。不过银团下属各银行的强大,全靠种植园,尤其是橡胶公司的营利。斯蒂文森计划①将橡胶的市价由十六美分提高到一百一十二美分。由于在印度支那拥有三叶橡胶树,费拉尔是生产者,他既得到涨价的好处,又不必限制生产,因为他的买卖不属于英国。美国银行凭经验知道:这将使作为主要消费国的美国付出高昂的代价,因而自愿开放以种植园为担保的信贷。但荷属东印度群岛的土法生产,以及菲律宾、巴西、利比里亚的美国种植园构成的威胁却导致胶价猛泻。美国银行现已停放贷款,原因与当初同意贷款相似。费拉尔赖以支撑的惟一原料如此暴跌,实在是一个打击:他争得过贷款,进行过投机,其筹码不在产值,而在种植园的价值;他又受到法郎稳定所造成的影响,因为他的全部证券都因此下跌(证券有一部分属于决心控制

---

① 该计划规定在大英帝国(世界主要橡胶生产国)全面限制橡胶生产以重振胶价。其时这一价格已降至成本以下。

市场的各费拉尔银行);还受到美方取消贷款的打击。他很清楚:一宣布取消贷款,巴黎和纽约的各个小投机户都会对他的证券看跌。这种态度绝对是肯定的……他只有依靠道义才能获救,也就是说,得靠法国政府挽救。

金融集团濒临破产便会强烈意识到自己的国籍。政府惯于看到"储户被剥夺",却不愿看到他们失望:储户若像赌徒一样抱着强烈的希望,觉得亏损的钱总有一天可以捞回,那便是一半获得安抚的储户。法国很难甩掉这个银团,因为它已甩掉了中国实业银行。不过,为使费拉尔仍向国家求助,就不能让他绝望:首先得让共产主义在中国垮台。蒋介石控制各省便等于可以修建中国铁路;预计须借款三十亿金法郎,即许许多多纸法郎。当然,获得原材料订货的不仅是他,正如此刻维护蒋介石的也不仅是他。然而他将成为当事人。而且,美国银行是害怕共产主义在中国胜利的,它的失败则必将改变他们的政策。费拉尔是法国人,在中国享有特权。"银团不能不参与铁路工程。"他认为。为了能坚持住,他有理由请法国政府支援;政府也宁愿如此而不要新的暴跌:

费拉尔的贷款固然属于美国,存款和股票却在法国。当此中国危机激化的阶段,他手里的牌不可能全赢。但正如斯蒂文森计划当年保住银团的生命,国民党的胜利如今也能起保命作用。法郎的稳定对他不利,而中国共产主义的失败则对他大大有利……

难道他一辈子都得静候机遇,好借重世界经济潮流的势头?它们始则如送上门来的祭献,终则如冒失鬼的胡作非为?今夜,不论是在孤军抵御或胜负难决之中,他都有从属于世上各种力量之感。不过有个女人,他并不属于她,而过一会儿她就要属于自己了:那副迷惘的容貌百依百顺的表情,如同一只手挡着他的眼,将遮去那些他赖以生存的错综复杂的束缚。他曾在几处沙龙与她重逢(她刚从日本京都返回数日),每每受到她的诱惑与刺激,因为她温婉动人而又公然卖弄风情,正是以此来挑逗他的欲念,并应允今宵与他重叙旧欢。他有一种无限的需要,需要被厚爱(在异性之间更容易产生仰慕,全面的仰慕)。假如仰慕变得捉摸不定,他便借色情来将它燃烧得更旺盛。她身上与他相反之处最能刺激他的感官。这一切都很朦胧,因为一当触及她的肉体时,他那占有的敏感发自于假定自己便是她。但在他,一个经过征服而得到的肉体,首先就比送上门的更有滋味、比任何别的肉体也更有滋味。

他跨出轿车,走进亚斯托尔旅馆,后面跟着那托举着鸟笼、模样颇威严的侍者。世上有千万幢人影:有在爱情上与他无关的女人们;以及一位有着血肉之躯的伙伴:就是他追求的那个女人。他的自豪呼唤着伙伴的自豪,如同狂热的赌徒之呼唤其他赌徒:目的是把他击败,而不是为了罢战言和。至少今宵已经摆出了架势,因为一开头他俩就将在床笫上交欢。

一跨进前厅,便立刻有欧籍职员迎上前来。

"色尔热夫人给费拉尔先生捎话,说今晚不回这里了,并且特请这位先生说明。"

费拉尔一怔,瞧了瞧"这位先生":他正靠着一座屏风,背朝他而坐。此刻他转过头来,他是一家英国银行的经理,追求华莱丽娅已有一个月了。在他近侧的屏风后头,一名侍者也举着一只乌鸫鸟笼,同费拉尔的仆人一样颇为威严。那英国人不胜惊诧地起身与费拉尔握手后说:

"是您应当向我说明,先生……"

他俩不约而同地悟到,两人都被玩弄了。于是面面相觑,各自的仆人都挂着一丝含讥带讽的笑意。旅馆的白人职员则一本正经,因过于正经而不大自然。此刻正是举行鸡尾酒会的时分,上海的精英已悉数光临。费拉尔觉得自己最窘:那英国人还可以算是个青年。

一种深深的轻蔑和相应的愤懑,补偿了强加于他的自卑心。他觉得真的已被人的愚蠢所笼罩,那是一种粘着你的、紧紧压在肩头的愚蠢。紧盯着他的是世上最可鄙的一班白痴。然而他并不清楚他们知情到什么程度,而假设他们洞察幽微。面对他们的嘲笑,他感到自己满含怨愤而周身无力,精神上已被压垮。

"是在搞竞赛吗?"他的仆人问另外那位仆人。

"不知道。"

"我这只乌鸦是公的。"

"这就对啦。我这只是母的。"

"大概是为了配对儿哩。"

英国人向费拉尔欠了欠腰,朝守门人走去。

人的境遇

后者递给他一封便笺。他读了那信,叫过仆人来,从公文包里取出一张名片钉在鸟笼上,对守门人道:

"请转交色尔热夫人。"

然后便离去了。

费拉尔冥思苦想着要为自己辩护。她击中了他的最痛处,好比在睡梦中剜去他的两眼:她否定了他的存在啊。他能够想的、做的和要求的一切,都已不复存在。这窘人的场面既已发生,那无论如何都不能叫它没有发生过。惟有他是存活于鬼影的世界中,被抹煞的正是他,就是他啊。何况(他想到的并非一桩后果,而是一连串的挫折,愤懑似乎令他变成一名受虐色情狂者),何况他不能同她一起睡觉了。他益发想报复嘲弄他的这具躯体。他兀自待在一角,面对愕然的人群和手托鸟笼、不动声色的侍者。这小鸟儿也成了一种永恒的侮辱。不过首先得留在这儿。他要了杯鸡尾酒,点燃一支香烟,然后待着不动,一味将上衣口袋里的火柴折断。他的目光遇上一对男女。那男子具有一种魅力,是头发灰白与相貌年轻结合所致;女子很和气,有些像周末画刊的封面女郎。她以一种含有柔情或肉感的爱的感激凝望着他。

"她爱他,"费拉尔颇为妒羡地想,"他或许就是靠我的某项交易谋生的白痴之一……"接着,他将守门人唤来。

"你有一封人家给我的便笺,快交给我吧!"

守门人很惊奇,不过仍很正经。他递上便笺。

> 亲爱的,您可知道,波斯女人一发脾气便用掌了钉的拖鞋揍男人吗?她们不负任何责任。然后她们不是回到日常生活了吗?那是与男人一同哭泣而并不能约束她们的生活,与他同床并将奉献自己的生活(你信不信?),也就是"占有"女人的生活。我不是人家"占有"的女人、那种愚不可及的躯体:你在它一旁可以寻欢作乐,并像对孩子和病人那样说假话。亲爱的,你知识渊博,却可能至死都不明白女人也是人。我一贯只遇到这种男人(或许将来也只能遇到这种人,但那是活该——我说这"活该"是很痛快的):他们觉得我有魅力,并令人感动地竭力发扬我的狂放之处;但一涉及真正的世事,他们又很善于去找同性的朋友了(当然不包括想得到安

慰的时候)。至于我的任性行为,我那样做不仅是为了取悦你们,而且也是为了在我说话时有人听。要知道我那动人的狂举的价值:它很像你们的柔情。你想要控制我。若说痛苦可能由此产生,你恐怕连察觉都谈不上……

我见过不少男人,知道应如何看待逢场作戏:任何事物,当男人将自尊心押上去时,对他就不复是无所谓的事了。欢乐便是一个可以令他餍足的词儿:餍足得更快更经常。我不肯充当一具肉体,正如同你不肯充当一册支票簿一样:你对我犹如妓女对你一样。"提出要求吧,但得付钱!"……我也是那块肉体,可你要求我仅此而已。好啦,好啦……在人家对自己的看法面前保卫自己并不总是那么容易。你的存在令我愤然接近自己的肉体,犹如春天使我欢快地与它亲近。说到春天,但愿你和小鸟们玩得痛快。又及:下回可别让电灯开关不得安宁!

华

他固执地要自己相信:他建设过公路,改造过

整整一个国家,让千千万万农民抛弃了散落在耕地里的茅舍(现在住进了他工厂附近的波浪形圆筒铁皮屋),就像封建领主和帝国钦差也曾做过的那样。乌鸫在鸟笼里似乎在讪笑。费拉尔的力量和明智,他使印度支那改变旧貌的那份勇气(刚才的美国来信使他感受到这份勇气压倒一切的分量),结果却得到这只滑天下之大稽的小鸟儿:而它肯定是不把他费拉尔放在眼里的!

"这么看重一个女人!"

问题不在女人。她不过是摘下的一只障眼物:他曾竭尽全力与自己有限的意志相抗争。他的性冲动已变得毫无用处,只是对他的怒气火上加油,使他陷入压得人喘不过气来的麻木中。其间的可笑呼唤着热血。惟有对肉体才能快速报复。克拉皮克对他讲过某阿富汗酋长野蛮行为的一则故事:

酋长之妻被邻近部落的酋长强奸了。她回来时带了一张便条:"现将尊妻奉还。她并不如传闻的那样美好。"

后来酋长抓住了那强奸犯,将他绑在那赤身露体的女人面前,挖掉他的两眼之后说:"你饱览她的躯体而加以蔑视;现在你可以指天起誓:你已永无再见她之虞!"

于是费拉尔幻想自己正待在华莱丽娅的屋里。她此刻已被绑在床上,如泣如诉地叫喊着;可这叫喊与快活的叫喊又何其相似!她被绑得很严实,被痛苦所占有,扭着身子挣扎着,因为在另一种占有下她并不挣扎……

守门人仍在一旁静候。"应当像这白痴一样不动声色,可我真想掴他两记耳光!"

这白痴却并无笑意。他把笑留在以后。费拉尔开口道:

"我过一会儿再来!"

他不付鸡尾酒的账,将帽子留下便走了。

"到最大的鸟店去!"他吩咐司机。

路很近,但店已关门。

"中国城有条鸟街。"司机说。

"去吧!"

汽车开动时,费拉尔脑中萦绕着一个女人的忏悔,那是他在一本旧医书里读到的:那女人有一种热烈的、想被人鞭笞的欲望,便写信同一个陌生男人订下约会。不料当她在旅馆床上躺下并撩起贴身的衬裙时,那男人扬鞭的手臂却瘫软了,见此情景她想赶快逃之夭夭。床上女人的脸相是看不见的,但却真是华莱丽娅的脸相。碰到什么中国妓院要停车吗?不。任何肉体已不能将他解脱,他已丢不开那遭到蔑视的性的强烈自豪。

汽车应当在铁丝网前停下。那边便是中国城,很黑,很不安全。也罢。费拉尔下车步行,将手枪挪进上衣口袋,但愿有人来犯:这样他能杀谁便杀谁。

鸟街已进入梦乡。仆人安详地去敲头一家商店大门,喊道:

"买鸟呀!"

商人都怕大兵。过了五分钟才有人开门。在中国店铺好看的淡红色影子里,在一具灯笼四周,可以听见猫、猴悄然蹦跳的声音,接着是吧哒吧哒的拍翅声,表示有的动物已被惊醒。暗处有一些略带深玫瑰色的长长影子,是缚在棍上的几只鹦鹉。

"统统买下这些鸟儿要多少钱?"

"光买鸟吗?得八百元。"

店主是个小商家,并无名贵鸟类。费拉尔掏

出支票簿,踌躇了一下:商人想要现金。仆人却明白了,便介绍道:

"这位是费拉尔先生,轿车停在那边。"

店主出门看见了经由铁丝网照过来、像利爪般的车灯灯光。

"好说啊。"

这种信任表明费拉尔颇具权威,但却令他生气。他的实力是显而易见的,连这小店的店主也早有所闻。但这也是荒谬的,因为他不能运用这实力。不过,仗着他此刻的行动和黑夜的凉意,他又逗起傲气来:性虐待式的愤懑和想象化成厌恶,虽然他明知这愤懑和想象都还没有终了。

"我还有一只袋鼠!"店主道。

费拉尔耸耸肩。此时,一个也已醒来的孩子抱着那只袋鼠走来。这动物身材极小,毛茸茸的,以胆小的牝鹿式目光瞧着费拉尔。

"好的。"

又是一张支票。

费拉尔缓缓回到汽车前。华莱丽娅若要讲这鸟笼的故事(她必定会讲的),他无论如何要能讲出故事的结局,以避免贻笑大方。店主、小孩、仆人拿来许多小笼在汽车里放好,又回去另提了些鸟笼。末了将袋鼠、鹦鹉等最后一批动物装进了小小的圆鸟笼送上汽车。中国城外围爆发了几声枪响。很好:仗打得越凶越好。在哨兵愕然的目光下,汽车开走了。

一到亚斯托尔旅馆,费拉尔便差人将经理叫来。

"请陪我到色尔热夫人屋里去一趟。她此刻不在家,我想让她大喜过望。"

经理竭力不流露惊奇,尤其是异议的神态。亚斯托尔隶属于费拉尔银团。只要有这位白人经理在,又能与之交谈,费拉尔便可摆脱受委屈的处境,回到"上等人"中。中国店主和黑夜曾使他陷入悬念。现在他还未完全从中挣脱出来,但至少那已不能完全占据他了。

五分钟后,他叫人将众鸟笼在那间屋里放好。所有贵重物品都收在室内衣柜中,有一只柜还没来得及关上。他从床上捡起一件铺开的睡衣预备扔进衣柜,然而一触及微温的绸缎,他便觉得这热气沿着手臂传遍全身,而他一把抓住的那片衣料正是用来遮饰她那酥胸的:那半开的柜里挂着衣

· 人的境遇 ·

裙、睡衣等等,保留的东西也许比华莱丽娅的肉体更富于性感。这些衣物仍充满活人的气息,他几乎将它们撕个粉碎。若能够将这件睡衣带走,他是会这样做的。他后来还是将它扔进衣柜,仆人也就关上了柜门。

就在睡衣脱手之际,赫剌克勒斯和翁法勒的故事①突然袭入他的脑际:这时赫剌克勒斯穿着可以揉皱的女绸衣,像这件睡衣一样含有微温。赫剌克勒斯感到屈辱,却也羼杂着兴奋。他徒然追忆方才向他心头袭来的性虐待场面:赫剌克勒斯被翁法勒和得伊阿尼拉二人毒打的场面浸透他的思绪,令他又屈辱又快活。

传来一阵脚步声。费拉尔摸了摸衣袋里的手枪。脚步声在门外渐渐变弱,他的手便插进另一只衣袋,不胜紧张地掏出一方手绢。他叫人解开系鹦鹉的绳子,可那几只动物胆小,竟躲进了帘后

---

① 赫剌克勒斯,希腊神话中的英雄。赫剌克勒斯为了洗刷自己的一桩谋杀罪而成为吕狄亚女王翁法勒的奴隶。屡建功勋后,他获得解放而成为翁法勒之夫。得伊阿尼拉是赫剌克勒斯原来的妻子。出于忌妒她与翁法勒毒打丈夫。后来她受马人涅索斯挑拨,将沾满毒血的衣服送给赫剌克勒斯穿,赫剌克勒斯痛苦难当,跳进火堆。

的墙角。袋鼠跳到床上,一直在那里待着。费拉尔熄掉屋里的大灯,只留下守夜灯的微光:鹦鹉有白色也有粉红色,如东印度公司的凤凰展翅图:它们翩翩飞翔,勾画出优美多姿的曲线,同时发出一种凄惶粗犷的鸣叫声。

那些装着好动的小牲畜的笼儿盒儿,被胡乱放在种种家具上、地板上、壁炉里,颇为碍手碍脚。他竭力寻思,却没探出个究竟。他走出房门,又折了回来,马上省悟到:房间似乎被糟蹋过。今夜他能避免愚蠢的行为吗?他情不自禁地在这里留下他那怒火的显著痕迹。

"打开所有的笼子!"他吩咐仆人。

"房间会被弄脏的,费拉尔先生!"经理提醒道。

"色尔热夫人会换掉室内陈设。把账单寄给我就行啦。"

"要摆鲜花吗,费拉尔先生?"

"只要禽鸟。不许任何人进来,仆人也不许。"

因有防蚊蝇的金属纱窗,鸟儿是飞不出去的。经理打开十字窗,以便"放掉屋里的牲口气味"。

· 人的境遇 ·

此刻群鸟如在海岛上纷飞,飞到家具上、帘子上、天棚的一角……在淡淡的灯火照射下,它们像中国壁画上的飞鸟一样灰暗。

他为泄怒而送给华莱丽娅的一份最佳礼物……他关上灯,打开,又关上,再打开,为此而使用床头开关:他想起昨天在家中与华莱丽娅共度的良宵。他差点拔掉那开关,叫她永远不能再使用,不管是在同什么人睡觉时。但他又不愿留下任何怒气的痕迹。

"把空鸟笼儿拿走,"他吩咐仆人,"叫人烧掉!"

"色尔热夫人如果问谁送的鸟,是不是要告诉她呢?"经理以欣羡的目光注视着费拉尔问。

"她不会问,已经附了名片。"

费拉尔走了。今宵他需要同一个女人睡觉。但他还不想立即进中国旅馆。只要确知是有肉体归他支配,他便心满意足:暂时是这样。常有这样的事:他因为做了噩梦而惊醒时,往往还想睡,虽然明知还要做噩梦;但同时又盼望彻底醒来,不复有梦痕,因为睡眠即是噩梦。然而梦里的人物却是他自己;清醒便是宁静,那却是外界。今夜的色情狂是一场噩梦。他终于决心醒过来,于是吩咐将车开往法国俱乐部:交谈,同熟人恢复往来,哪怕只是攀谈一下,那便已经是十足的清醒。

酒吧间已经客满:正是人流纷涌的时刻。在离港湾不远的处所,吉索尔披着一条淡黄粗羊毛披肩,兀自孤独地坐在一杯软性饮料面前。强矢打过电话来,说一切顺利。老吉索尔是到酒吧间来打听当天有什么流言的。这类流言常常很荒唐,却有一定的含意。今天的情况却并不是这样。费拉尔在一片问候声中朝那位老人走去。他知道老人教学的性质,却不重视这些课程。他并不了解强矢此刻正在上海。他认为向马尔西亚尔打听人无异于降低身份,而强矢当下的角色与公职毫不相干。

这些傻瓜不大以为然地盯着他,还都以为他与老人是烟友。其实并不然。费拉尔是佯装抽鸦片:一口、两口,总之是不到鸦片起作用的地步;烟馆的氛围、烟枪的托举姿势,在他都是对女人发挥作用的一种途径。他讨厌那些非说不可的奉承话,那种现金收讫的交换(即按一个女人让他快活到什么程度而对她评价,并照此付款),于是便投身于一切能使他免于这一套的种种事情。

从前在北京,他偶尔也到老吉索尔的住所,在他的木板床上躺一躺,那情趣就更复杂啦。首先是为了从耸人听闻中得一乐趣;其次,他不愿仅仅当银团董事长,想有别于自己之所为。以此自慰,似乎他比自己的行为更加高尚。他喜欢艺术、思想,喜欢玩世不恭,称这种态度为"清醒",这种有些咄咄逼人的嗜好其实是一种自卫:因为他不是出身于大信贷机构的"家族",不是来自基金总运动,也不是来自财政总监司。费拉尔世家与共和国的历史紧密相连,不能把他当成一般小投机商;但不管他的声望如何,他仍然是一个门外汉。他很善于处世,不会硬去填平周围的深沟,倒是在扩大它们。吉索尔的高度文化修养,他那一向为谈话对手服务的智慧,他对世俗的蔑视,他几乎永远与众不同的种种"观点"(费拉尔在辞别后总是将之吸收为自己的观点),都使他俩彼此接近,超过其他一切,超过他们的不同点。吉索尔在与费拉尔相处时,只是从哲理角度谈论政治。费拉尔说他需要智慧;而当智慧不冒犯他时,确实是这样。

他环顾四周:他坐下时,几乎所有的视线都立即移向别处。今晚他宁娶厨娘为妻,也非要这群人接受这选择。这帮白痴竟敢评判他的作为,这使他不胜恼怒。他越少见他们越好:他建议老吉索尔到花园前的平台上小饮。天气虽已有凉意,侍者们仍将几张桌子安放在室外。

"您认为人们能了解、真正了解一个活着的人吗?"他问吉索尔。

他们在一盏小灯旁坐下,灯的光圈在雾色渐浓的黑夜中缓缓隐没。

吉索尔瞅了瞅他。"他若能完全按自己的意志办事,就不会爱好心理学了。"费拉尔想。

"是指了解一个女人吗?"吉索尔问。

"管它是男是女?"

"凡是能让女人清醒的思想都有点色情味……想了解一个女人,不是总要以某种方式占有她或向她报复吗?"

一个不起眼的妓女在邻桌对同伴说:

"人家不能随便将我制服。告诉你:那个女人,忌妒我那忠实的仆人呢。"

吉索尔又道:

"我认为,设法动脑筋或许会弥补这一点:对

· 人的境遇 ·

一个人的认识是否定的感情;正面的感情,即现实,是一种会拉开与所爱者距离的焦虑。"

"人真能爱吗?"

"时间或许会让这种焦虑消失,只有时间会这样。我们永远不会了解一个人,但有时可以不再觉得对他完全无知了(我想到自己的儿子,可不是!还想到……另一个孩子);借助于智慧去了解,是妄想超越时间观念……"

"智慧的作用不在于避开世事。"

吉索尔瞧瞧他:

"你所谓的'智慧'指什么?"

"一般来说——?"

"是的。"

费拉尔思索了一下道:

"掌握手段,使事或人都驯服!"

吉索尔暗中好笑。每当他提出这个问题时,对话者无论是谁,其回答毫无例外地是描绘自身的欲望,或描绘心目中的自我形象。然而费拉尔的目光突然变得更明亮。他问:

"你知道,在中国远古的帝国时期,女人犯上受什么刑罚?"

"哦,你问这个?可有好几种哩。好像最常见的是把她们绑在一只木筏上,砍手剜眼,然后——"

吉索尔说着发现对方兴致浓郁起来,或许还是欣然倾听呢。

"让她们沿不尽的长河顺流而下,直至筋疲力尽、饥肠辘辘而死。同时把她们的野汉也绑在木筏上,就放在她们身旁……"

"她们的野汉?"

这种消遣又怎能适应此种专注的目光呢?吉索尔没有想到:眼下在费拉尔脑中根本没有什么"野汉"。不过费拉尔的思绪已拉了回来。

吉索尔接着说:

"最奇特的是,在公元四世纪前,这类酷刑好像是由某些智者定下来的;然而在私生活中,我们却发现这些智者善良而又富于人情味……"

吉索尔盯着这副双目紧闭的瘦削面容,其下方有一盏小灯照明,在费拉尔的胡髭上产生一种灯光效果。远处几声枪响。有多少人的生死在这夜雾中定夺啊?他盯着这副极为紧张的面容:是发自身心深处的某种屈辱造成的紧张;他又以人的怨愤的可笑力量来抗拒这屈辱。两性间的仇恨高于这屈辱;这类最远古的仇恨,似乎应从人间仍在流淌的鲜血(尽管大地已浸透鲜血)中得到再生。

又有几声枪响,这次离得很近,震得桌上的杯子颤抖起来。

吉索尔早已听惯这天天从中国城传来的枪声。强矢虽然来过电话,这枪声却忽然使他感到忧虑。他不了解费拉尔的政治作用怎样,但肯定是有利于蒋介石的。他觉得自己坐在费拉尔身边很自然(他可是从不"卷入",连自己的私事也是这样),但他已不想帮助费拉尔。又传出几声枪响,这次离得远些。

"出了什么事?"吉索尔问。

"不知道。蓝红两党领袖郑重地联合宣布团结一致。似乎都没有问题啦。"

"他在撒谎,"吉索尔想,"他至少同我一样洞悉内情。"

"赤党也好,蓝党也好,"费拉尔说,"苦力还是苦力,除非他们因此送命。人的生命只有一次;为了某种思想竟会舍命,这岂不是十足的蠢人吗?"

"很少有人受得了(怎么说呢?)自己作为人的境遇……"

他记起强矢的思想之一:人们愿为之献身的事业,总是超越实利,而多少是维护这种境遇,将它形容为尊严:对奴隶来说是基督教教义,对公民来说是国家,对工人来说就是共产主义了。但他无意同费拉尔探索强矢的思想。他转身对费拉尔道:

"得一直麻醉自己才好:在中国是抽鸦片,在伊斯兰教国家是吸大麻,在西方则是借助女人……或许西方人用来挣脱人的境遇的主要办法便是做爱……"

在这些言辞的掩饰下,轻轻飘过他脑际的是一串朦胧隐蔽的追忆:陈与谋杀,克拉皮克与他的放浪,加托夫与革命,梅与爱情,吉索尔本人与鸦片等等场面逐一浮现……在他的心目中,惟有强矢抵制着这一切。

费拉尔答道:

"女人若是站立着便能得到她们所需要的美言(如今这类美言是有了床笫才奉赠的),那么愿意睡觉的女人就大大减少了!"

"男人有多少呢?"

"不过男人可以,并且应当否定女人:行动,只有行动才能成为生活的凭借,才能满足白种男人。若有人向我们议论某大画家,而此人却从不作画,我们当作何感想?人是其行动、其所能做的事的总和。仅此而已。我并不等于自己同某女或某男相遇所形成的一切:我走自己的路、自己的……"

"但须有铺好的路呀。"

听到了最后几声枪响,吉索尔便决心不再充当辩护人。

"不是你,就是别人铺的路,对吗?好比一位将军说:'我和我的部属可以扫射此城。'然而,假如他真能开动机枪,他也就不成其为将军了……何况男人或许对权力倒无所谓……瞧,吸引他们的地方不在实权,而在可以为所欲为的幻觉。国王之权在治国,对吗?可人们不思治国,只思强制他人,你说过。是要在凡人堆里做一个超人。我对您说过,是要挣脱人的境遇。不是要一般的强盛,而是要至高无上。幻想的弊病(强盛的意志只是它的理性根据)在于要充当神祇的意志:人人都幻想成为神祇。"

吉索尔这一席谈弄得费拉尔茫然不知所措,他的头脑并未准备加以接受。老人虽不是为费拉尔辩解,却也未使他摆脱悬念:

"照您看,为什么神祇占有世上的女人都表现得与俗人或动物没有什么两样呢?"说着,费拉尔站起身来。

"您要将主要的精力投入,才能更强烈地感受神的存在。"吉索尔目无对方地议论着。

费拉尔没有想到:吉索尔思想的深邃在于从对话者身上看到自身人格的片断。如果将他的智慧实例汇集起来,就可以铸成一幅他最细腻的画像。

"神祇可以占有,却不能征服。"老人以会意的微笑接着说。"神的理想在于成为人,但又确知还能恢复自身的神力。人的理想则在于变成神而不失其人性……"

好歹得同一个女人睡一觉! 于是费拉尔走了。

"会延续的奇怪陷阱!"吉索尔想,"在色情方面,可以说他今晚的自我设计像一位善于幻想的小资产者。"

战后不久,吉索尔与上海的经济大亨开始接触。他不胜惊奇地发现:自己原先对资本家的看法与事实全然不符。他结识的人几乎都以一定的方式使感情生活定下型来,一般都采取结婚的方式。大商人(如果他不是可以随便取代的产业继承人)的心思同色情放荡不相容。他向学生们解释:"近代资本主义多半是组织意志,而不是权势意志……"

费拉尔坐在车里想,自己同女人的关系照旧未变,照旧是荒谬的。也许他从前爱过,但那是从前。现在麻醉其生活的感情并非"爱情"。哪个醉生梦死的心理学家能这样称谓它呢?爱情是一种亢奋的欲念:女人老缠着他,是的,像复仇的欲念。得到女人那里接受评判,可他却从不接受任何评判。在献出自己的同时又欣赏他的女人,他不曾与之搏斗的女人,在他等于不存在。他命定要找风骚女人或妓女。有肉体在。很幸运。不然的话……

"亲爱的,你到死也不会明白女人也是人……"

对她来说也许是这样。但对他来说却不是。女人也是人！女人是休息,是旅行,是冤家对头……

他顺便在南京路的一家妓院找了一名歌妓,一位长得温文尔雅的中国姑娘。她上了车,坐在他一旁,两手循规蹈矩地扶着齐特拉琴,样子像唐代佛雕。车终于开到他家。他爬着楼梯,那平常迈惯了的大步变得沉重起来。

"该上床睡一觉啦！"他想。

……睡眠便是安宁。他生活、搏斗、创造过。然而在这种种外表下,在内心深沉的处所,他重温到这惟一的现实,这酣畅的乐趣:将斯人、将自己抛掷于海滩上,犹如遗弃一位溺水的伙伴！而正是他,必须每天再创自己的生命！"其实睡眠是我多年来不断希求的惟一事情……"

除了催眠作用之外,从这个年轻女人那里还能期待什么呢？她的拖鞋正啪哒啪哒作响,在他的身后,在一级级阶梯上作响。他们走进鸦片间:那是一间小屋,沙发上盖着蒙古毛毯,布置得多半适宜肉体的快感,而不是沉入梦幻。墙上挂着嘉摩早年描写藏族生活的一幅水彩画。那少女将齐特拉琴放在一张沙发上。烟盘上放着古色古香的玉柄烟具,颇雅致,却不大实用,是为不用的人而设计的。她的手伸向烟具,却被他一把拦住。远方轰隆一声炮响,将盘子上的烟针震得直哆嗦。

"您想让我唱一段吗?"

"现在不必。"

他盯着她的身躯,那是紧裹着一身淡紫旗袍的若明若暗的身躯。他看出这女人怔住了:按习惯,一名歌妓在演唱、谈心、陪餐或填烟枪之前,是不立即上床的。否则他为什么不去嫖妓呢?

"您也不想抽几口烟吗?"

"不想。快脱掉衣服吧!"

他很想让她脱个精光,但她会一口拒绝的。他只留下一盏守夜灯,心里想着:"色情便是自己或对方受委屈,或者双方如此。这是一种观念,显然是这样的……"何况她这样穿着中式紧身衬衫还更能撩人呢。但他刚刚被刺激起来,或只是刚被这温顺的肉体刺激起来,而他自己并无动作。他的乐趣来自设想自己处于对方之境。明显的是,受强制,受他强制的是对方。所以实际上他从来是同他自己睡觉。不过他要在不孤单时方能达此境界。现在他明白了吉索尔看到一点端倪的东西:他的强力意志永远不能达到目标,而仅仅以更新目标来生存。然而,即使他毕生只占有一个女人,他总是占有了,是通过这静候他的中国姑娘,即他惟一渴望之物,亦即他自己。他须借别人的眼光来看自己,须借一个女人的感官来感受他自己。他横扫一眼那幅描写西藏的水彩画:在一方灰蒙蒙的天地里,一些旅行者正在流浪,而两具完全相像的枯骨正颤颤巍巍地搂抱着。

他挨近了那个女人。

晚十时半

"但愿轿车不要来晚了。"陈想。天色全暗之后,他对自己的行动变得不太有把握,而残留的几盏路灯就要熄灭了。中国稻田和洼地的荒芜之夜已悄然渗透到人烟稀少的大马路。雾城灯光暗淡,本来透过半闭的门板缝隙和堵塞的玻璃窗洒到户外,现在却一盏跟着一盏熄灭。阑珊的反光照在湿漉漉的轨道和电线杆的绝缘子上,越来越微弱。不一会儿,陈只能在金字招牌上瞥见这光亮。这雾夜是他的最后之夜,他很满意。他将与汽车同归于尽:爆炸在那球状的闪电中,那闪电将在瞬间把这丑恶的大道照得通明透亮,并将以一束斑斓的血痕溅满一面墙壁。

一则最古老的中国神话此刻正盘桓于他的脑际:人原是地上的虫。恐怖行动应当变成某种神秘学。首先要独处一隅:恐怖分子应当独自决断,独自执行。警察的力量全在告密。独自行动的刺客,绝无自我告发之虞。要绝对孤独,因为让与世隔绝者不寻找自己人是不容易的。陈知道对恐怖主义的非难:警方会对工人镇压啦,招致法西斯主义啦,等等。镇压已是无以复加地残酷,而法西斯主义也不能更明目张胆了!也许强矢与他念及的人不同。

为了解放阶级,并不需要将被镇压者的精华永远留在阶级行列里,而是要就他们被镇压一事显示意义:让人人都对主人翁的生命负责并判定其价值。要给绝望的个人以直接的意义并大搞暗杀活动(不是借助某种组织,而是借助某种思想),这就是赋予烈士们以再生。白的文章将受到重视,因为陈即将献身:他深知为思想而抛洒的热血对思想是极为重要的!不属此次坚决行动的一切,都将在这夜里腐烂!而这夜色正隐蔽着那辆汽车:它很快就要到达。雾气因轮船的烟氲而愈发浓重,渐渐吞没了马路深处人烟未绝的便道:忙忙碌碌的人群鱼贯而行,很少有抢行的,似乎战事已将一种绝对的秩序强加给此城。他们的行进在整体上是安静的,这就使他们的躁动变得有些幻觉色彩。他们手里不提纸盒,不捧售货盘,也不推小车。今夜他们的活动似乎毫无目的。陈亲见这些人影朝大江不声不响地流去,其运动无以名状而且经久不息:那不正是命运吗?这力量推动他们走向大马路的尽头。那里看不清的招牌的光环,在黑乎乎的河流前头,似乎就是死亡之门?硕大的方块字如同沉入既往时代一般陷进朦胧远景,消融在荒漠悲凉的天地中。

蒋介石的轿车军用喇叭声似乎也不是来自他的司令部,而是从佛家的时代流出,从远方空无一人的汽车道上嗡嗡响开。陈带着亢奋的心情将炸弹夹在腋下。惟有车灯才透过浓雾照射过来。几乎同时,在福特牌警卫车开道下,蒋的汽车一溜烟地从雾气中冲出。陈再次感到,它开得异乎寻常之快。忽然有三辆黄包车挡住去路,于是两部汽车只好减速。陈拼命想控制自己的呼吸。这时阻塞已没有了。警车先驶过,轿车接着开过来:是一辆美式大轿车,两侧踏板上各站一名警卫,令人感到威武雄壮,陈顿时觉得:假如不前进而犹豫一下,他会不觉闪开的。他像提一只牛奶罐一般,一把提起炸弹的提环。将军的专车离他只有五米远了,车身庞大。他满怀出神入化的喜悦迎面奔去,紧闭两眼直扑上去……

几秒钟之后他才清醒过来:他既没有感觉,也没有听见期待中的骨头格格作响,而是闯进一个亮得刺眼的圆球中。他的上衣不见了,右手拿着一块沾满污泥和鲜血的车篷残片,几米开外有一堆血红色的破烂,一块被砸碎、照着残光的玻璃,一些……这时他已辨别不出任何东西:他意识到痛苦,这痛苦在不足一秒钟的当儿是超意识的。他什么也看不清,但仍感到那块场地是空着的。警察害怕出现第二枚炸弹吗?他周身感到痛楚,是一种弄不清楚痛在哪里的疼痛:遍体都疼呀!有人逼近他了。他想起自己该掏出手枪来。他想要摸到裤兜。没了裤兜,没了裤子,连腿也没了,只剩下炸碎的肉。另有一支手枪在衬衫口袋里,但扳机却被炸掉了。他从枪筒这边握起这武器,不知如何将它翻了个儿,本能地用拇指抠了抠保险槽。他睁开两眼。一切都缓缓地、不可阻挡地旋转着,转成一个大圆圈。然而除去疼痛外,一切都不复存在。一个警察离他很近。陈想问蒋介石死了没有。然而他想在来世弄清这件事。在此生此世,蒋是死是活对他也无所谓了。

那警察进足力气朝他肋间猛踢一脚,踢得他翻转身来。陈惨呼一声,向前乱扑,这震动使他觉得不尽的疼痛变得格外剧烈。他就要昏厥或死掉。他使尽浑身解数将枪筒塞进嘴中。他已准备接受那更痛苦的一震,终于一动也不动了。另一名警察又用脚后跟猛踢一记,使他浑身的肌肉抽搐不已:他是在不知不觉之中开枪的。

第五部分

四月十一日

晚十一时十五分

汽车在夜雾中穿行,驶入通往赌场的漫漫沙路。

"在到黑猫舞厅之前,我还来得及上去一趟。"克拉皮克想。

他决心要见到强矢,因为他等着强矢的钱,何况这次他将不仅向强矢打招呼,而且要救他。他很容易弄到了强矢要的情报:情报人员已获悉蒋介石的特别部队将在十一时采取行动,所有的共产党委员会都将被包围。已不是宣布"反动即将临头"的问题,而是要明令"今晚不许到任何委员会去"!

克拉皮克记得强矢应在十一时半之前出发。所以今夜大约将举行共产党的某种会议,蒋介石准备趁机镇压。警察掌握的情报有时失真,但这一次的偶合则显而易见。强矢闻讯将设法让会期延迟,或在不及防范时不去参加会议。"他给我一百元我也许就够用了:一百加今天下午到手的一百一十七元(都是从同情者那里秘密募集的,还有一些非法渠道),共二百一十七元……但他可能手头已无分文:这回已经没有立即可以投入使用的武器。先自找出路吧!"

汽车停下了。克拉皮克身着燕尾服,掏出二元钱。司机头上没戴帽子,开心地边笑边道谢:这趟车本来只值一元钱。

"这点小意思,给你买顶瓜皮帽吧!"

他举起食指,颇有宣告一条真理的架势:

"我说的可是瓜皮帽!"

司机正准备启动。

"从美学观点、头脑清醒者的观点看,这个人物需要一顶瓜皮帽!"克拉皮克被晾在沙砾小路上,兀自喃喃地说。

汽车已驶走。他不过是在对黑夜说话。黑夜似乎也在回话:一股湿漉漉的黄杨木和卫矛的香味正从花园里升腾起来。这苦涩的香味代表欧洲。男爵摸了摸右口袋,没摸着皮夹,却摸到手枪。皮夹是在左口袋。他凝望那没有灯光,无法辨明的窗户。

"让我好好想想……"

他明白自己只是在拖延这一刻,较量尚可逃逸的一刻。后天要是雨过之后,这里芬芳依旧,我却告别了人间……告别人间?胡扯什么?疯啦?没有问题:我是不死的。他迈进赌场,登上二楼。筹码沙沙声和庄家的语声,仿佛随着烟氲次第飘浮。侍者正在打瞌睡,而白俄的私家侦探却不睡:他们双手插在上衣口袋中(右衣袋因有左轮枪而绷紧),倚在门窗框上,或无精打采地踱步。克拉皮克跨入大厅:厅内墙上假古典派装饰在烟雾中星星点点地闪耀,只见错落的斑点(黑色是晚礼服,白色是妇女的丰肩)俯在绿赌桌上。

"跳蚤,你好呀!"有人大声招呼。

男爵在上海有此雅号。但他在这里只是偶尔

陪伴朋辈,并非赌徒。他张开臂膀,像是"重见儿女的老爸爸"。

"好呀,光临这小小的家庭聚会,太激动啦……"

然而庄家扔出了手里的圆球,注意力从克拉皮克身上移开。在这里,他身价降低:人家不需要分心。他们的表情都分外凝重,那是因为盯住圆球的目光极为专注。这里的规矩极为严格。

他袋里有一百十七元。玩数字赌的危险性太大。他先选择了玩单双数赌。

"来几只筹码。"他对分筹码的人说。

"多少钱一只的?"

"二十元的。"

他决定每次赌一只筹码,都是双数。他至少得赢三百元。

他押将下去。出数是五。输了。不要紧,关系不大。再押双数。出二,赢了。再来。出七,输了。再出的是九,又输了。出四,赢了。出三,输了。出七和一,又输了。共输八十元。只剩了一只筹码。

已是最后一押啦。

他以右手抛出赌注。左手不再动弹,似乎圆球的静止也影响了这与之相连的手。但这只手将他拉回到自身。他猛想起:干扰他的不是手,而是手腕上的表。十一点二十五分。要想找到强矢,就只剩五分钟了。

在倒数第二押上,他认定会赢:输也不会输得这么快。他错在没将头一次失手当回事,那肯定已是坏兆头。不过人们往往在最后一押上旗开得胜,而单数方才连出过三次。他参赌后,单数出得比双数多,所以他输了……要不要改押单数?但有点什么东西促使他现在忍受着:他觉得来此正是为了这。一切举动都会成为亵渎。他便将赌注留在双数上。

庄家抛出了圆球。它依旧有气无力地滚着,似乎很犹豫。直至现在,克拉皮克还未见到出红与黑。这两种方格这时的机会最大。圆球还在滚。谁叫他不押红呢?球滚慢了,停在二上。赢啦。

该将那四十元改押在七上,认准这个数字没错儿:他从此该放弃押边数。押下两只筹码,赢了。当庄家将十四只筹码推向他,他伸手摸着时,克拉皮克惊讶地发现自己也能赢:这不是异想天开或不知谁赢的,神奇的彩票赌。他忽然觉得:银行该给他钱,倒不是因为他押了好数字,或因为他开头输了,而是本该如此,是因为他脑子会想象,而且不拘一格。这圆球是让机会来报效他,好抵偿命运中的欠账。但他如果再押,就必输无疑。他将二百元押了单数,结果输啦。

他火冒三丈地暂时离开赌台,走近了窗口。

外面一片夜色。汽车的红尾灯在树下闪烁。他隔着玻璃窗仍能听见嘈杂的欢声笑语,以及突然爆出的语义不详而怒气冲冲的句子。是情绪激动……这帮在雾里进进出出的人,过着何其松散愚蠢的日子啊?连人影儿也没有:夜色中的人声。热血正在这大厅向生命涌流。不赌非好汉。他过去的岁月竟是长期的疯狂吗?于是他走回到赌台旁。

他再以六十元押双数。这将悠然滚动的球体是一种命运,首先是他的命运。他不是对某种活物,而是对神在抗争。这神同时就是他自己。圆球又抛出去了。

他立刻又感受到所追求的消极的不安:自己

感到攫住了生命,使之系于这微不足道的球。由于有了它,他首次同时满足了构成他的两个人:想活下去的和愿被毁掉的克拉皮克。何必看表呢?他已将强矢抛进梦幻世界,他觉得自己在喂养这只球,不是以押金,而是以生命(他既见不到强矢,便失去赢回来的一切机会),也以另一人的生命在喂养。而由于后者并不知情,就使这球(其弧形滚动在减弱)含有星球会合的生命,含有致死绝症的生命,以及人们认为与其命运相关的种种生命。这只在黑洞旁徘徊移动的球与金钱何干?它像一只牲口的嘴巴徘徊移动;而克拉皮克正是通过它拥抱自己的命运,那也是他找到的惟一自我掌握的途径!如果赢了,那就再也不是为了逃跑,而是为了留下,冒更大的风险,为了那将还给他自由的押金,使这行为倍加荒唐!他支着前臂,对那滚动渐缓的球不屑一顾,两肩和膝弯的肌肉颤动……他发现了赌博的蕴意、发现了输钱的狂热!

几乎无人不输。烟氲充满赌厅,神经却惨然松弛,只听得耙子耙回筹码之声。克拉皮克自知尚未善罢甘休。留下那十七元有何用？他掏出那张十元券,又押在偶数上。

他自认还会输,便没有如数全押:仿佛是让输的感觉持久一些。球似乎犹疑时,他的右手便随着球走,左手却粘着赌台。他现在悟到了赌具紧张的生涯:这球与一般不作赌具的球不同。其徘徊本身也是生命:这不可避免却又软弱乏力的运动这般战栗着,那是因为它关乎某些人的生死存亡。球正在滚动时,竟然没有一个赌客咂嘴去吸燃烧着的香烟。球滚入一个红色小洞,从中蹦出,又徘徊片刻,最后落在"九"上。克拉皮克以撑在赌台上的左手做了个无形动作,好像要抠出那球来。他又输了。

再以五元押双数:只能再输最后一次了。

抛出的球转了几个大圈子,它还没有获得生命。不过手表转移了克拉皮克的目光。他的表不是面朝上,而是面朝下戴着,靠近脉搏。他把手平置于台上,才能专心看球。他悟到赌博是无形自杀:只要将钱押下,注视圆球并等待(如服毒后的等待)就可以了。是不断再生的毒剂,服时挺得意。球停在"四"上。赢啦。

· 人的境遇 ·

这赢在他几乎没有意义。可是万一输了……他只输赢各一次,又只剩下四十元。他还想获得押最后一次的震动。各方的钱集中押在久未命中的红格上。这方格是几乎一切赌客的集注点,自然也吸引着他。要是放弃双数呢,他就会产生临阵脱逃的感觉。他坚持要双数,押进了四十元。哪一次的押数也没有这么重要。强矢或许还没有出发:再过十分钟就没法追上他了。但眼下也许还来得及。此刻、此刻啊,他正押上最后一点钱,押上了他本人和另一个人的生命,尤其是后者。他自知在出卖强矢。强矢被绑在这球、这台上了。连他本人也变成这主宰所有人,也主宰他自己的球:他盯住这球,似乎在身外以从未有过的方式活着,被那叫他眼花缭乱的耻辱搞得筋疲力竭。

他在夜间一点钟往外走:"俱乐部"关门了。还剩二十四元。室外的空气像大森林的新鲜气息般使他感到宁静。雾气比十一点钟时小多了。也许下过雨:一切都湿漉漉的。在夜色里他不见黄杨和卫矛,但从苦涩的味觉里能咂摸出那墨绿树叶的样子。

"据说赌客的感觉全在赢的希望,妙呀!这

好比说:决斗是为了获得击剑冠军……"他兀自想着。

然而当静夜逐去雾气时,似乎也吹却了人们的种种不安和痛苦。但远方还在爆出连发的枪声。

"又在枪杀啊……"

他跨出花园,迈开步子,竭力不去想强矢。树木变得渐渐稀少。突然,淡淡的月光透过残雾洒落到景物的外表上。克拉皮克抬起两眼。月光刚从死寂之云的缺口中挣扎出来,缓缓流向硕大透明而又深沉的洞口。那幽洞宛若一池湖水,深处布满星光。那微光愈照愈亮;各家的房舍已被闹市所抛弃,正紧闭着门户;泻落的微光却给它们注入一种世外的生命,仿佛月亮的气息,连同它的光亮,留驻在突如其来的无垠的静默中。

可在这死寂的星辰的景物中,却也有着人的世界。几乎人人都沉睡于梦乡。而睡梦中惶然的生命与这被吞噬之城的荒凉彼此呼应,似乎这生命也从属于另一个星球。

"《一千零一夜》里有一些到处是安睡者的小城,几百年来连同月色中的清真寺一起被弃置,那是酣睡中的沙漠之城哟……虽然我也许将会死去……"

死,即使是他本人的死,在这种极不具人性的气氛里也不显得十分真实,他便感到自己是闯入这气氛的外来汉。未入睡者又何在呢?

"有人在读书。有人忧思度年华(多美的词藻!),也有人在做爱。"

未来的生命正在这一片沉寂中颤动。发狂的人类,没有什么东西能使他们获得解脱啊!

中国城的尸腥味随着夜风又飘过来。克拉皮克须费力吸气:不安的心情复至。他能忍受死的观念,却不能忍受死的气息。这股气息渐渐浸透这里的景物,景物又以永恒的宁静遮饰着人世的狂乱。风杳然无声地不住吹拂,月亮已行至对面的沙滩,一切复归于黑暗。

"宛如一枕梦幻……"

但这股可怕的气味又将他驱回生活,驱回到惶惑不安之夜。在这片夜色中,方才还朦胧的路灯在人行道上照出颤抖的大圆圈,雨水早已将道上的足迹抹去。

往何处去呢?他在踌躇。他若试想入睡,就

老惦念着强矢。于是他到一条小街上漫步,那里有小酒吧、小妓院,门口挂着各航运国家语言的招牌。他撞进碰到的头一家妓院。

他在玻璃窗近处坐下。三名女招待(一名黑白混血儿,两名白种姑娘)陪几个嫖客坐着。一位嫖客已有离去之意。克拉皮克静候着,张望着街景:街上空无一人,连个水兵也没有。远方爆出几声枪响。他故意纵身立起:一位发色金黄、体魄健壮的女招待此时得闲,在他一旁落座。

"像鲁本斯①的画中女人,但不大完美,算约登斯②吧。没话可说……"

他边想边用食指顶着帽子转动,速度快得颠落了帽子,于是轻轻提起帽檐儿,将它放到那女人膝上。

"亲爱的,请关照这小帽,上海就此一顶,还是戴顺了的……"

那女人开心啦:竟是个嘻嘻哈哈的男人。由

---

① 鲁本斯(1577—1640),佛兰德斯画家,以色彩富丽和构图气势宏伟著称。是佛兰德斯画派的主要代表人物。
② 约登斯(1593—1678),风格与前者相近的佛兰德斯画家,成就低于前者。

于快乐,他本来一直板着的面孔突然有了生命。

"是喝酒,还是上楼睡觉?"她问。

"两件事都干!"

她拿着一瓶蛇胆酒说:

"这可是本店特产呀。"

"真的吗?"克拉皮克问。

她耸耸肩说:

"你以为这能把我怎样吗?"

"你觉得厌烦吗?"

她瞅着他。那些打哈哈的家伙,可得注意提防着点儿。不过他单身一人,没有人陪他打趣。何况他确实不像是拿她开心的样子。

"既然过着这种日子,又能图啥呢?"

"你抽鸦片吗?"

"那东西太贵。倒是能用它打针,可我怕:针头太脏,要烂皮肤的。皮肤一烂,这儿就把你赶出大门。十个女人抢一个位置啊!Et pouis①……"

---

① 意为"还有……"。此词的发音以及后两行"二元七角五"中"七"的用词都清楚地表明她使用的不是"纯正的"法语,而带有比利时特点。比利时北方及荷兰又称"佛兰德斯",其居民称"佛兰德斯人"或"弗莱米人"。

"是个弗莱米女人。"他思忖,又插道:"可以弄到不太贵的鸦片。我这盒才二元七角五。"

"你也是北方人啰?"她问。

他没有搭腔,只是递过去一小盒鸦片。她很领情:遇见家乡人,还意外得了一份礼物。

"这在我还嫌贵呢……不过这一盒却来得便宜。我今夜就吞服。"

"你不喜欢一口口地抽吗?"

"你以为我也有烟枪吗?真是胡思乱想!"

她苦笑一声,心里还挺高兴,可惯有的戒心又涌上心头。

"你干吗要送我呢?"

"别提啦……我高兴呗。我从前也是'自家人'呀……"

他倒真不像是寻开心的。但他肯定早已不是"自家人"了。(他有时杜撰整套整套的履历,但也不常如此。)她在木板椅上挨近了他一点儿。

"只是请你和和气气的。我可是平生最后一回同女人睡觉啦……"

"这从何说起?"她脑子转得慢,但不笨。"你想自寻短见吗?"

这种顾客也不是头一个。她将克拉皮克放在桌上的那只手合抱在掌中,笨拙而带点儿母性地吻着它。

"这太可惜啦……"

"你想上楼睡觉吗?"

她听说过,男人临死前往往起这种欲念。可她不敢先起身:她会觉得这是在催他的命。她仍然合抱着他的手。他软弱无力地瘫坐在长凳上,像怕冷的虫子似的两腿交叉,两臂紧贴身躯,鼻子向前探:他俩虽然紧挨,他却在遥看着她。他只喝了一点儿酒,却醉了,醉在自己的谎话、温暖的气氛和自制的假象中。他说要寻短见,却并不相信;但既然她相信,他就进入一种真假难分的境界了。那既不是真,也不是假,只是有过这种说法。既然并不存在他刚才编造的故事,又不存在起码的假设亲近的姿态(他与这女人的关系有赖于此),那什么就都不存在了。世界对他已不那么重要。他解脱后,就只活在方才自编自撰的幻想境界里,因为人人都会在死前产生哀怜,并因而具有某种关系。醉意很浓,他的手竟战栗起来。那女人也有所感,以为是出于惶惑。

"没有……将就的办法吗?"

"没有呀。"

置于桌上一角的帽儿似乎在含讥带讽地瞅着他。他伸出手指一弹,将它弹到条凳上。

"是情场失意吗?"她又问。

远处排枪声又起。"似乎今夜将死的人还不够多!"她想。

他不答不理地站起身来。她以为方才的提问勾起他的怀旧之情。她按捺着好奇心,想略表歉意,却又不敢。她也站起身来。两人上了楼。

他出门时(他并不回头,却明知她正隔着玻璃凝望他),头脑和感官都没有能称心如意。薄雾又再次冉冉升起。走了一刻钟之后(黑夜的清新空气未能平息他的心情),他在一家葡萄牙人开的酒吧间前站住。酒吧间的橱窗玻璃并没有加遮饰。一位苗条的褐色女郎远离酒客兀自独坐,她长着一对大眼,双手抚着乳房,好像在护着它们。她正在观赏外面的夜色。克拉皮克呆呆地瞅着她。

"我就像那些不知道新情人会有什么要求的

女人一样……让我跟她一同去寻短见吧!"

晚十一时三十分

强矢同梅一起,在黑猫舞厅的嘈杂声中等候。

已是最后五分钟。他俩本应离去。克拉皮克竟然不来,这使强矢颇感意外(他为之筹集了近二百元),但还不是大为惊诧:每当克拉皮克如此行事时,他总是本着一贯的作风,熟人们倒也不过分见怪。强矢先以为他是个与众不同的怪物,却很感谢他先透了个风,渐渐真对他有点儿好感了。不过他对男爵的情报本来就有些嘀咕,这一失约更令他心生疑窦。

狐步舞一曲未终,人们便团团围住刚入场的一位蒋介石属下的军官,几对男女也停下舞步凑近过来。强矢听不见说什么,却已料到有大事。梅急着朝人堆走去:在黑猫舞厅,女人有种种嫌疑,也就等于没什么嫌疑。梅急急走回,小声对强矢道:

"有人向蒋介石的座车扔了一枚炸弹,但蒋却不在车里。"

"那刺客呢?"强矢问。

她转身朝人堆走去,回来时却被一位男子跟上,硬要邀她同舞;但一发现她并不是单身,便悻悻而去。

"逃啦。"她回答。

"但愿如此……"

强矢深知这类传闻几乎从来都不准确。不过蒋介石丧生的可能性本来就不大。他若死了却是非同小可,这位军官不会蒙在鼓里的。

"咱们一到军委就会知道。就走吧!"强矢说。

他衷心希望陈已逃出魔掌,因而对这传说也是疑中有信。不论蒋仍在上海或去了南京,这次未遂的谋杀使军委会议更显得重要。不过又能指望什么呢?下午他已将克拉皮克的确切信息转报中央。中央不仅表示怀疑,而且深表怀疑。事变在证实强矢的观点,因此他的论证仍然有价值。但中央是在搞团结,而不是搞斗争:几天前,"赤党"的政治领袖和蓝党的领袖之一在上海发表了好几篇动人的演说。而汉口的群众夺取日租界受挫,证明"赤党"即使在华中也已瘫痪。奉系的军队正在向汉口进军,汉口得先打奉系,再打蒋……

· 人的境遇 ·

强矢在雾里行走,梅一言不发地并肩同行。共产党人若在今夜必须投入战斗,他们却连自卫能力也欠缺。不论最后一批武器是否已经交出,他们又怎能在违背中共指示的情况下以一当十,而对方却用资产阶级民团来抵挡:后者既有欧式装备,又拥有进攻一方的优势!二月里全市人民都支持统一的革命军。那时独裁者代表外国势力,而全市的情绪是排外。大多数小资产阶级是非共产党民主派。军队这次是咄咄逼人地留驻上海,而不是向南京溃逃。二月里大家齐心对付警察当局,而今则是共产党人对付大军。全市将保持中立,稍倾向于将军。他们几乎守不住工人区:也许闸北例外?以后呢?假定克拉皮克弄错了,假定反动潮流的来临延后一个月,那么军委、强矢和加托夫就可以组织二十万人马。新的突击小组成员都是坚定的共产党人,他们将控制工会:但至少得有一个月的工夫,才能建立起具有一定规模的组织,来掌握群众。

武器问题仍未解决。要弄清的不是该不该交出二三千支枪,而是蒋介石万一发动政变,应当怎样来武装群众!只要还在争论不休,自己人就正在被解除武装。假如军委坚决要求把武器搞到手,中央(它知道,托派在攻击同国民党的联合)却很怕采取与俄国反对派似乎有关联的态度。

雾气尚未消散。强矢因为怕撞上汽车而只好走人行道。举行军委会议的屋子透出昏暗的灯光,此刻强矢已能隔着雾层瞥见它。那是乳白色的雾与夜:他得点着打火机才看得见钟点。他晚来了几分钟。他决定快走,便挽起梅的胳臂。她轻轻地依偎着他。刚迈出几步,便感到梅似乎打了个嗝儿,像遭电击一样软瘫下去。

"梅!"

他打了个趔趄,便扑倒在地。当他爬起来时,颈上却挨了重重打来的一警棍。他又栽倒在她身上。

三名警察跑出一座房子,与那动手打人的家伙会合。稍远处停着一辆空车。他们刚将强矢抬进去,汽车便启动。车开后,他们才动手绑强矢。

梅醒来时(强矢以为是打嗝,其实她在肋下挨了一警棍),只见一队蒋的士兵把守着军委大门。由于雾浓,她走到很近处才瞥见他们。她仍朝前走着(她呼吸局促,那一棍打得很痛),想尽快回到吉索尔家里。

午 夜

赫梅尔里克一听说朝蒋扔了一颗炸弹,便立刻跑去探听。人家告诉他将军身亡,刺客在逃。然而,在翻倒的车身和炸坏的车篷前,他在人行道上瞥见了陈的尸体(短小而血肉模糊,已浸透雾水),由一名士兵坐在旁边看守。他还听说将军不在车中。荒唐的是,他觉得自己未允许陈暂避是他的死因之一。他曾颓然奔向本区共产党值班处,在那里白白讨论谋杀达一小时之久。有位同志进门报告:

"闸北纺织工会刚被蒋军查封!"

"同志们没有抵抗吗?"

"凡表示不同意的都被就地枪杀。闸北也在枪毙积极分子,或放火烧他们的房子……市政府刚被宣布解散。工会正被查封。"

得不到中央指示。已婚的同志们先撤了,好去转移妇女儿童。

赫梅尔里克一出门就听见排枪声。他有被认

出的危险,但先得把孩子老婆送走啊。在他身前有两部装甲车,几辆装满蒋军士兵的卡车从雾中开过。远处仍响着排枪声,最近处也有零星枪声。

双共和大道上没有士兵。他的唱片铺设在小街拐角处,那里也没有士兵。不:是眼下已没有。唱片铺的大门敞开。他夺门而入:满地是破碎零乱的唱片,夹着大块大块的血迹。铺子已像战壕一样被手榴弹"扫荡"过。妻子瘫倚在柜台边,几乎是蹲着,胸口血殷殷的。角落里有一只小孩的手臂,一只手在孤独中显得更瘦小了。

"但愿他们已经断气!"赫梅尔里克想。

他最怕眼见他们垂死挣扎。他将像平常一样无能为力,只有逆来顺受的用途:那会比这些染满血迹、到处是碎片的唱片架更可怕。他隔着鞋底感到地面是黏糊糊的。"是他们的血啊……"

他呆立不动,也不敢动,瞧着、瞧着……终于发现孩子的尸体:在门背后,被遮住了。远处炸开两枚手榴弹。血腥味不断扩散,他几乎透不过气来。

"谈不上掩埋他们……"

他锁上大门,呆呆地站立着。

· 人的境遇 ·

"如果有人到这里来认出我是谁,我也会完蛋!"

可是他不忍离去啊!他知道自己是在受煎熬,然而一种麻木的光圈萦绕着他的痛苦,那是一种历尽病痛与打击的麻木。任何痛苦都不会使他吃惊。总之,这次命运之神的打击来得格外奏效。死并不令他吃惊,它与生具有同等价值。惟一令他不胜激动的是想到:在这扇门背后,曾有过如斑斑血迹一样多的苦难。不过这次命运之神却赌输了:它剥夺了他剩下的一切,反而解放了他。他回到屋里,反扣了大门。他已深感颓丧,脖根似乎挨了一记巴掌,两肩疲软;虽然如此,他却无法从注意力中驱散那获得解放的、惨酷、凝重而深沉的喜悦。他怀着既恐怖又满意的心情,感到这喜悦像地下的巨流在自己身上轰鸣和逼近。尸体就在这屋里。他的双足粘在地上,是被他们的血粘住的。没有比这种屠杀更卑劣的了(尤其是那病孩的被杀,他觉得孩子比那女人更无辜),然而此刻他已不再无能为力了。

现在,他也可以杀人啦。他蓦然悟到:生存并不是人与人接触的惟一方式,甚至不是最佳方式。

他对别人的理解、热爱和占有,更多地发生在报复中,而不是在生存中。他再次感到鞋底被粘住,打了个趔趄:肌肉却并没有从思想得到什么帮助。但一种从未经历过的、最强烈的热情却激荡着他的思想。他以全然赞同的心情投入这可怕的醉意。"人们可以怀着爱心来杀人,怀着爱心呀,我的天哪!"他反复叨念,同时以拳头捶击着柜台。这拳头或许是针对宇宙而发的……他即刻抽回了手,喉头发紧,几乎要嚎哭:原来柜台上也沾满鲜血。他瞅着颤巍巍的手上已发褐的斑痕(手的战栗似乎是由于神经极度紧张):小片小片的凝块正从那里掉下来。笑也好,哭也好,要挣脱这抽紧而痛苦的胸口呀……万物皆不复动弹,世间广袤的冷漠,借着静悄悄的光亮,降临到唱片上、死者身上和血迹上。

"人家用烧红的铁钳折断受刑者的四肢"——这句话不停地盘旋于他的脑际。他从入学起就忘掉了这句话,但他感到,此话大意是叫他快走,叫他拔腿逃走!

终于,不知怎的,有可能走开了。他能走出去,开始在一种凝重的欣悦中行走,这欣悦压下无限恨意的逆流。他走出三十米后站住了。

"我竟让大门正对着他们敞开……"

想着又折回了。离家门愈近,他愈感到嚎哭在形成,在喉咙下的胸腔里凝结,凝住不动了。他闭上眼,关上大门。门锁咔嚓一声,关好啦。他重新出发。

"还没有完,才开始,仅仅是开始……"他边走边嘟哝着。

他两肩前倾,像纤夫似的走向一个朦胧的所在,只知那里的人们在杀戮。他从肩头和脑际甩掉所有亡人的压力,终于无阻无碍地前进了!

他双手发抖,牙齿打战,被这可怕的自由所驱使,只用十分钟就又来到值班处。那是一座两层楼的房子,窗后大约支起几张床垫。虽没有百叶窗遮掩,雾中却不见明亮的长方格而只见一些纵向条纹。街道几乎是一条小胡同,安静得鸦雀无声。而那些发光的条纹虽然像火点那样小,却很强烈。他按了铃。门开一半:人家认识他。门后站着四名手持毛瑟枪的战士,他们看着赫梅尔里克走过。如在昆虫社会里一样,宽敞的过道正跃动着含义混乱、动向却鲜明的生活:一切来源于地窘。二层楼则如死一般沉寂。两名工人兀自在楼梯顶上安装制控整个过道的一挺机枪。这挺机枪已旧得不再发光,却像教堂的圣体龛一样引人注目。一些学生和工人在奔走。赫梅尔里克从铁丝网的柴束前走过(这东西能有何用?),上了楼,绕过机枪,来到楼梯转角处。加托夫正走出一间办公室,用疑问的目光看着他。他默默伸出带着血污的手。

"受伤啦?楼下有包扎用的纱布。孩子藏好了吗?"

赫梅尔里克无言以对。他执拗地、痴痴地伸着手。

"这是他们的血呀!"他心中想,却说不出声来。

"我有一把刀,再给我一杆枪!"他终于开口说。

"枪支可不多啊!"

"手榴弹也行。"

加托夫迟疑着。

"你以为我害怕吗,混账东西!"

"到楼下去吧:木箱里有手榴弹。也不多

了……你知道强矢在哪里吗?"

"没看见。我看见了陈:他牺牲了。"

"听说啦。"

赫梅尔里克往下走。有几位同志屈臂收肩,正在一只敞开的木箱里搜寻。这批货已快分完。人群混杂,正在充足的电灯照明下跃动(这里没有通气孔)。这些敦实的身影正围着木箱劳动。刚见过在通道被遮掩的灯光下行色匆匆的人影,现在又看见这些人,便会觉得奇怪:似乎在面临死亡之际,这些人有权比别人过更充实的生活。他在将衣袋塞得鼓鼓囊囊之后重新上楼。另外那几位,即那几个人影,此刻已将机枪安装好,还在门后置上铁丝网,并留下少许空当好开门:门铃每分钟都有人按响。赫梅尔里克透过窥视孔朝外观望:雾色笼罩的街道一直安静空荡。同志们来了,在雾里看去他们形状不定,衬着屋顶投下的横影,又像是在浊水里沉浮的游鱼。赫梅尔里克转身去找加托夫,就在此刻急急响起两下门铃声、一声枪响和一种噎过气去的闷声儿,接着是某种物体的下坠声。

"来啦!"几名看守大门的人不约而同地喊。

过道里是安静的。从地窖升起的人声和枪械声轻轻打破了这里的静寂。大家正走上战斗岗位。

凌晨一时半①

克拉皮克在消化自己的谎话,犹如别人舒缓醉意。他在一家中国旅馆的走廊里行走着。几名侍者正探身于一张圆桌上,桌子上方挂着住客牌。他们正围着痰盂嗑葵瓜子儿。克拉皮克明知自己无法入睡。他忧郁地打开房门,将上装扔在熟悉的《霍夫曼故事集》②上,又自斟一杯威士忌酒。这屋里似乎有些变化。他竭力不去想它:某些东西莫名其妙的失踪会令人烦忧。他摆脱了人生几乎全部的凭借——爱情呀,家庭呀,工作呀——却没有摆脱恐惧。恐惧在他的脑际出现,恍若对自身孤独的痛感。为了驱散这恐惧,他一般要溜到最近处的黑猫舞厅去。今夜却不可能了:他太腻

---

① 即一九二七年四月十二日,蒋介石大肆屠杀共产党的日子。
② 霍夫曼(1776—1822),德国小说家,宣扬神秘主义,代表作有《谢拉皮翁兄弟》《金罐》《跳蚤师父》等。

· 人的境遇 ·

味啦,听够了谎话和权宜的好话……他照照大镜子,又挨近了看:

"是吗,老兄,"他冲着镜里的克拉皮克道,"说到底,干吗要跑呢?这光景还能保持多久?你有过妻子。不谈吧,噢,不谈啦!有过几个情妇,还有钱。当你需要幻影来自嘲时,你可以老想着它们。没说的!如别人所形容,你有幻想力,以及当寄生虫的种种要素。当年龄增高使你修成完人之后,你还可以充当费拉尔的仆人。还可以当绅士式的乞丐,或者自投警察局,或者自杀等等。拉皮条吗?那仍是一种自大狂。还剩下自杀这一条路,告诉你!你还不想死,老混蛋,还不想死!还是端详一下你这副尊容吧,人家就是利用这副尊容来制造死人的!……"

他挨镜面更近了,鼻子几乎碰上了它。他扭曲脸孔,张大了嘴,叽里咕噜地做着鬼脸。那脸孔似乎也在回话:

"不是人人都能死吧?当然,为了造就一个世界,就要样样齐备。也罢,你死后定会升天堂。还有,上帝便是如你这等人的伴侣……"

他变了脸孔,闭上了嘴,将嘴角向下巴拉长,两眼半开半合,像狂欢节上的日本武士。顷刻,似乎为了最充分而直接地表达语言道不明的惶惑,他便做起鬼脸来,扮作猴子、白痴、怕死鬼、面孔发肿者,以及人脸能表现的各类荒唐角儿。这还不够,他干脆动手拉长眼角,把嘴扯得老大,俨然笑面人式的蛤蟆嘴,又抓住自己的耳朵往上提。在单人房间里如此尽情地做滑稽相,又有窗口凝聚的夜雾衬托,便具有一种如痴如狂而又残酷无情的喜剧性。他听到自己的笑声——一种孤苦伶仃的声音,像是母亲当年的声音。他突然发现了自己的尊容,便倒退一步坐下,直喘着粗气。安乐椅上有一叠白纸和一支铅笔。他动笔写道:

我的老跳蚤,你有一天会称王,称上大王的! 舒适的精神病收容所里很暖和,那是靠了你惟一的朋友震颤谵妄症①,假如你依然贪恋杯中物的话。可在此刻,你是醉或是不醉?……你,你将这么多的事情想象得这么好! 还不赶快想象你很幸福? 你竟以为……

---

① 即"酒狂",酒精中毒性精神病之一,症状为谵妄、发抖、激烈兴奋。

有人在敲门。

他掉回到现实当中。解放了,却又惊呆了。来人又敲了一下。

"请进!"

呢大衣、黑毡帽、白头发:是吉索尔。

"可我……我……"克拉皮克结结巴巴地说。

"强矢刚才被捕了,"吉索尔说,"你认识柯尼希,是吗?"

"我……可这与我没有关系呀……"

"但愿他还没喝得酩酊大醉。"吉索尔想,接着又问了一遍:"你认识柯尼希吗?"

"对,我认识……他。还帮过……他忙,帮过大忙。"

"你能求他也帮个忙吗?"

"为什么不行?帮什么忙?"

"柯尼希是蒋介石的保安头子,他可以叫人释放强矢。至少可以免他一死:这比什么都更紧急,对吗?"

"明……明白!"

但他对柯尼希是否铭感昔日恩情并无把握;因而在什皮列夫斯基透风后也觉得走访无益,乃至欠妥。他坐在床边,低着头,不敢吭声。吉索尔的语气说明他没有想到:克拉皮克对强矢被捕竟是有责任的。吉索尔还当他是下午来向强矢报信的友人,而不是失约的赌徒。但克拉皮克却不能自欺欺人。他不敢正视吉索尔,也不能安下心来。吉索尔以为他刚经历了大喜大悲之事,或有什么荒唐遭遇,却未料到自己的光临正是他气喘咻咻的原因之一。克拉皮克却以为吉索尔在责难自己:

"要知道,老兄,我还……总之还没有那么傻。我、我……"

他克服不了结结巴巴的习惯,有时觉得吉索尔是惟一了解他的人,有时又觉得他拿自己当小丑。老人一言不发地瞧着他。

"我……您是怎么看我这个人的?"

吉索尔目下不太想同他交谈,更愿意一把抓住他的肩膀,将他带到柯尼希处。但他还以为克拉皮克喝醉了酒;后者的确也显得颠三倒四,于是便不敢不谈。

"有人需要写作,有人需要梦想,有人需要说话……其实全都一样。戏剧不可当真,还不如跑牛认真；小说也不可以当真，还不如常说瞎话来得认真。"

克拉皮克站起身来。

"您胳膊疼吗？"吉索尔问。

"有点儿酸痛。没说的……"

克拉皮克刚才举止笨拙地转动了一下胳膊，因为害怕吉索尔瞥见他戴的手表，好像这只在赌场里用来看时间的表会泄露天机。

"你什么时候拜访柯尼希去？"

"明天上午好吗？"

"为什么不马上去呢？警察局通夜照常办公。什么情况都可能发生啊……"吉索尔不胜痛苦地说。

克拉皮克正想去呢。不是出于懊丧，而是为了补过。万一他又去赌博，就还要在赌场待下去的。

"快去吧，老兄……"

方才进屋时看到的变化又使他不安起来。他仔细一看，为自己没有早发现问题而一怔：他的道教画之一《催梦》和最美的两尊雕像已不翼而飞。桌上放着一封信，笔迹是什皮列夫斯基的。他已猜到三分,却不敢拆阅。什皮列夫斯基事先说过强矢的处境艰难。他如果不慎提及强矢,就难免和盘托出,于是拿起信塞进衣袋。

他俩一出门便遇见铁甲车和满载士兵的卡车。

克拉皮克并没有完全缓过劲儿来。为了掩盖他欲罢不能的慌乱,他像平素一样装疯卖傻起来:

"我想当魔术师,向哈里发献一只独角兽,听着:是一只独角兽。它会在王宫发出金光,我当下大声说:'哈里发,要知道,第一任苏丹皇后有外遇呀,甭提啦!'我自己要是扮一只独角兽也满来劲儿,因为我有这么一只鼻子!当然不会真是这样。好像没有人知道:在人们心目中,过与自己大不一样的日子该多惬意!对女人来说,尤其是这样……"

"女人在大街上被男人勾引走,有哪个女人不为其中一个度着虚幻的年华?"

"你……以为人人都有说瞎话的癖好吗?"

克拉皮克的眼皮紧张得眨巴眨巴:他走路的速度也放慢了。

"倒不是,听着:得跟我说实话。你为什么认为他们没有说瞎话的癖好?"克拉皮克问。

他此刻自觉有一种欲望(很奇怪:这与他本人很不投合),一种热望,想问吉索尔对赌博有何高见。不过可以断言:他如果一开口说到赌博,就准会一一将真情道出。他谈不谈呢? 静默将迫使他这么做。幸好吉索尔答道:

"也许我是最不适合回答你的人……鸦片只告诉人们一点:世上除肉体痛苦外,便没有实在之物了。"

"痛苦,对啦……还有……恐惧。"

"恐惧?"

"您……抽鸦片时就从没有过恐惧感吗?"

"没有。为什么会有呢?"

"噢……"

其实吉索尔认为:如果说世上不存在现实,人们(包括反对现世最烈的人)却拥有强劲的现实生活。但克拉皮克却是罕见的无任何现实生活的人物之一。吉索尔十分焦虑地感受到这一点,因为他把强矢的命运交到这种云雾般人物的手中。在人们的态度下面总有一个摸得着的底盘,而想到痛苦当会预感到痛苦的性质。克拉皮克的痛苦却不受自己左右,如儿童的痛苦一样;他对这痛苦不负责任。这痛苦尽可摧毁克拉皮克,却无从改变他。他可以不再生存,在陋习与偏狂中消失,却不会成为真正的人。

"一颗金子般的心,却很空虚。"吉索尔发现,其实在克拉皮克的内心既无痛苦,也无孤独(别人却是有的),他只有感知。吉索尔有时假定别人老了,并据此来判断他们。克拉皮克是不会老的。年龄不会引导他走向人生的体验,而会引向吸毒(通过色情或麻醉品),在那里汇集了他无视人生的种种手段。

"假如我把一切都告诉他,他或许会认为一切都是正常的……"克拉皮克男爵此刻想。

眼下中国城处处有枪声。克拉皮克请吉索尔在租界线上与他分手,否则柯尼希不会见他。于是,吉索尔眼见他那瘦削凌乱的身影消失在浓雾中。

蒋介石的保安特科设在一九二〇年左右建成的一座简朴的别墅中,是贝肯-莱-布鲁耶尔镇①

---

① 法国塞纳省的一个小镇,离巴黎不远。

的风格,但窗户四围绕以黄里透蓝的奇特的葡萄牙式装饰,由两名门卫和过多的哨兵把守。所有人员都携带武器。这就是全部实情了。一位秘书递上一张卡片,克拉皮克在上面书写"跳蚤"二字,"访问事由"一栏空着不填,就在一旁静候。他离家以来首次到明亮的处所,便从衣袋里取出什皮列夫斯基的信件一读:

> 亲爱的朋友,
>
> 由于你的坚持,我不得不让步。我的担心自有原委,但我是斟酌过的。如此你就使我心安理得。我的生意目下预期极好、极可靠,年内当可以同类物相酬,惟尤佳而已。城中的食品业……

以下是长达四页的解释。

"情况并未见好,一点也未见好呀……"克拉皮克想。

此时一个哨兵来找他。柯尼希坐在正对房门的办公桌前等他。柯尼希身材矮小,皮肤微褐,方脸上长着一只歪鼻子。他朝克拉皮克走来,快捷有力地同他握手。这并没有使这两人更亲近,反而有些见外。

"你好吗？对啦,我已料到今天会同你见面。我很高兴轮到我对你有用处了！"

"你真了不起。"克拉皮克半开玩笑地回答。"我想恐怕有点误会：你知道,我可从来不搞政治。"

"没有什么误会。"

"他对我的感激颇有居高临下的派头。"克拉皮克思忖着。

"你可以有两天的工夫出逃。从前你帮过我的忙,如今我派人给你透了风。"

"什……什么？是您派人透的风？"

"你以为什皮列夫斯基有这份胆量？你在同中国保安局打交道,但主事的已不是中国人。闲话少说！"

克拉皮克对什皮列夫斯基有几分另眼相看了,但不免有些愤然。

"总之,"柯尼希又说,"承蒙不弃,允许我提点儿别的要求吧！"

"什么要求？"

克拉皮克不抱多大希望了。柯尼希的每句应

答都显示:他所指望的"伙伴情谊"并不存在,或不复存在。既然柯尼希已派人给他透过风,那便是"收讫两清"了。如果说他是怀着什么希望,毋宁说他是为了交差,他又说:

"不能为小吉索尔做点什么吗？您对这一切是根本不在乎的,我想——"

"他是什么角色？"

"我想是共产党。"

"先得问为什么连他也成了共产党？是他吗？父亲的影响？混血儿？谋不到职位？工人当共产党就够蠢的,居然还有他！总之是怎么搞的？"

"三言两语很难讲清楚……"克拉皮克思索着说,"或许是因为混血……但他本来可以将就的:他的母亲是日本血统。他没有努力一下。他好像说过:为了维护尊严……"

"维护尊严！"

克拉皮克不胜惊异:柯尼希是在教训他呀。他没想到这句话会引起这样的反应。

"难道我出了差错？"他自忖着。

"先说说:这是什么意思？"柯尼希晃动食指

问,似乎是没有听众而自言自语。

"维护尊严!"他重复说。

克拉皮克不会听错他的语调,那的确是恨恨的。他此刻正站在柯尼希右侧,他的歪鼻子看上去格外弯曲,使他的面部轮廓格外分明。

"说吧,小跳蚤,你相信什么尊严吗?"

"别人的尊严……"

"对呀?"

克拉皮克不吭气了。

"你知道赤党怎么对付被俘的军官吗?"

克拉皮克仍然避不作答。情况变得严峻了。他感到这句话标志着一种酝酿,是柯尼希自助自救之计:他并不指望人家回答他的问题。

"我在西伯利亚时,曾在俘房营当口头翻译。我在白军谢苗诺夫①部服役,因而得以逃出。管它白党赤党,我那时并不在乎:我一心想回德国。我当了赤党的俘虏,当时已经冻得半死。他们对

---

① 格·米·谢苗诺夫(1890—1946),外贝加尔反革命头目之一。一九一七年在外贝加尔发动反苏维埃叛乱,一九一八年在当地建立军事专政。一九四五年在满洲里被苏军抓获后处死。

我连掴耳光,还一边管我叫'上尉先生'(其实我是中尉),折腾得我跌倒在地。他们将我扶起来。那时我没有穿谢苗诺夫部队的制服(带小骷髅头标记的那种),而是佩戴一粒星的肩章。"

柯尼希稍作停顿。

"他尽可一口回绝,而不必如此多言。"克拉皮克想。

但对方却讲得气喘咻咻,语调沉重,似乎含着某种必然。克拉皮克毕竟想了解内中的含意。

"他们在我肩部一边钉进一粒钉子,戳通了那两颗星星。钉子足有一指长。好好听着呀,小跳蚤!"

他揪住克拉皮克的胳膊,以迷惘的目光盯着他的两只眼睛:

"我像女人,像牛犊一般唰唰地流泪……我在他们面前哭了。你懂吗,嗯?不必多说喽。双方谁也不吃亏咧。"

可以肯定:每当柯尼希要杀人时,就会对别人或自己讲一通这篇故事,似乎这足以将他本人亲历的极大委屈搔到鲜血淋漓的地步。

"我的孩子,对我还是少谈尊严不尊严

吧……我的尊严就是宰了他们。你想,中国又与我柯尼希何干?哼,中国!开什么玩笑!我加入国民党不过是为了叫别人宰他们。惟有当人家杀他们时,我才能生存:像过去那样生存,像人那样,像任何人,任何在窗下走过的最微不足道的愚民那样生存。这就像烟鬼离不开烟枪一样。你是来为他讨命的吗?还不如救我三回命哩……"

他说得咬牙切齿,身体却保持不动,双手插在衣袋里,平顶头在挤出的语句的震荡中摇晃。

"有忘记的时候呀……"克拉皮克小声说。

"我不同女人睡觉已有一年多了!你看,这很够了吧?何况……"

他说到这里戛然而止,又压低嗓门道:

"我的小跳蚤,瞧啊,快瞧啊!小吉索尔、小吉索尔……你方才说是误会了。你总想知道你为什么没有出路吗?我会告诉你的。'山东号'的武器买卖是你经手的吧?你可晓得枪是发给谁的呀?"

"干这一行的人从来不提问题,没说的!"

他按照最纯粹的习惯,将食指凑近嘴边。他感到很窘。

"共产党。因为干这种事有生命危险,人家本来可以对你说真话。那是一场骗局。他们利用你争取到了时间:当夜他们就抢劫了那条船。我如果没有弄错,把你拉进这桩交易的,就是现在受你保护的那个人吧?"

克拉皮克几乎脱口而出:

"我到底是拿了佣金的呀!"

但对方的这番透露令他自己不胜欣喜,以致男爵现在就想远走高飞。尽管强矢兑现了许诺,可还是让他不知情而卖了命。他卖了命吗?不。强矢爱他的事业胜过爱男爵的生命,这自有道理:他就有理由不再管强矢的事了。尤其因为他实际上完全帮不上忙。他只好耸耸肩。

"那么我还有四十八小时可以溜走吗?"

"不错。你不纠缠了。应当这样嘛。再见!"

克拉皮克一边踏着一级级楼梯往下走一边想:

"他平常大概是对那些将要死的人说这类心里话的。不管如何,我还是走为上策。"

他怎么也不会忘记柯尼希的语气:

"为了能像人,像任何人那样生存……"

他被这种彻底的中毒所惊呆:只有鲜血才能使这种深重的毒害感到餍足——柯尼希看够了中国和西伯利亚内战的残迹,知道严重的屈辱必会导致对世界的严重否定。保持这类孤独惟有靠顽强地抛洒热血,靠毒品和神经官能症。他现在明白,为什么当年柯尼希喜欢同他做伴了。他知道,在他身边,一切现实都在溃化。他缓缓向前走,害怕重见在铁丝网那边静候他的吉索尔。对吉索尔说什么呢?……太晚了:吉索尔急不可耐,跑过来迎接他。老人刚刚走出迷雾,离他只有两米远。他以狂人发愕的目光注视着克拉皮克。克拉皮克因为害怕而站住了。吉索尔一把抓住他的胳膊:

"没办法吗?"他以忧郁而尚未变调的声音问。

克拉皮克默默摇着头。

"算啦!我去求另一位朋友帮忙!"

当吉索尔看见克拉皮克从雾里走出的时候,他恍然悟到自己愚不可及。他设想过男爵回来时他们两人的整场对白,但那是荒唐的:克拉皮克既非传话者,又非带信人,而是一张牌。牌已打出去,结果输了:克拉皮克的脸色表明这一点。那就该另找一张牌。吉索尔满怀焦虑与绝望,但在失望中仍很清醒。他想到费拉尔:但费拉尔对这类纠葛不会介入。

柯尼希叫来一位秘书,吩咐道:
"明天在这里提审小吉索尔!"

清晨五时

夜色将尽。砰砰的枪声伴着淡黄的短促火光。在这情景的上方,加托夫和赫梅尔里克从二楼窗户瞥见,晨曦将灰蒙蒙的反光洒照在邻屋屋顶上,同时把房屋的侧影衬托得更清晰。人们的头发上沾着雨滴,脸色发青。他们辨识着对方的容颜,也知道对方在想什么。这已是最后一天。弹药将尽。没有群众运动声援他们。闸北附近是有排枪声的,表明有的同志已如他们一样被包围。加托夫向赫梅尔里克解释过为什么败局已定:到某个时候,蒋介石的士兵会将现在由他的卫队掌握的小口径炮调过来。只要有一尊这类火炮拉进值班处对面的屋子,这几床软垫和几堵墙壁就会像集市上的货摊一样稀里哗啦地倒塌。

目前,共产党人的机枪还掌握着屋门上头的制高点,待到弹药告罄之时也就控制不住了。这种情形很快就会发生。他们有一种预期的复仇心理,曾疯狂地扫射过。既然反正要死,杀人便是最后时刻的惟一意义。但他们对此也已厌倦。敌人隐蔽得越来越好,偶尔才露一露头。看来夜里的战斗有了缓和。荒唐的是,这晨曦也许会带来他们的解放,因为敌人已踪影全无。这与黑夜导致他们被困正是同理。晨曦在屋顶上的反光变成一片灰白。战斗已停息,而上方的光亮似乎吸去大片大片的夜色,只是在屋前泻下几块长方形黑影。黑影正在渐渐缩短:看着它们就可以不去想那些要死去的人。像日复一日的情形一样,它们正以永恒的运动收缩着自身,今天更显示出一种粗犷的庄严,因为这些人将永不能再见到这种运动。对面的窗户突然统统照亮,子弹有如碎石爆裂,向着大门上下袭来:他们当中有人在一根木棍上端套了一件上衣。敌人也仅限于窥伺。

"十一、十二、十三、十四……"赫梅尔里克数着街上已能辨明的尸体。

"都是穷折腾。他们只要等着就行啦。白天

可是对他们有利啊。"加托夫几乎在细声细气地说。

屋里只躺着五个伤员。他们并不呻吟：有两人在抽烟，盯着墙壁和软垫间隙里露出的日光。稍远处，孙和另一名战士守着第二扇窗口。几乎不再有排枪声。蒋介石的部队是不是到处都在坐等？二月里，共产党人是胜利者，知道自己每个钟点的进展；如今他们一无所知，就跟那时候的失败者差不多。

似乎是为了证实方才加托夫的话，敌方的屋门开了（双方的过道正巧相对）。顷刻间，一挺机枪的扫射给共产党人送来了消息。

"是从屋顶上扫过来的。"加托夫想。

"打这儿走！"他手下的机枪手喊。

赫梅尔里克同加托夫跑出门，并且发现：敌人的机枪大约凭借某种铁甲掩护，正在连发。值班处的过道里没有共产党人，因为这过道就在他们自己机枪的射程内。机枪架在楼梯最高处，以俯射姿势扼制着敌人可能闯入的大门。目前装甲车掩护着敌人。首先得保持火力。瞄准手侧卧着，可能已被打死；刚才叫喊的是副机枪手。他用装好的子弹带点射着。子弹打得楼阶上的木片和墙壁上的石灰蹦跳不已。在极短暂的静默中传来沉闷的声音,表明有的子弹打进活人或死人的躯体。赫梅尔里克和加托夫冲向前去。

"你不要动!"赫梅尔里克对加托夫叫喊。他用肩膀一顶,就把加托夫顶得滚回过道,接着跳上瞄准手的岗位。

敌人现在将射击线稍稍压低了一些,时间并不久。

"还有子弹袋吗?"赫梅尔里克问。这时副机枪手脑袋朝下,从阶梯上直滚到底,好像这就是答复。赫梅尔里克发现自己不会装填子弹。

他一跃而起,只觉得眼部和膝弯有轻伤。他在过道敌人射角的上方站住:眼部只是被子弹擦落的石灰碰了一下;膝弯却在流血,那是另一粒子弹擦破了表皮。他已走进屋里。加托夫正猫腰用一只手拉软垫(不是作掩护,而是干脆躲进去),另一只手提着一捆手榴弹。只有手榴弹在贴近的地方爆破,才会伤及铁甲车。

应当从窗口将手榴弹扔到敌方走廊里。加托夫在背后放了另一捆手榴弹。赫梅尔里克从中操起一只,几乎与加托夫同时绕过软垫扔出。加托夫被子弹击中倒地,看上去仿佛被己方的手榴弹打着了。其实,那是当他俩头部和手臂越过软垫上方时,敌人从各窗口向他们射击:这种如火柴棒的格格作响就发生在近处,也许是从他的腿部发出的吧?赫梅尔里克琢磨着,他自己猫腰闪开了。子弹仍不断射来,但他俩已经跌倒,墙壁在发挥保护作用。窗棂离地板至少有六十公分。虽仍有零星枪声,赫梅尔里克却觉得宁静,因为两挺机枪已经哑然无声。他撑着臂肘朝着加托夫走,后者毫无动静,他便扯了扯那家伙的肩膀。他俩此刻都在射程外,正默然对视着。软垫和工事虽遮掩着窗户,但日光仍照遍房间。加托夫晕了过去,他的大腿上有一大块红斑在地板上渗开,有如墨水在吸墨纸上漾开。赫梅尔里克还听到孙大喊一声:

"大炮!"

接着便是轰然一声闷响。当赫梅尔里克重新抬头时,鼻梁下方被碰一记,他也晕了过去。

赫梅尔里克逐渐苏醒过来,从深渊回到奇怪而表面的寂静中,他觉得这表面的寂静正帮助他苏醒过来:大炮已不响了。墙壁从斜面被毁坏。地上躺着加托夫等人,盖满石灰块和其他杂物,有晕过去,也有死过去的。他很渴,身上发热。膝弯的伤势不重。他匍匐着来到门口,在走廊里靠墙勉力站起。除头部被一块脱落的水泥击中,身上的疼痛是零散的。他攥紧栏杆下行,不走临街的楼梯,而是靠庭院那边走。敌人肯定还在守候他们。人们不再开火。进口过道的墙上挖了许多凹口,从前放置过若干张桌子。他猫腰躲进第一个凹口,打那里观察庭院。

在一所似乎已经被遗弃的屋子的右侧(不过他相信绝非真正遗弃),有一所铁皮敞棚。远方,一栋有尖角的房屋和一排由高到低、越远越矮的电线杆,伸向他瞥不见的乡村。门洞那里盘根错节的铁丝网泛着沉沉的黑色,像陶器的裂痕,给这死寂的景物和灰暗的光线抹上条纹。铁丝网后突然冒出一个人影,一个熊状的物体:一条汉子正仰面靠拢,深深弯曲着脊梁,并已动手攥住铁丝网。

赫梅尔里克的子弹已经打光。他盯住这顺着一根根铁丝攀行的物体,还估计不出他将采取什么姿态(铁丝在光线照映下是清晰的,却遮住了远景)。那物体抓住铁丝,跌倒又抓住,活像一只大爬虫。赫梅尔里克顺着墙向他逼近。显然,那家伙就要越过铁丝物体了。然而就在这一刻,他似乎搅进一团乱麻中,迸足力气想挣脱勾住衣服的铁丝网,嘴里古怪地嘟哝着。赫梅尔里克觉得这丑怪的大虫可能永远不得脱身,又大又扭曲,被吊在这泛着灰色的日光中。然而这时他的双手却清晰地,黑乎乎地张开并举起,五指掰开,好抓住另一根铁丝。接着那躯体又继续前进。

这是最后时刻了。后面是街道和机枪。躺在高处地上的是加托夫及其部属。对面那座空房肯定已被占据,占据者很可能是些手头还有子弹的机枪手。他如果往外走,敌人准会照着他的双膝开枪,好抓个活舌头(他突然觉得这些髌骨非常脆弱……)。至少他也许可以干掉眼前这个家伙。

那只既像熊,又像人,还像蜘蛛的怪物继续在竭力挣脱铁丝网。在那庞大的黑影近侧,一道光线映出了手枪的横柄。赫梅尔里克觉得自己正处在一个幽暗的洞底,引起他注意的倒不是这极缓慢、如死神一般正在挨近他的家伙,而是随着他到来的一切,以及将再次压垮他的东西:它将像在活人头上钉紧盖子的棺材一样把他闷死,那是令他每日每时的生活窒息的东西,又要转回来好将他一举压垮。

"他们像舂米一样敲打了我三十七年,现在又要来把我杀掉!"

向他逼近的不仅代表着他的苦难,而且代表着他那被剖了腹的妻子,那被屠杀的病儿的苦难。一切都混成一团渴求、病热和仇恨的雾。他重新感觉到左手殷红的血迹,却没去瞧它。它不像灼伤或某种障碍那么干扰,只是令他知道身上确有此一伤,而那人终于要挣脱铁丝网啦。这带头爬过铁丝网的人不是为了挣钱而来杀楼上那些受伤者的,他也是为了一种思想和信念。这眼下停步于铁丝网障碍前的影子,赫梅尔里克连他的思想一起恨之入骨。这帮走运者杀戮他们还不算,还硬要自以为有理!那人影已是一条站直的躯干,在灰蒙蒙的庭院,雨潇潇的春晨和静悄悄的电线杆的衬托下,格外显得笔挺笔直。从某个窗口进出一声叫喊,那人立即应答;这应答声响彻过道,环绕于赫梅尔里克的周遭。手枪上的光痕不见了,被埋藏到枪套里去了。取代的是扁而长的一块金属,在黑暗中几乎显出白色:原来是那人拔出了刺刀。他已不复是常人,而是赫梅尔里克迄今所受苦难的总和。置身于这黑魆魆的过道,又面临着门外伏击的机枪手和正步步逼近的这个敌人,那比利时人恨到了如痴如狂的地步,觉得亲人的血已不复是手上留下的那点血迹,而是正在冒热气的一滴滴流动的鲜血。

"他们想毁掉我们所有这些人的全部生命,但这家伙将洗刷这血,他必须洗刷……"

那人一步步挨近了,刺刀指向前方。赫梅尔里克蹲下来,立刻看见那人影在扩大。在如木桩般粗壮的两腿之上,他的上身却在变小。正当刺刀临头的刹那间,他霍然而起,用右手扼住那家伙的脖子死劲压下去。在这一猛击下,刺刀立即落地。那人的脖子很粗,一只手攥不住。赫梅尔里克的拇指和另外四指的指尖颤抖着掐进那人的皮肉,倒没使他闭过气去。但另一只手却像发疯似的在对方气喘咻咻的脸上不停地擦拭,同时他大吼道:

"你得擦掉这血,擦掉它啊!"

那人摇晃着，本能地抱住墙壁。赫梅尔里克迸足力气朝墙猛撞他的脑袋，刹那间弯下腰来：那中国人觉得有一块庞然大物插进他的身体，撕裂着他的五脏六腑，那是一把刺刀。他摊开双手，尖叫着将双手缩回去按着肚皮，两肩朝前，一跟头栽在赫梅尔里克的腿间，接着全身突然松弛。一滴，接着又一滴血沿着刺刀落在他摊开的手上。这只一秒又一秒染上血迹的手似乎是在为赫梅尔里克复仇雪恨，他这才敢瞧瞧自己的手。原来手上的血斑在几小时前已经抹掉。

他发现自己或许不会死。他急忙去剥那军官的制服。他一方面喜欢起跑来救他一命的这个人物，一方面又恼怒之至：因为那制服不能很快剥下，似乎那具尸体还死守着不放手。他猛摇这救了他一命的尸身，仿佛在让那身裹在军官身上的制服跳舞！终于，他穿上那身衣服，在临街的窗口，用军帽的帽檐遮着稍有些歪斜的面容，亮了一下相。对面的敌人开窗叫起来。

"我得趁他们没来就溜走！"赫梅尔里克想着就从临街的一面走出，向左一拐，就像那死鬼本会做的那样，去找"自己的"队伍了。

"有俘虏吗?"对面的敌人凭窗问。

赫梅尔里克随意向假想的"自己人"打了个手势。对面的敌人并未向他开火,这是既愚蠢又合乎自然的。他已不觉得惊奇。他再向左拐,朝着租界走去:租界是有人守卫的,但他熟悉双共和大道一切具有两面入口的房屋。

国民党的士兵一个接一个往外走。

第六部分

上午十时整

"是拘留犯。"看守说。

强矢明白,他被送进了刑事犯牢房。

一走进牢房,两眼还未见到什么,即已闻到一股可怕的气味,令他震惊。是屠宰场、家犬大展和粪便的混合气味。他刚刚跨过一扇门,门朝着与前面所见相似的过道开着。左右两面有许多纵向开关的大木栅。木笼里囚着犯人。当中有看守端坐在小桌前。桌上放着一条皮鞭:短把柄,鞭身厚约一指,宽如手指;那是一件武器。

"猪崽子,好生待着吧!"看守说。

他已习惯于黑暗,此刻正笔录强矢的外貌特

征。强矢的头仍很疼,一旦安静下来倒令他感到快要昏过去。他此刻背靠木栅。

"你……好……吗?"背后有人大声招呼。

那是鹦鹉般令人茫然的声音,倒真是人的话音。这地方太阴暗,以致强矢辨不清人脸。他只瞥见几根粗大的手指紧攥栅栏,离强矢的颈脖不太远。他身后躺在木板上或站立着蠕动的修长身影:是人,却如虫一般。

"可以再好一些。"他应答着闪开。

"住嘴,王八蛋!要不你就得挨我一耳光!"看守嚷道。

强矢听见"拘留"之说已有好几次。他自知不会在此久留。他决心对辱骂充耳不闻,并尽可能逆来顺受。要紧的是活着出去,继续斗争。但他已痛感一种屈辱,到了令人恶心的程度(任何人在决定自己命运者面前都有此感。他在这丑恶的带鞭人影面前无能为力),他现在赤手空拳。

"你……好……吗?"那话声又起。

看守打开一扇门,幸好是左侧一只木笼:强矢进了这牲口栏。顶里头有一条长长的隔板,那里只躺着一个人。门又关上了。

"是政治犯吗?"那人问。

"是。您呢?"

"不是。我在前朝当官儿……"

强矢开始习惯于黑暗。其实,这是位上了年纪的人,长着扁平得几乎看不出的鼻子,胡髭稀少,耳朵尖长,像只老白猫。

"我拐卖过妇女,生意好时也给警察局塞过钱,它就让我太平。生意不好,它就以为我舍不得花钱,让我坐大牢。不过既然生意不好,我就情愿在牢里混口饭吃,而不想自由自在地饿死……"

"在这儿混饭吃?"

"要知道,人能适应的哟……外头光景也不太好,像我这样老弱之辈……"

"您怎么不同别人关在一起?"

"我有时给门口的录事塞点儿钱。所以每次下狱都算拘留。"

看守送饭来了:他从木栅缝里递进两碗"饭"来,是土色的两碗糊糊,那热气同空气一样腐臭。看守用一只大勺伸到一只锅里捞来捞去,将捞起的浓粥"啪"地摔入每只小碗,再一碗一碗递给另一笼犯人。

"用不着了,明天就完事了!"一个声音道。

· 人的境遇 ·

(那前朝的官儿对强矢说:是指明天上刑场。)

"我也是明天完事,"另一个声音说,"那么不如给我双份儿吧,行吗? 我可饿坏啦!"

看守却说:

"你想挨我的老拳吗?"

某个士兵进来问一件事。看守便转身走进右边木笼里,稍稍敲打了一具躯体,说:

"还能动,肯定还没有死……"

士兵走了。

强矢聚精会神地盯着,竭力想弄清这几个声音来自哪几个人影儿。这已是濒临死亡者的声音了:也许同他一样吧。但他却听不清内容。这些人还没等到他弄清楚了声音对他们还意味着什么,便要去死了。

"您不吃吗?"那伙伴问。

"不吃。"

"开头总是这样……"

伙伴将强矢的碗端走了。这时看守走进木笼,使劲给老头一记耳光,又悄然端走饭碗。

"他为什么不碰我呢?"强矢小声问。

"违反牢规的只有我嘛。但不是因为这一点:您是政治犯,是拘留,衣着又体面。他想从你或你的同党那里挤出钱来。但这并不妨碍……等着瞧吧……"

强矢想:"金钱一直追着我进了这个窝子!"

虽然同外面的传说一模一样,但那看守的卑劣又不像完全真实。不过同时他又觉得那是一种丑恶的必然,似乎权力就能将几乎所有的人变成畜牲。那些在木栅后蠕动的黑影,活像他童年梦中的大虫和虾蟹,令人胆寒,也不大像是人类。真是孤独和屈辱极了!

"可得小心。"他想,自己已觉得有些软弱。他认为:假若不能掌握自己的生死,他在这里便会遇上恐惧。于是他打开腰带扣,将氰化物挪进衣袋。

"您……好……吗?"那声音又出现了。

"够啦!"另一笼里的囚犯齐声喊。强矢此刻已适应了黑暗。人声杂沓并不令他惊奇:有十几条身躯在木栅后的床板上躺着。

"你住不住口?"看守喊道。

"你……好……吗?"

· 人的境遇 ·

看守站起身来。

"是寻开心,还是固执?"强矢低声问。

"都不是,是疯子。"那前朝的官儿答道。

"可为什么?……"

强矢打住了问话:邻人刚堵上耳朵。一声尖啸而沙哑的惨叫充塞了黑牢,那既是痛苦,又是惊惧:原来正当强矢盯着那官儿时,看守却提鞭走进另一只木笼。鞭子哗啦啦响了。同样的惨叫再起。强矢不敢堵塞耳朵,只是两手紧紧抓住两条木栏,等候惨叫再起:那声音将又一次从头到脚向他周身袭来。

"不如把他打昏,让咱们有点儿安宁!"一个声音嚷道。

"叫他完蛋!"四五个声音齐叫,"让咱们睡个安稳觉!"

那前朝的官僚仍用手堵住耳朵,俯身对强矢说:

"这大约是七天来的第十一次毒打。我刚来两天,他已经挨过四回打。大家好歹还听得见他在遭罪……瞧,我连两眼也合不上哩:好像睁眼盯着他就是帮他一把啊……"

强矢也盯着,但几乎什么也看不见……

"同情抑或无情?"他怀着恐惧的心理思忖。

人人身上恶俗而有磁力的因素,在这里都以最粗野的热情被唤起。强矢全心全意抗拒着人类的耻辱。他想起,每当他偶然碰见酷刑所折磨的身躯时,他总要费好大力气才能避开不见。那真是名副其实地奋力挣脱。人们眼睁睁地瞧着一位并非坏人的疯子挨打(听那声音大概已有一把年纪),对这酷刑竟视若等闲,这令他惊惧,就如在那回的汉口之夜,陈的一席交心话所引起的那样。"章鱼呀……"陈当时喃喃道。加托夫也向强矢说过:当医科学生第一次面对剖开的肚皮,看见鲜活的五脏六腑时,他得费多大的力气方能忍受啊。现在是感到一种令人周身发软的恐怖;跟害怕的感觉大不相同,那是先于理智判断的极度恐怖感。其令人震撼,尤在于强矢痛感自己也受人摆布。然而强矢的两眼远不如同伴之习于黑暗,仅仅能辨明皮鞭的闪光:它如弯钩一般勾出声声惨叫。从第一记皮鞭起,强矢即不能动弹:他依然将手举到齐脸高,紧紧攥住木栅栏。

"看守!"他高喊。

· 人的境遇 ·

"你也想讨一顿打吗?"

"我有话对你说。"

"是吗?"

看守愤愤地插上大门闩,而笼里的犯人马上七扭八歪地大笑起来。他们都恨"政治犯"。

"揍呀,揍呀,看守!让大家笑个够吧!"

那人站在强矢对面,一根竖栏把他"劈"成左右两半。他脸上流露出最卑劣的、自以为因犯权威的白痴式怒火。但他的长相并不卑劣,脸部线条匀称但无特色……

"听着。"强矢说。

他俩四目相对。看守比强矢身材略高,只见强矢两手紧攥栅栏,头部一侧一只手。强矢尚未弄清出了什么事,却觉得左手似乎炸开了。原来看守藏在背后的皮鞭猛地又抽下来。强矢不禁大喊起来。

"好极了!不要老打那几个人!"对面的囚犯高叫。

强矢的两只手又下垂到原处。这两只手不由自主地产生了恐惧感,强矢本人倒不曾觉察。

"你还要说话吗?"看守问。此刻皮鞭已移到他俩之间。

强矢拼命咬紧牙关,两眼紧盯看守,以举重的膂力将双手再次伸向木栅。当他缓缓举手时,那人悄悄后退,以便同他拉开距离。鞭子哗里哗啦抽响了,这回抽在栏杆上。条件反射比强矢本人更有力:他将双手抽了回来。现在又将手放回栏杆,两肩却极度紧张。看守从他的目光悟到这次他绝不会抽回。他朝强矢的脸空唾一口,又缓缓扬起鞭子。

"你要是……不再鞭打疯子,我出去之后就给……给你五十块钱。"强矢说。

那看守很踌躇,最后才说:

"好吧。"

他的目光却闪开了。强矢抛开极度紧张,还以为自己昏厥了。他左手很疼痛,已无法攥成拳头。于是他将两手都举得齐眉高,一直高举,向前伸着。又是一阵笑声。

"你向我伸出手来?!"那看守也冷笑着问。

他握了握那只手。强矢觉得此种相握终生难忘。他将手缩回,跌坐在隔板上。看守在犹豫,用皮鞭的把柄搔搔头,走回到桌旁。疯子这时放声

· 人的境遇 ·

痛哭。

又过去同样恶俗的几个小时。终于有几个士兵来将强矢解往特警局。说不定此行就是上刑场,然而他出去时怀着意外强烈的喜悦:他深感已经将自身污秽的部分留下了。

"请进!"

一个中国看守轻轻推着强矢的肩膀往前走:只要他们是同外国人(在中国人眼里,强矢是东洋人或欧洲人,反正准是外国人)打交道,就会大大减弱他们视为当然的粗暴行径。柯尼希微微做了个手势,他们便都在门口停住。强矢朝办公桌走去,将肿胀的左手插在衣袋里,盯着也在寻找他目光的人物。此人的脸膛颇有棱角,刮得很干净,鼻子偏斜,留平顶头。

"一个可能下令处死你的家伙,与他的任何一个同类肯定是一样的。"强矢想。

柯尼希向桌上放着手枪的地方伸手:不,他是伸手去取香烟。他给强矢敬了一支烟。

"谢谢,我不会抽。"

"监狱里的伙食当然是很糟糕的。您愿意赏

光与我共进早餐吗?"

桌上放有咖啡、牛奶、两只杯子和几片面包。

"只要面包,谢谢。"

柯尼希笑道:

"咱们两人得同饮一壶咖啡,知道吗……"

因为没有椅子,强矢仍站在办公桌前,像小孩一样啃着自己的一份面包。在狱中的恶俗遭遇后,他觉得一切都已变得异乎寻常地轻松。他明知这与他生死攸关,但即使死也是简单的。也不排除这人是由于随和而显得有礼。由于身为白种人,也许他干这一行是偶然,或者出于贪财。强矢对这个人没什么好感,但也愿意松弛一下,摆脱狱中令他身心交瘁的极度紧张。他才发现,完全躲进自身的深壳也是非常累人的。

电话铃响了。柯尼希接道:

"哈啰!是,是强矢·吉索尔。很好。他眼下在我这里。"

然后他对强矢道:

"人家问您是否还活着?"

"您为什么把我弄到这里来?"

"我想我们能谈得来。"

电话铃又响了。

"哈啰,不是。我刚对他说:我们能谈得来。处决吗?请过一会儿再来电话。"

柯尼希一刻不停地注视着强矢的目光。

"您认为怎样?"他一边挂上电话,一边问。

"不认为怎样。"

柯尼希垂下两眼,然后复又抬起:

"您想活吗?"

"看怎样活。"

"人可以有种种死法。"

"自己是不能挑选的……"

"您以为人们总能挑选活下去的方式吗?"

柯尼希想到了自身。强矢决心不作什么实质性的让步,但也绝对没有刺激柯尼希的意思:

"我不知道。"

"有人对我说,您当共产党是为了……什么……什么尊严。可有这回事?"

强矢开头弄不懂。他因为电话随时会响而紧张,同时在寻思这奇怪的审讯究竟是为什么?他终于问道:

"您真有兴趣?"

"比您想象的兴趣要大。"语气中含着威胁。强矢答:

"我认为:共产主义能使那些我为之战斗的人得到尊严。至少反共的种种正在迫使他们没有尊严。您干吗要提问啊——既然您对我的回答充耳不闻?"

"您管什么叫尊严?毫无意义!"

电话铃响了。

"是决定我的生死吗?"强矢琢磨。柯尼希并不去摘话筒。

"尊严是与屈辱相反的东西,"强矢回答,"人家假如同我的出身一样,就会觉得这是有意义的!"

电话铃又响。柯尼希把手放在电话机上。

"武器藏在哪里?"他只是问。

"您尽可不管电话,我已经看清楚了。"

他看清电话铃响纯属故作姿态。他急忙低了低头:柯尼希几乎想将两支手枪中的一支朝他劈头扔来。然而他还是将枪放回原处。

"我还有更高明的一招,"他说,"至于电话,您很快会明白是不是故弄玄虚,孩子!您当面见过用刑吗?"

强矢想将肿胀的手指在衣袋里捏紧。氰化物在这只左边的衣袋里,他担心它会在需要往嘴里送时滑落在地。

"至少当面见过受刑的人。您干吗要问我武器藏在哪里?您已知道,或者将知道。干吗要问呢?"

"到处都在镇压共产党啊!"

强矢沉默不语。

"他们正遭到镇压。好好想想吧:假如为我们工作,您就得救了。没有人会知道。我安排您'越狱'……"

"他当然会打这儿开讲的。"强矢想。神经的紧张倒令他身不由己地产生了幽默感。不过他深知,警方对不可靠的保释不会满意。但这种交易令他惊奇,似乎因为是老套,就应该拿不出手来。

"只有我知道内幕,这就蛮好。"柯尼希又说。

强矢琢磨:为什么他后半句话说得那么踌躇满志呢?

"我不会为您效劳的。"强矢冷冷地说。

"听着:我可以把您关进单人牢房,找十来个无辜者,说他们的命运全看您。您不招,他们就一直坐牢。解决办法由他们自定。"

"快叫刽子手来,那最干脆……"

"您错啦。软硬两手倒着来,这更厉害。不懂的事就别多说,至少目前您还不懂。"

"我刚才目睹对一位疯人大约是怎样施刑的!"

"您明白自己冒着多大的风险?"

"非常明白。"

柯尼希思量:无论强矢怎样讲,他大概还没有料到自身的处境已多么危险。

"他年轻,这对他会起好作用。"柯尼希暗想。两小时之前他审讯过一名被俘的契卡。只花了十分钟光景,他已觉得,那人已成了自己人。他俩的天地即已与常人不同。也许强矢缺乏想象力,居然不觉得害怕。得有点儿耐心才行……

"您没想过:我为什么还没用枪把您的脑袋砸开花?"

"您说过:您还有更厉害的一招……"

柯尼希按铃叫人。

"也许今夜我要问您:对人的尊严作何

感想!"

接着,他对刚进来的看守吩咐:

"送到大厅去,归入甲类!"

下午四时整

租界里的人群正在朝铁丝网走,克拉皮克也混进了人群。在双共和大道上,刽子手扛着弯刀走过,后面紧跟毛瑟枪手的队伍。克拉皮克转过身来,立刻钻进租界。强矢已被捕,共产党的自卫被粉碎,许多同情者甚至在欧洲人住区被杀……柯尼希给克拉皮克规定的时限是今晚。他受保护的日期不能再延长。到处都响起枪声。随风吹来的枪声似乎在向他逼近,死神也随之而来。

"我不想死,"他喃喃自语,"不想死啊……"

他发现自己在跑。他来到码头上。

没带护照,也没有购船票的钱。

有三艘客船,其中一艘是法国船。克拉皮克不跑了。躲进盖着防雨布的救生艇吗?得先登船呀,把守舷门的那个家伙是不会让他通过的。何况那是蠢办法。货船吗? 蠢、蠢、蠢! 去找船长,摆个谱儿吗?他这一辈子倒是这样脱过身。不过这次船长会拿他当共产党而不让他上船。再过两小时就起锚了。打扰船长不合时宜啊。船驶进公海后再被查出,倒能混过去的。但要先搭得上船才行。

他想象自己藏身在某个角落。比如,蜷伏在一只大桶里。但这番胡思乱想并不能救他一命。他觉得自己似乎被交到这几艘巨轮的掌中,好像交给一位无名之神的代表。这几艘客轮桅杆耸立,充满宿命色彩,对他漠然相视,可以说是怀着恨恨之意。他在法国客轮前驻足,定睛观望,深受船上通道和上下人群的吸引(人家却没有一个替他着想,也料不到他有什么苦闷,他真想为此而将他们统统消灭)。他们走过舷门时都出示了船票。伪造一张船票吗?多么荒谬!

一只蚊子叮了他一口。他将它赶走,摸了摸自己的脸蛋:胡子长起来了。好像任何修饰都有助于远行,他决定去刮个脸,但又不离船太远。他发现在敞棚外头、快餐店与古玩店当间有一家中国人开的理发铺。老板同时开了一间不起眼的咖啡店,两店仅隔着一层挂帘。他等着轮到自己刮脸,便在挂帘近处坐下,继续盯着船上的舷门。在帘子那边,人们在交谈。

"这已经是第三家了。"一个男子汉说。

"咱们带着小孩,是没有人要的。不妨好歹找一家阔旅店试一试!"一个女人答道。

"像咱们穿得这么不像样?没等你摸着大门边儿,戴肩章的那家伙就会轰咱出门!"

"孩子在那里就可以大喊大叫啦!……试试吧,随便上哪里!"

"老板见到孩子就会拒绝的。只有中国旅馆会收容,但孩子在那里会得病的,食物太脏啦!"

"找一家欧洲人的穷旅馆,要是能让孩子混过去,他们或许不敢把咱们赶走……无论如何,总是多争取一夜呀。得把孩子包得好好的,叫他们以为是一包衣服。"

"衣服是不会哇哇叫的!"

"用奶瓶塞住他的嘴,他就不叫啦……"

"也许能行。我来跟那家伙周旋,你随后来。你经过他面前才是一秒钟的事嘛!"

一片寂静。克拉皮克望了望舱门。有翻纸的声音。

"你想不到这么抱着他有多费劲……我觉得

对他这辈子并不是好兆……我怕这对他不好……"

又复归寂静。他们走了吗?客人已经离座,理发师招呼克拉皮克坐下,但克拉皮克的两眼还盯着客船。舷梯上原来空无一人,但克拉皮克脸上刚抹好肥皂,便见到一名船员爬上梯子,手上提着两只新水桶(也许是刚买来的),肩上扛着扫帚。克拉皮克凝望着他,目睹他级级上升:他设想自己变成了一只狗,只要狗也能上这梯级并且随船而去!船员在守舷门者身前默然走过。

克拉皮克将钱朝洗脸池一扔,付了账,扯下毛巾就走,脸上还满是肥皂沫儿。他知道哪里能找到卖旧衣服的。人家打量着他,他迈了十步便回过头,把脸洗净又走了。

他在随便碰到的一家旧衣店里就很容易地找到一身船员的蓝制服。他尽快回旅馆换了装。

"也得有几把扫帚之类的玩意儿。向侍者买几把旧的吗?荒唐!一名船员干吗要扛着扫帚登陆闲逛?为了摆谱吗?愚蠢之至!如果船员带扫帚过舷门,那就说明他刚从陆地上买到。扫帚就该是全新的……那就买呗!"

· 人的境遇 ·

他以惯常的克拉皮克姿态走进商店。英国店员的态度倨傲,但克拉皮克朝他大喊:

"让我拥抱你吧!"

说着扛起一把扫帚,转身碰到一盏铜罩灯,接着出了门。

"让我拥抱你吧。"他虽然蓄意装得好古怪,这句话却表达出他的感受:在此之前,他为了良心太平,也出于恐惧心理,一直在表演惶然不安的喜剧,但终未能脱净难于启齿的念头,即他的手法会败露的。店员的倨傲态度(虽然他克拉皮克不修边幅,并没有摆船员的威风)倒证明也有获得成功的可能。他扛着扫帚转回客轮的方向,顺路斜睨着路人的眼神,好证明他的新身份确已成立。仿佛他已站到舷门前。他不胜惊奇地发现:人家竟对他的命运毫不关心,而这命运又仅仅为他而设。刚才上船的旅客对这在岸上徜徉的人不屑一顾,而这人如果留下便可能招致杀身之祸!现在路人都漠不关心地看着这位船员,没有谁走出人群表示惊异,也没有人认出他是谁。连一张好奇的面孔都没有……逢场作戏的假经历并不是为了令人惊奇,而这次尤其是不得已而为之。他真正的生活或许完全取决于此举。他口渴了。他在一家中国人开的酒吧间停下脚步,将肩上的扫帚放下。一张口喝饮料,他便感到自己并不是真的口渴,而是为了再作一次检验。老板给他找钱的态度就足以充当答案啦。自他换装之后,周围人的目光就与前不同了。他那说谎习惯的对象已变成人群。

同时由于本能,或由于从中取乐,人们都接受他的新身份,他颇为自得。他蓦然取得了平生难得的最辉煌成就。不,人们是不存在的。只要有一身衣衫就可以挣脱你的自我,在别人心目中得到新生!他最初进入中国人群时就感受到一种异国情调,一种欣喜的情绪,此刻是这种感受的深层再现。"在法语里,'创造历史'指的是写出一段历史来,而不是有所体验!"

他像扛枪似的扛着扫帚,爬到舷梯上,两腿发软地从舷门看守者面前走过,来到通道上。他通过甲板上的旅客群混进前舱,将扫帚搁在一捆缆索上。在头一站之前他不会有风险。但也远不是太平无事。甲板上有一位旅客是长着蚕豆脸的俄国人,这会儿挨近他问:

人的境遇

"您是船上职工吗?"

没等克拉皮克回话,那人又问:

"船上生活愉快吗?"

"这您就想象不到啦。法国人喜欢旅行,那是事实,没说的。长官很可恶,不过还比不上老板。船上睡不好觉,我不喜欢吊床:个人爱好问题;不过吃得很好。可以饱览各国风情。我经过南美时,见到过传教士用许多天的工夫教蛮人背诵拉丁文赞美诗。主教一来,传教士便打起拍子来,在宁静中,蛮人敬服得不敢动。简直是没说的! 赞美诗自然在被人们诵读。老兄,森林里的鹦鹉没听到过别的,竟也肃穆地唱起赞美诗来……想想吧,十年前,我在苏拉威西海面上见过漂流的阿拉伯帆船残骸,刻制得像可可果一般好看,却装满瘟疫病死者。死人的臂膀就这么沿着帆船的侧板倒悬,受到疾飞而来的海鸥冲击……妙不可言呀!"

"你真走运,我在外旅行七年,却从没见过这样的场面。"

"老兄,要在生活里加点儿艺术味,目的不在变生活为艺术。上帝呀,目的并不在此! 而是要使生活气息更浓!没说的呀!"

他拍了拍对方的肚皮,很谨慎地闪开了。他很熟悉的一辆小轿车在舷梯下停着:费拉尔要回法国一趟。

招待员已在核查头等舱,同时摇动开船的铃铛,每一声铃响都在克拉皮克的胸中荡起回响。

"回欧洲!好日子过完啦!现在回欧洲!"他暗自思忖,感到随着铃声逼近,欧洲似乎正张开双臂欢迎他。那不是解脱,而是进入牢房的铃声。要不是性命攸关,他是会回头下船的。

"三等舱的酒吧间现在开门吗?"他问那白俄罗斯人。

"开了一个钟头啦。驶进公海前,谁都可以去。"

克拉皮克挽起他的臂膀说:

"咱俩一起去喝个一醉方休!"

下午六时整

在大厅,即原先学校的院落里,二百名共产党伤员在等待生命的了结。加托夫是被最晚送来的一个,正撑着一只胳膊在凝望。大家都躺在地上。

许多人在呻吟,起落很有规律。少数人像值班处人员那样在抽烟,缕缕细烟升到天花板上才逐渐消失。虽有欧洲风格的落地窗透光,天花板却已发黑。落地窗也因外头的夜色和大雾而变得灰暗。加托夫高出所有躺卧者,显得突出。白日虽没有穷尽,却开始出现夜的氛围。加托夫暗想:

"是因为负伤呢,还是因为我们像在火车站候车那样躺在地上?这跟火车站一样,但我们不朝任何地方进发,而且……"

四名中国卫兵在伤员中间来回走动,刺刀上了膛:它们奇特地反射着微弱的光,照得这些本不成形的躯体显得更加笔直清晰。外面浓雾深处有几道浅黄色光线,也许是几盏煤油灯,仿佛也在看守他们。加托夫好像是从那边过来的(他的确来自浓雾深处),一种尖啸声腾空而起,压住细语和呻吟,那是来自一部火车头的尖啸声。他们离闸北火车站很近。这宽敞的大厅笼罩着某种残酷紧张的气氛,倒并不是对死亡的预期。加托夫从喉管里感受到,那是干渴与饥饿造成的气氛。他倚着墙,左右张望:许多面孔是熟识的,因为许多伤员就是"组"里的战士。沿大厅边缘空出一处约三米宽的窄道,是保留席位。

"为什么伤号已经是人叠人了,却不上那边去?"他大声问。

他在最后送来的那批人当中,是其间的一员。他倚墙站起来。伤口很疼,但他觉得还能站起来。他还弯着身子就站了起来:他闷声不响,惊诧于四围令人毛骨悚然的恐惧。这种情绪寄寓于人们的目光里吗?他几乎看不出。寄寓在各种姿态中吗?那首先是一种伤号的姿态,他们正兀自受煎熬。然而无论怎样传递,恐惧确实存在:不是害怕或惊疑,而是动物或人类独自面临非人的事物产生的恐惧。加托夫坚持倚着墙壁,一脚跨过了身旁的躯体。

"你疯了吗?"地上传来人声问。

"为什么说我疯了?"

既是发问,又是下令。可是谁也不答理。五米外有一名守卫,并未将他重新推倒在地,只是愕然盯着他。

"为什么这样说?"他更粗鲁地再问道。

"他不知道。"另一个发自地上的声音说。同时又有一个更低沉的声音传过来:"会发生的……"

他第二次发问的声音很响亮。这人群的犹疑本身就有某种可怕的因素。同时也是由于差不多人人都认得他:悬在这壁上的灾难压迫着所有人,尤其是他。

"快躺下!"一位伤员说。

为什么竟没有人对他直呼其名?为什么守卫人员并不加干涉?加托夫方才还看见:一名伤员想掉换一个位置,看守一枪托就将他打翻在地……他挨近那名刚刚想攀话的人,就地躺下来。

"准备处以酷刑的关在这里。"那人低声告诉他。

大家明明都知道,却不敢道破。这或许是因为害怕,或许是因为没有人敢对他加托夫说。某个声音嘀咕过:"会这样的……"

门又开了。一些士兵提着马灯走进来,围护着几名担架员。后者就在加托夫近处将伤号像扔包裹似的扔得直滚。黑夜已至,夜色自地面升腾。地面的呻吟掺和着可怕的气味,像老鼠窜逃一般相互交错:大多数伤号已不能动弹。门又关上了。

过了一些时候。浮现在千百次痛苦呼唤上的

惟有卫兵的脚步声,以及刺刀闪动的余光。蓦然,似乎夜色将雾气凝结得格外浓密,很远处又响起机车的尖啸声,只是稍稍喑哑一些。新来者之一仰卧着,两手颤巍巍地捂住耳朵,惨叫起来。另外那些人并不喊叫。但恐怖又紧贴地面袭来。

那人撑着胳臂抬起头。

"坏蛋,杀人犯!"他吼道。

一名卫兵朝前走来,一脚踢向他的肋间,让他翻了个儿。他不说什么了。卫兵便也走开。那伤号喃喃嘀咕起来。现在天太黑,加托夫瞥不见他的目光,却能听见声音,觉得他要清清楚楚地说话了。他果然说了:"……他们不是将人枪毙了事,而是活活扔进机车锅炉。现在尖叫的就是他们……"

卫兵又进来了,又是一片静寂。只有几声疼痛的叫喊。

门又打开了。又是几把刺刀,这回是被马灯仰照着,但并无伤号。只有一名国民党军官走进来。加托夫虽只能瞥见黑魃魃的躯体,却觉出大家都在挺直腰杆。那边的军官没什么块头,是在落日反衬下而马灯又照不明的一只黑影,正在向

· 人的境遇 ·

一名卫兵发号施令。他挨近了,要找并找到了加托夫。他没有去触碰加托夫,只是沉默肃敬地示意他起立。加托夫极为艰难地对着门站起来。在门的附近,那个军官仍在发号施令。卫兵则站在他左边,一手持枪,一手提灯。他的右边只有一片空地和一堵白墙。士兵用枪指指空地。加托夫怀着绝望的自豪苦笑了。谁也没有看到他的容貌:卫兵是故意不看,所有未到弥留之际的伤号都撑着一条腿,一只胳膊,或者托着下颏,追踪着他那还不很黑的身影:它在惨遭折磨者依靠的墙上映照得益发高大。

军官走出去了。门依旧开着。

卫兵扬扬手里的武器,一个着便装的人进来了。"送甲组!"外面有个声音喊,然后门便砰然一声关上了。一名卫兵陪同那着便装的人走向墙壁,嘴里还不停地嘀咕着。靠近之后,加托夫才大惊失色地发现那竟是强矢!因为强矢不曾负伤,卫兵见有两名军官护卫,竟把他当作蒋介石的一位外国顾问!现在才悟到自己搞错了,正站在远处骂娘。强矢在挨近加托夫的阴暗处躺下。

"你知道我们将被怎样处置?"加托夫问。

"有人特意告诉过我。我不在乎:反正有那份氰化物。你也有吧?"

"有。"

"你受伤了吗?"

"腿上受了伤。不过还能走。"

"来了很久吗?"

"不久。什么时候被捕的?"

"昨晚。这里有办法逃走吗?"

"没办法,几乎人人都负了重伤。外面到处是大兵。你看见门前架着机枪吗?"

"看见了。你是在哪里被捕的?"

他俩都需要摆脱这阴森的不眠之夜,需要说话,再说话:加托夫讲了值班处失守的经过,强矢讲了狱中所见,同柯尼希的谈话,以及此后的种种见闻。在被"拘留"之前,他已知梅未被捕。

加托夫侧卧着,离强矢又近又隔着一片苦难:他的嘴巴半开半闭,快乐的鼻头下两唇发肿,双目几乎紧闭。他与强矢结下了绝对可靠的友谊,毫不勉强,无须思虑的友谊,生死与共的友谊。在充满危险和伤痕的阴影里,在革命卑贱的弟兄间,落在他生命一侧的是一位死囚的生命! 他们都顺乎

· 人的境遇 ·

自然地牢牢把握了那惟一可能属于自己的伟大品质!

卫兵带进三个中国人。他们同受伤者和墙边的一群分开安置。这三人在战斗前就已被捕,在潦草的审判后将予以处决。

"加托夫!"其中一人喊。

那是赫梅尔里克的合伙人陆有顺。

"怎么样啊?"

"你可知道枪决是在远处还是近处?"

"不知道。至少听不见枪声。"

稍远有个声音说:

"好像行刑的大兵要从死者口里偷金牙?"

另一个声音道:

"我不在乎,反正我没有!"

三个中国人顽强地、一口接一口地抽烟。

"您有好几盒火柴吧?"稍远的一名伤号问。

"是呀。"

"给我一盒。"

陆将他那一盒递过去。

"我想能让人家对我的儿子说:'他死得非常勇敢!'"他低声说。接着更压低嗓音说:"死也不那么容易啊!"

加托夫发现陆身上有一种郁闷的快乐,因为他无妻无子。门打开了。

"过来一个!"卫兵叫喊。三个中国人相互紧靠着。

"哎,怎么搞的,快拿定主意!"看守嚷道。他没有故意挑选。蓦然间,两个不知姓名的中国人之中的一个跨步向前,扔掉手里还几乎没点着的香烟,却又在擦断两根火柴后点燃另一支烟,接着匆匆朝门口走去。同时,他挨次扣好上衣所有的纽扣。门又关上了。

一名伤号捡起落在地上的火柴。他的邻居跟他一起,将陆有顺给的火柴拧成小段儿,玩起"麦秆算命"①的游戏来。还没过五分钟,门又打开了:

"再来一个!"

陆与剩下的伙伴手挽着手前进。陆大声以那没有特色的声音,朗诵起名剧中英雄的绝命词。

---

① 将麦秆或火柴折成小段,轮番说"成功、失败",以最后一段麦秆定命运。流行于法国等地的游戏。

不过老式中国人的群体早已瓦解,没有人留神听他。

"哪一个来?"大兵问。他们没有回答。

"对呀,总要轮上的!"那兵用枪托将他俩拆散。陆比那伙伴离他稍近,于是他一把抓住陆的肩膀。

陆挣脱开,自己往前走。那伙伴折回躺下。

强矢感到:这最后一人的死要比前两位艰难得多。他只剩下单独一人了。他与陆同样勇敢,因为他们曾一道向前迈步。但此人现在蜷着身子躺着,两臂紧贴躯干,一脸惧色。果然,当看守触动他时,他显得非常神经质。两名士兵抓牢他,分别抬起头和脚,将他带下去。

强矢仰卧着,双臂收到胸前,合上两眼:那正是一副死者的姿态。他想象着自己拉长身子,木然不动,双目紧闭,容貌因宁静而更显祥和(那是死神在同一天内布施给几乎所有死者的宁静),仿佛正是要表现出最卑贱者应有的尊严。他见过许多人的死,在日本教育的影响下,他始终认为:按自己的方式去死是美好的,那便是酷如其生的死。死亡是被动之举,自杀则是主动行为。只要有人来抓他们一群中的第一个,他就立即神志清醒地自尽。他想起(此时心脏该已停止跳动)唱机上的唱片。那是希望还保持某种意义的时节!他不能再见到梅,而惟一能伤及他的痛苦便是她的痛苦,仿佛自己的死倒成了过失。

"是含恨而死!"他紧张而不无嘲讽地想。

至于父亲,则同梅大不相同:他始终觉得老人是强者而不是弱者。一年多来,梅虽然未使他摆脱苦涩,却帮助他抛掉了一切孤独。他现在已同生者分离,但一想到她,那头一回肉体交融所产生的飘逸而深切的柔情,此刻复又涌上心头!……

"现在她该把我忘掉……"写信告诉她实情只会伤了她,并使她对自己更依恋。"那等于让她另有所爱啊!"

哦,监狱呀,你是时光停止的处所,而时光在别的地方却继续流逝……不!正是在这用机枪将你隔离尘世的大厅,革命将遭到致命打击:不管它今后命运如何,也不管它将在何处复活。在人人经受苦难、荒谬或屈辱而劳作的所在,人们都怀念着这些死囚,正如信教者要祈祷一般。在城里,人们开始怜爱这些将死者,似乎他们已经飘逝……

在这夜色笼罩的茫茫大地上,这回荡着凄惨喘声的处所很可能是最富于阳刚之爱的所在。与这横卧的一群同声悲吟,在悲吟中与被牺牲的受苦者同在……

一种辨不出的嗡嗡声将这痛苦的耳语径直送往深沉的黑夜。像赫梅尔里克一样,几乎人人都有子女。不过,他们忍受的必然命运同作为伤号的悲吟一起升腾,有如夜晚宁静的升腾。这命运笼罩着强矢,他合着两眼,抱臂于被遗弃的躯体之上,带着一种挽歌的庄严。他为自己时代最富于意义和希望的一切而战斗。他将与自己宁愿与之同生的人共死。他跟每一位在这里横卧的人一样,因为使自己的一生有了某种意义而去死。如果那是一种他不愿为这意义而死的生,这生又有什么价值呢?当人们不是独自去死时,死是容易的,是充满情同手足的激动的死,是失败者的聚会(许多人将会来此辨认牺牲了的亲人),是血染的故事,将铸成金色的故事!他们既已处于死神窥视下,又怎能不谛听这人类牺牲的呻吟?它使强矢懂得:人们壮烈的心将是死者安息的处所,它与思想同样伟大。

他此刻正将氰化物拿在手中。他常想自己会不会轻松地去死。他深知,若决心自杀,他定会如此。但他又明白,生命在揭示我们自己时是冷酷无情的,因此他对这一刹那并非全无忧虑:就在这时,死神将全力而绝无反顾地碾碎他的思想!

不,死可以成为一种充满激情的行动,成为生的最高表现,而这样的死与生又何其酷似!同时这也无异于挣脱这两个犹犹疑疑地挨近他的士兵。他像自行下达命令似的咬碎夹在牙缝里的毒药。这时他还听得见加托夫对他关切的询问,感受得到加托夫对他的触碰。他真想再一次攫住加托夫,却哽噎了,觉得全身的气力都不听使唤了,都在他的躯壳以外,撞在一种无比强大的抽搐上,解体了。

士兵来这里是为了找两名不能自行站立的囚徒。看来被活活烧死可以获得一种有限的殊荣:他们人叠着人(或者差不多如此)被抬上一副担架,接着被扔在加托夫左侧。已咽气的强矢躺在他的右侧。在与一般死囚隔开的空地上,士兵们正蹲在马灯近处。他们的头部和视线渐渐浸没在黑夜中,偶然才瞅一瞅大厅深处的灯光,那标志着一般死囚的所在地点。

强矢咽气后(他至少喘了一分钟粗气),加托夫深感自己的孤单。这种感觉强烈而痛苦,尤其是由于周围全是自己人。前面那位中国人神经极紧张,接着被抬走处死,那场面始终盘桓在他的脑际。不过在这彻底的遗弃中,他又感受到了宁静,仿佛这正是他多年的期待:那是他一生中最难忍的时刻遇见和复得的宁静。他似乎读到过这样的句子:

"我钦羡而神往的,不是探险家的发现,却是他们的痛苦……"

或许是为了与他的思想呼应,远方的尖啸声第三次传到大厅。他的两位左邻惊跳起来,他们是年纪很轻的中国人:一位是孙,加托夫因在值班处的并肩战斗才认识他;另一位是陌生人(而不是白)。他们为什么不跟别人在一起呢?

"是因为组织过战斗小组吗?"加托夫问。

"是因为刺蒋。"孙回答。

"同陈一起干的吗?"

"不。他一定要独自一人扔炸弹。当时蒋并

不在车里。我呢,却在老远的地点等车来。我被捕的时候身上还带着炸弹。"

话音全然哽噎在喉间。加托夫仔细观察两人的容颜:年轻人没有嚎啕出声,却在低低地暗泣。

"说空话没多少用处了。"加托夫自忖。

孙想活动一下双肩,却疼得做了个鬼脸。他的胳臂上也有伤。

"烧死呀,被活活烧死!连眼睛也被烧,眼睛呀,明白吗?……"

他的伙伴此刻放声嚎哭起来。加托夫接话道:

"咱们也许会因事故而被烧死呀。"

他们似乎不是在对话,倒像是说给无形的第三者听。

"那可不是一码事!"

"不,那却更坏呢!"

"连眼睛也被烧,"孙声音更低沉地重复说,"眼睛也被烧呀……还有每根指头,肚皮、肚皮……"

"别往下说啦!"另外那人用聋子才有的大嗓门说。

他本想大喝一声,却已不能。他在孙的伤口附近晃动双手,孙的肌肉抽紧了。

"人的尊严呀。"加托夫喃喃自语。他想起强矢与柯尼希会面的一幕。犯人全都不开口了。在马灯的光亮之外,在目下已漆黑的夜色中,始终浮动着一种伤痛引起的呻吟声……他更加贴近孙和他的伙伴。卫兵中有一个在给同伴们讲故事。他们的脑瓜儿在马灯和囚犯中间凑向一处,犯人彼此也就看不见了。虽有嗡嗡的浮响,虽有同自己相似的各位战士,加托夫依然感到孤独,在一位友人的尸骨和两位吓坏的伙伴间感到孤独。可是一个人可以胜过这孤独,甚至胜过这惨烈的尖啸声:在加托夫身上,恐怖正在与一生最可怕的诱惑搏斗。他也打开了腰带扣结。他终于以极低的声音说:

"哎、哎,孙!把你的手放在我的胸口上。我一碰到你的手,你就将药取走:我把自己那份氰化物给你。那药量只够两人用。"

他什么也不要了,却不能不说:只够两人用。他侧卧着,把氰化物分成两半。卫兵们遮住灯光,在周围形成一圈朦朦胧胧的光环;但他们不是将要走动吗？眼下可是啥也看不见呀:这比生命更可贵的馈赠,他交给了那只放在自己身上的灼热的手,而不是赋予身躯或人声。那只手像牲口一般抽动,迅速从他的身上移开了。他挺直身躯等待着。蓦然间,他听见两人中有一个迸出了一声:

"掉了,掉在地上啦!"

是一种几乎没有因为惶然而变调的声音,似乎表示这一灾难本来不会发生,一切本来应当弄得妥妥帖帖。就加托夫来说,这真是不可思议。他迸发出一股无限的怒火,不过又很快平息,怒火被这不可思议的事压下去了。可不是吗! 赠予这样的东西,竟然被这笨蛋弄丢啦!

"什么时候弄掉的?"他问。

"在送到我的身上之前。孙递过来的时候我没有拿着,我的手也受了伤啊。"

"他将两片都弄丢了。"孙说。

他们大约先在两人当间搜索,接着在加托夫与孙当间寻找。而另外那个人当时或许完全压在孙的身上,因为加托夫什么也看不见,只感觉到身旁有两具庞然大物。他竭力压下了激动,也在设法寻找:他将手放平,十公分十公分地朝前摸着,

·人的境遇·

寻遍了伸手可及之地。那两人的手碰到加托夫的手,突然其中一只抓住它,握住它,将它留在掌心里。

"哪怕咱们什么也找不着……"一个声音说。

加托夫也紧握对方的手,已快要簌然泪下了。他深受这可怜的战友情谊的感染,那是不见容颜,也几乎不闻语声(因为耳语都彼此相似)的情谊,是在这片黑暗里给予他的情谊,表示对他毕生最重大的赠予的感激:这赠予还很可能是徒然的。虽然孙还在寻找,两只手却仍然相连。突然,紧握变成抽搐:

"找着啦!"

哦,真是耶稣复活了!……然而——

"你担保那不是一粒小石块儿吗?"另一位问。

地上是有很多石灰块儿。

"拿来我看看!"加托夫吩咐。

他用指尖辨出了实物的形状。

他将那药物递还,确实递还了过去,并更紧地握起那只重新寻找他的手,接着便在静候:此刻他正两肩战栗,牙齿打战。

"但愿那氰化物还未分解,虽然外面只包了一层银纸。"加托夫想。

被他紧握的手突然扭着他的手,他似乎正借着这只手与那在黑暗里熄灭的躯体交流,并感到这躯体渐渐变得僵直。他羡慕这伴随抽搐而来的窒息。几乎同时,另一位也完了:一声强压下去的叫喊,可谁也没有在意。接着就没有动静了。加托夫觉得已被别人抛弃。他俯卧着,等待着。两肩在不停地颤抖。

黑夜中,军官又进来了。随着武器撞击的嘈杂声,六名士兵挨近死囚。犯人全醒了。新添了一盏马灯,也不过透出一些修长而模糊的光影(已有些像翻耕过的土地上的坟茔)和射入眼帘的折光。加托夫欠身欲起。小分队的指挥官一把抓住强矢的手臂,感到它已僵直。一阵嘈杂声从囚徒的最前排传到后排。于是队长抓起前一个,接着是第二个年轻人的脚,它们都僵硬地落回原地。他唤过那位军官来,军官照原样又做一遍。囚徒当中的吵闹声更响亮了。军官盯着加托夫问:

"都死了吗?"

· 人的境遇 ·

回答这个问题又有何用?

"把靠得最近的六个犯人分开!"

"不必啦,"加托夫应道,"是我把氰化物送给了他们。"

军官不知所措,终于问:

"您自己呢?"

"只有两个人用的药量。"加托夫深感喜悦地回答。他想:"我也许要当脸挨上一枪托呢!"

囚徒喊喊喳喳的声音几乎变成叫喊声。

"往前走吧。"军官只是说。

加托夫没有忘记:他已被判过死刑,已见过机枪瞄准自己,已听过机枪哒哒的扫射声……

"我一出门就要想法掐死他们一个,我要长时间地用两只手卡紧,让他们只好开枪打死我。他们会焚烧我,但那是焚烧我的尸体!"

就在此刻,一名士兵拦腰抱住了他,另一名士兵将他的两臂反剪到背后,捆住他的双手。

"两个小伙子的运气还不错,"他想,"得啦,就算我死于一场火灾吧!"

他举步向前。寂静像地窖的顶盖一般压下来,虽然哼哼唧唧的声音依然可辨。如同方才映照在白墙上一样,马灯现在将加托夫变得很黑的身影投射在夜晚的落地窗上。他拖着沉重的步伐,挪动双脚前进,由于伤口疼痛而不时停步。当他摇摆着挨近马灯时,他的头影在顶棚上消失了。整个黝黑的大厅却透出一股活力,人们都以目光追踪他。宁静是这样深沉,以致每当他那沉甸甸的步履触及地面,地面都荡出回响。所有人的头都上上下下地击打节拍,追随着他行进的步伐:怀着爱心,也怀着惊恐与忍受。虽有与他相似的动作,每个人在追随这趔趔趄趄的行进时,正是在暗示他自身。人人都保持着高高昂起的头颅:门又一次关上了。

大厅的地面缓缓升起一种类似睡梦中鼾声的深呼吸:所有还活着的人的两颚都因焦虑而粘紧了,他们只能用鼻孔来呼吸了。他们在木然等待汽笛的尖啸声复起。

次　日[①]

五分多钟以来,吉索尔老人一直注视着自己

[①] 即四月十三日。

的烟枪。他面前放着已点燃的烟灯。

"没有什么不好。"

那小小的烟盒已经打开,烟针已经洗净。屋外是黑夜,屋内则是小灯在闪光,还有一块很大的长方形亮光。邻室的门开着,强矢的遗体已抬进去。大厅已腾空,好收容新的囚徒。谁也不反对将弃于户外的尸体抬走。加托夫的遗体未能找到。梅弄回了强矢的遗体,就像抬重伤员那样小心翼翼。他此刻静卧在那里,不像他在自尽前设想的那么平静,而是在窒息的抽动中变了形,样子不很好。在遗体整容前,梅为他梳了头,以惊世骇俗的母性词语,对着这遗容默祷。她不敢大声说话,惟恐听见自己的声音。

"我的爱人呀!"她低吟道,犹如呼喊"我的亲骨肉呀!"一样。她深知:自己的一部分(而不是身外物)已被夺走。

"我的生命呀⋯⋯"

她发现自己竟在对死人说话。然而她早已泣不成声了。

"毫无用处的痛苦是荒谬的。"吉索尔想。他已被烟灯催眠,藏身于昏昏欲睡的诱惑之中。

"安宁已经来到,哦,安宁!"可他不敢伸出手来。他不相信灵魂,也不相信对亡人的崇拜,然而却不敢伸手。

梅走近老人。她的嘴唇软软地夯着,很激动,目光好像黯然若失……她将手指轻轻放在老人手腕上。

"来看呀,"她用不安的、几乎是低沉的声音说,"我觉得他的身体似乎回过点儿热气来……"

在这副极度痛苦,却绝非茫然的容颜上,他寻找着她的目光。她定睛凝视他:与其说怀有希望,毋宁说带着祈求。毒药的效应常常是没有准儿的,何况她本人便是医生。老人起身跟她走过来,却不大相信这种心愿。不过这种心愿倒使他恍然有所悟:倘若他也感情用事,就也会对失去的亲人不能自制。他摸了摸强矢铁青的前额,那里将永远不会镌刻绉裯了。它已经冰凉:那是标志着死亡的无可置疑的冰凉。他不敢将指头缩回,也不敢同梅的目光再次相遇。他将视线滞留在强矢摊开的手上,那手掌上的纹理已渐渐变得模糊……

"不是的。"他说。这时他又感受到当初的绝望,其实他一直没有摆脱这种情绪。他发现自己并没有相信梅的话。

"那就算啦。"梅简单地回答。

她眼见他不胜踌躇地走回邻近的那间屋子。他在想什么呢？强矢还活着的日子里，一切思想都由老人提出来。这死亡，正在期待着她做点什么事情：那是一种她还不知道但却毕竟存在着的答案。哦，瞧别人卑贱的遭遇，他们的祈求和为他们的葬礼献上的鲜花！那是一种高于焦虑的答案（正是这焦虑从她手中争到了母爱，那还未给过任何子女的母爱）。也是高于那可怕的心愿的答案：正是这心愿，使她以生命最富柔情的方式跟死者攀谈。

这死者之口昨天还对她说：

"梅，我还以为你已经去了！"

但这死者之口永远不会再启开。现在要与之共有的已不是这具生命的残骸，这具遗骨，而是死亡本身。她静静地待着，从记忆里发掘被迫观望的许多临终场面；而这种被迫的心情表现为观望，对虚无的境界抱着徒然而有些粗野的欢迎。

吉索尔重新在沙发上躺下。

"过一会儿我该醒来……"

这死亡每天上午又能再给予他多少时光呢？烟枪就在眼前：那就是安宁。伸出手去，揉好烟团儿：一刻钟之后，便以无限的忍耐想到死亡本身，就如想到对他不善的某个瘫痪者。死亡将不再能触到他，将失去一切影响，悄悄滑落到无处不在的安宁中。解脱就在这里，就在身边。对于死者是不能给以任何帮助的。为什么要遭受更多的痛苦呢？难道痛苦是对于爱情或恐惧的祭献吗？……他仍旧不敢碰那具烟盘。焦虑和被压抑的欲望与嚎啕同时噎住他的喉咙。他随手抓起一本小册子（他从不碰强矢的书，但此刻知道强矢不会看这本小册子了）。那是某一期的《北京政治》，是遗体抬进屋时滑落在地的，刊载着吉索尔的一次演讲稿，他也就是因此而被赶出大学校门的。在刊物的白边上有强矢的批注：

"此系吾父之演讲稿。"

强矢甚至从未向他表示过同意这篇演说。吉索尔悄然合拢小册，凝视着自己业已泯灭的希望。

他打开屋门，将鸦片掷入茫茫的夜海中，然后返屋垂肩呆坐，静候黎明来临，静候痛苦化为沉默（这痛苦将在与自身对话中消耗殆尽）……他虽因痛苦而咧着嘴,那严肃的容貌也变成呆相,却并未失去自制力。今宵他的生活将起变化。思想的威力有限,不足抵御死亡可能迫使人们承受的变异。从此他已被抛弃给他自己。世界不再有意义,也不复存在:在这具曾将他同人世联结的躯体旁,这无可挽回的静止似乎象征着上苍的自我消亡。他从来没有指望强矢成功或幸福。然而世间竟不再有强矢……

"我被抛出时间之外。"儿女是对时间的补偿,对物换星移的补偿。无疑,在最深层的意义上,吉索尔就是希望,也是焦虑,是对某种事物的希望,是期待。须在他的爱被摧毁后,他才悟到这一点。可摧毁他的种种,却受着他的竭诚欢迎。

"死有某种美好之处。"他想。他感到有种根本的痛苦在身上悸动,不是人与事造就的痛苦,而是人自身流出的痛苦,生命努力使我们从中挣脱出来。他能摆脱它,但仅靠不去想它。现在他愈发陷进痛苦,好像这受惊吓的沉思是死亡惟一能谛听的声音,好像这作为人的痛苦(它已浸透他心灵深处)是死难之子的遗骨惟一得以谛听的悼词。

· 蜂鸟文丛 ·

第七部分

巴黎 七月

费拉尔用一张对银团攻击最凶的报纸扇着风,最后一个走入财政部长接待室。那里三三两两恭候着:基金运动副主席(费拉尔之兄适于上周病倒),法兰西银行代表,法国主要商业银行代表和几位信贷机构代表。费拉尔全都熟识:有某要人之子和女婿,还有财政总监司和基金总运动的退休职员。国家与这类机构过从甚密,而后者也认为吸收官员参与颇有助益。官员们又受到老同事的欢迎。费拉尔看出他们面有惊讶之色,因为照规矩他应当先于他们而到。他们见他缺席,还以为他不属召见之列。他胆敢最后到场,实在令他们诧异。种种因素使他们互有隔阂,如彼此的观感以至穿戴习惯等等。总之是两类不同的人。

他们几乎当即被引见。

费拉尔同部长并不熟识。其人的相貌属于另一时代,或许是因为他生就一头厚密的银发:厚密而如摄政时代的假发。他两眼炯亮,脸色细嫩,挂着极和善的笑容(他是资深议员),符合关于部长讲究礼貌的传闻。而此说与另一说法并不相悖:当人家以帝王式的威风迁怒于他时,他的举措便不免唐突。举座入席之余,费拉尔记起一则轶事:当年部长恰在外长任上,因临时抓住法国驻摩洛哥特使礼服的燕尾,竟使礼服的中缝绽开,于是部长按铃传话:

"取一件本人的礼服赠予此君!"

接着,守门人告退,他又按铃嘱咐:

"取最旧者,别的都不合身呢!"

他的长相本应当有磁力,无奈目光似乎在否定其唇舌的许诺:原来因为曾在事故中负伤,他装有一只晶体假眼。

各人均告入座:基金总运动主席居部长之右,

费拉尔在其左。众代表则就席于办公室尽头的一列长沙发上。

"诸位,"部长开口道,"你们都了解此次召见的原委。各位或已研究过这一问题。现特请费拉尔先生提示,并陈述高见。"

代表们耐心等待着:费拉尔照例是要夸夸其谈一番的。

"各位,"费拉尔说,"在此类言谈中,惯例是作乐观总结。各位手头有财政总监司的报告。银团的处境实较该报告所述更为严峻。本人不拟报告机构臃肿、债权不稳等情。银团的负面已显而易见,各位也已知晓。本人想提及正面的两项因素,任何总结均不会涉及。惟其如此,才敢请诸君鼎力相助!"

"首先,银团为法国在远东惟一具有如此规模的实业。虽有亏损以至破产之虞,结构尚称完好。其代理商网络,在中国内地的购销站,以及中国买主与印度支那生产公司间已有的联系,凡此种种均已存在,并可望维持。本人敢说:长江流域半数的客户视法国为本银团,犹如日本即三菱财团。各位当知道,本机构与标准石油公司规模相当;而中国革命则不会长存。

"其次,由于银团同中国商业多有联系,本人极有效地参与蒋介石将军之夺权。现已可断定,条约指明由法方承担的部分中国铁路工程将由本银团负责。各位深知此事非同小可。故恳请各位如数提供本银团申请的援助。银团犹在,本人乃敢指望亚洲惟一代表我法国之机构长存,即使它将自创始者处易乎。"

各代表对这一总结发言细加审议,何况对其内容早已洞悉,并无新的认识;于是众人皆期待部长训示。部长说道:

"保证信贷不致受损既符合国家,也符合各机构的利益。如中国实业银行或银团等重要机构,一旦解体将对各方不利……"

他身倚沙发靠背,言谈有气无力,目光若有所失,以铅笔头轻击眼前的吸墨器。代表们恭候他态度更趋明朗。这时法兰西银行代表发言了:

"部长先生,我可否提出稍有不同的见解?敝人在此是惟一不代表信贷机构,即不偏不倚者。在数月内,暴跌将会使存款额猛降,这是事实;但在半年后,兑出的款项就会自动流回,且向最主要,即最可靠的机构流回。银团的失败或将无损,乃至有利于各位代表的机构……"

"应当指出的是:玩弄信贷终属欠妥;十五家外省银行的破产即已不利于各机构,其引发的政治举措已属不利。"

"都是些废话,"费拉尔心里想,"不过是表示法兰西银行慑于承诺,慑于(若各机构真肯付钱)解囊。"

静场。部长疑虑的目光与代表们的目光相遇。他有一副骠骑兵中尉的容貌,有意欲责难的炯炯目光,有清晰异常的语音:

"与通常此类会谈的情形相反,本人不得不指出,对总结发言涉及的总形势,本人稍逊于费拉尔先生的悲观程度。该集团各银行处境艰险虽系实情,但某些公司当可按现状予以维护。"

费拉尔又道:"本人吁请维护的是整体事业。银团若失败,其交易则将于法国毫无价值。"

另一位面容清癯、表情细腻的代表驳道:"我以为费拉尔先生终究太乐观,就银团主要积极面而言确是如此。债券还没有发行呢。"

他一边说一边盯着费拉尔上装翻领。费拉尔受

· 人的境遇 ·

好奇心驱使亦跟随其视线,终于悟到:场中惟有他未曾获得过勋章。那是有意为之的。对方曾获三级荣誉勋位。他眼光中不无敌意地注视着这傲慢的洞眼①。费拉尔却绝对无意在实力之外博取尊荣。

"你明知债券即将发行并售完。但这件事涉及美国银行,与客户却没关系。客户仅承担需承担的部分。"费拉尔答。

"假定是这样。债券售完时,谁敢肯定铁路一定修成?"

"不过,"费拉尔语调略带惊诧,对方不难猜到答案,"大部分资金显然将由美国银行直接拨给制造材料的厂家而不是给中国政府。否则美方怎会将债券充资金投进去呢?"

"当然不会。但蒋介石可能遇刺或被打败。假如布尔什维主义东山再起,那就不可能发行债券。本人并不认为蒋能保住政权。我方有情报说:蒋的失败迫在眉睫。"

"共产党正到处遭到镇压,鲍罗廷已离开汉口返回莫斯科。"费拉尔说。

---

① 指法国人惯于佩戴勋章标志的西服翻领纽扣洞眼。

"共产党也许会遭到镇压,但共产主义却不会被压垮。中国绝不可能恢复旧观。蒋取胜后,可虑的是冒出共产主义的新浪潮……"

"本人认为,蒋还要当权十年。不过事事总是有风险的。"

(费拉尔想:诸位还是有多大勇气办多少事吧。勇气与诸位无缘。难道欠债不还的土耳其不是用你们的钱购进了战炮?诸位自身不堪独撑任何大业。你们与国家做了同枕好梦,于是拿怯懦当成智慧,以为凡独臂必是米洛的维纳斯爱神①!未免太自作聪明了!)

一位头发鬈曲的青年代表嗓音婉转地说:

"蒋介石如果继续当权,中国将收回海关自主权。即令费拉尔先生的设想全部满足,谁能担保其在华活动不失去意义,如果中国法律的一纸空文便可将它一笔勾销?我明白,对此可有种种答案……"

"种种答案……"费拉尔重复道。

---

① 即希腊神话中爱神阿佛洛狄忒塑像,发现于希腊米洛岛,现藏巴黎卢浮宫。

· 人的境遇 ·

那容貌如军官的代表则说:"有一点却毋庸置疑:此事仍属未定之天。换言之,即使认定并无风险,亦须有长期贷款,而且在实际上无异于参与事业到底。尽人皆知,热尔曼先生因对苯胺染料感兴趣(它终究是法国的最佳交易之一),几乎使里昂信贷银行破产。我们的职责不在参与交易,而在发放有担保的短期贷款。此外的发言权即不在我辈,而在商业银行了。"

再次静场。长时间的静场。

费拉尔思量部长为什么不说话。人人都在说花哨的套话,包括他本人,有如亚洲的礼仪用语那样:而且这种种不会不带点儿中国风味。银团的担保显然不足。否则他怎么会光临此地呢?大战以来,信贷机构或主要商业银行提出一些交易,法国的储户们承担了其中的股份或义务;他们蒙受的损失(费拉尔想:这就如同搞讹诈的报纸所说——愤愤的心情令他灵感忽至)约四百亿法郎,远超过法兰克福条约[①]的损失。一桩不成功

---

① 即法兰克福和约,法国在一八七一年普法战争中失败后与德国签订的条约,法国因此而割让阿尔萨斯全省和洛林东部给德国,并赔款五十亿法郎。

的买卖比一项成功的交易要付更多的佣金,就是那么回事。何况这桩不成功的买卖还得由他们中的一位介绍给各机构。他们不会掏腰包(除非部长正式干预),因为费拉尔不是他们的人。费拉尔没有结婚:跟女人有桃色瓜葛。还有抽鸦片的嫌疑。他居然不把荣誉团勋章放在眼里。过分傲慢,既达不到正统,又毫无心计。或许伟大的个人主义只有在心计的粪堆上才能充分发展:鲍齐亚当上教皇绝不是偶然……显而易见,伟大的个人主义者并未跻身于十八世纪末醉心道德的革命家之列,却出现在文艺复兴时期显然是基督教的社会结构中……

"部长大人。"最年长的代表说话了,他既在吞没某些音节,又在啃啮嘴唇上的短髭。他的胡髭像卷发一样雪白。"我们准备支援国家,这自不待言。我们愿意。您是知道的。"

说着他取下夹鼻眼镜,他那十指微张的手便如打盲语一般做起手势来。

"……反正要知道认款数目!在座诸君未必不可每人认五百万法郎。好啦!"

部长悄然耸肩。

"然而症结并不在此,因为银团应偿清至少二亿五千万法郎存款。怎么办?国家若认定这么大的金融崩溃实属有害,就尽可自筹资金。为拯救法国与安南储户,法兰西银行和印度支那总督府比我辈理应当仁不让,我辈也自有储户与股东。各人在这里皆仅代表本机构而已……"

(费拉尔想:部长如果指出银团必须复苏,则储户股东云云皆不在话下。)

"……在座诸君何人敢说,其股东愿予贷出竟意在维护已经风雨飘摇的机构?部长先生,我辈熟知股东(且不限于此)之见。如,应当清理市场,勾销无法继续的交易。如果勉强维系,反有碍于各方。法国商界的生命在于竞争。了无前途的交易如有人保下,则竞争效益又何从谈起?"

(费拉尔暗忖:老友啊,贵机构前月吁请国家提升关税百分之三十二,难道也是为了便利自由竞争?)

"……又怎样?我们的职责诚如有人指出的,是有担保地贷出。费拉尔先生的担保……各位已有幸听见。国家是否有意取代,向我们提供保证？明确了这一点，我们才可以提供银团需要的资金。换句话说，国家是否要求我们效忠而不报偿？不然的话，国家，而不是费拉尔先生是不是正在要求我们支持一项国家财政业务，哪怕是长期业务？如果是前一种情形，则我们效忠自不在话下，但也应顾及属下的股东。若是后一种情形，国家又将提供什么担保呢？"

费拉尔暗想：全套术语都用上了。我们假如不是在做戏，部长或许可以反驳："本人对'效忠'的讽刺意味很有体验。诸位的营利多赖同国家的关系。诸位依赖佣金生存，佣金的多寡又全看机构规模有多大，而不在于劳务和效率。今年国家就以各种方式馈赠诸君一亿法郎，回收不足二千万法郎。请以国家为重，不可妄为啊！"

然而有惊无险。部长从写字台抽屉里取出软糖一盒，供与会者传递自取。除费拉尔外，人取一粒。这时，他已经看出各机构代表的意向：解囊是难免的，对部长不能不做承诺就走，但应争取少承诺。至于部长，费拉尔正等他开口，却也能猜出他大致的想法：

· 人的境遇 ·

"肖瓦泽尔①如果处在我目前这种地位,会采取什么姿态呢?"

……姿态!部长并不要求达官贵人在意志方面予以赐教,而仅仅在仪表或幽默感方面有所启导。

部长以手中铅笔轻叩桌面,并说:"就像我一样,基金运动副经理先生将奉告在座各位:议会如不核准,本人将不提供上述担保。各位:本人召集这次会议,是因为审议事宜与法国的声誉息息相关。各位难道会将此事向舆论公开,视之为维护法国声誉的良策么?"

"党仁甫(当然不)、党仁甫。可是甫(部)长先生,请用虚(允许)我……"

静场再次出现:各方面的代表正在细细咀嚼软糖,借助沉思来回避这特别的奥维涅口音②,痛感假如在这时开口,颇有在这种口音之下遭灾遭难的危险。部长脸上没有一丝笑意,逐一端详了

---

① 肖瓦泽尔(1719—1785),法国政治家,曾任国防与海军大臣,因战争导致国库空虚。
② 法国中部奥维涅地方的口音。该地多山民,常受巴黎人歧视。

在座全体,也包括费拉尔在内。后者却从部长装了假眼的那个侧面暗暗窥视此人,把他看作一只白种大鹦鹉,它正表情苦涩地高踞在群鸟上端。部长又道:

"各位,本人发现英雄所见略同:无论对策怎样,存款终须清偿。印支总督府将认下五分之一份额以参与银团复苏。各位认多少份额?"

此刻举座嚼糖以回避。费拉尔暗想:"小事一段:在他不过是遣兴。没有软糖,效果也一样……"

他明白部长提出的论点的价值。正是他兄弟回答了人们向基金总运动提出的要求,即不经议会投票而予改组:

"假如可以这样做,难道我不可以自作主张,将二亿法郎馈赠心上人么?"

静场。较前更持久。代表窃窃私语。

费拉尔开口道:"部长先生,如果银团的健全交易通过某种形式得以复苏,如果存款一定能清偿,难道您不认为应当倍加努力地工作,甚至不排除保下银团来呢?在国家的心目当中,这样一个极为庞大的法国机构的存在,难道不应当与几亿法郎存款等量齐观吗?"

部长又说:"各位,五百万法郎的数字不够郑重。有人提到了'效忠',难道本部长不应更紧迫地呼吁效忠么?我明白:在座诸位和有关董事会力戒银行受到国家控制。但是诸位难道不认为:万一银团的交易失败,不会造成舆论方面可能急忙地,甚至紧迫地要求施加控制么?"

费拉尔暗忖:这里面的中国情调倒益发浓郁了呢。话中有话,那意思是:"别再提您那可笑的五百万啦!"

对银行施加控制是一种荒唐的威胁,因为如此威胁的政府,却执行相反的政策。部长没有当真采取此种措施的意思,正如同控制着哈瓦斯通讯社的代表,也无意借报界名义攻击部长。国家不会当真玩花招来整银行,反过来说也一样。这两方面有种种的勾结——人事,利益,心态,不一而足。不过这是同一公司部门头目之间的争斗,公司要靠这争斗生存。生存得不顺利。如同前次在亚斯托尔旅馆,费拉尔只有靠力戒示弱和发怒才能自救。然而他已经败北:既然他奉效能为主要价值,那就没有可供抵消目下屈辱处境的东西;

他睥睨这些人的人格与方法,却正须正视这些人。他较这些人脆弱,因而在所处的体制中,种种构想无一不枉费心机。

年事最高的代表说道:"部长先生:我等愿再次向国家表示善意;然而如果没有担保,我辈在股东持有者前则不可提出更高的银团贷出。这项贷出不应高于待偿还的存入额,并须由我们促成该集团健全交易的恢复,再以这种恢复来做担保。苍天有知:我辈对恢复与否并不在意,此举纯粹是为国家最高利益着想……"

费拉尔自忖:这位人物实在是罕见,神态倒像退休教授,却已成为双目失明的俄狄浦斯①。还有这一帮愚笨之辈,连同法兰西国家本身也在内,居然轻信一般银行经理,而向它抛掷的国家资金却如驴皮一样渐渐收缩:请看在俄国、波兰以至北极修建战略铁路的举动吧!大战以来,这位端坐

---

① 俄狄浦斯,希腊神话中某国王之子,神曾预言他将杀父娶母,被弃于山崖。获救长大后,恰因想逃避前述预言而在无意中弑父。后被拥为新王,又在无意中娶生母为妻。为消除全国瘟疫,神示须杀前王的罪犯,因而推究出自己干下的蠢事,并自刺双目致盲,流浪而死。此处或仅指该"年事最高的代表"愚蠢而又盲目。

在沙发上的受勋人仅以国家资金为名,即已花费法国储户一百八十亿法郎!可以说妙极了!诚如十年前其人亲口所说:"凡为私产投资而轻信陌生人者必遭破产,这是咎由自取!一百八十亿法郎!且莫论商业交易项下的四百亿,以及我费拉尔!"

部长又道:"达米拉尔先生有什么高见?"

"部长先生,对于您方才听到的各节,本人惟有同感而已。有如德·莫莱尔先生,如果没有他所提及的担保,敝人实难让本机构作承诺。否则将有悖于使本机构成为全欧强手之一的原则与传统。这类原则传统屡遭抨击,却使本机构于国家吁请时得以效力。这种情况曾在五个月前出现,当前或今后仍会出现。部长先生,此种吁请屡屡提出,而我辈决意响应,故必须要求提供担保。恕我直言:如果有这种担保,我辈当悉听尊旨。本机构或可调拨二千万法郎。"

与会人士不胜惊异,彼此面面相觑:存款将予偿清。费拉尔已弄清部长的意向:满足乃兄的心愿而又不作承诺;使存款得以清偿;令各机构解囊,但尽可能少解;最后尚须拟就令人满意的公报。讨价还价仍在继续。银团将被弄垮。不过如果存款得以偿清,则银团的存亡在部长眼中就无足轻重了。各机构将获其要求的担保(自然略有差额)。几项得以保住的业务将变为机构的分支。至于其他业务……上海的各种事态将因此而毫无意义。他宁愿感到自己被剥夺,但争取来的业务,或者抢来的业务即使不在手中,也还能生存下去。但部长却就知道害怕议会。今天他倒不至于撕人家的礼服。假如费拉尔处于部长之尊,就宁愿先承担一个清理完满的银团,继而全力以赴地保它。至于各个机构,他始终认为它们胆小如鼠。他挺自得地想起某对手说过:

"费拉尔总是要把银行当赌场!"

电话铃响了,就在近处。一名办事员进来说道:

"部长先生,内阁总理有请。"

"报告他一切顺当……不,我自己去报告。"

他走出办公室,不久又折回,以探询的目光盯了一眼法国主要商业银行的代表(同类银行仅此一家与会)。这个人的胡髭长成"一"字形,几乎同夹鼻眼镜相平行。他的头顶光秃,样子极疲惫。

他直到现在金口未开,此刻却慢慢道来:

"保住银团与本机构无关。参与铁路工程是对法国的条约担保。假如银团垮台,另一项事业也会形成或者发展,将会取代银团……"

费拉尔驳斥道:"这家新公司绝无可能使印度支那工业化,而只知道分红分利。然而由于它不曾为蒋介石效劳,它就会与诸位如今的处境相仿:或许会觉得自己不曾效忠于国家哩。条约显然会被某个挂法国牌子的美英公司利用。诸位还会给它以贷款,也就是今天拒付银团的那些贷款。本人创建银团乃是由于法国的亚洲银行采取这类担保政策,终至因为不给中国人贷款而不得不向英国人贷出。我们却采取风险政策,这是……"

"本人不敢直言。"

"……明白无误的。我们承受其后果乃属正常。储户将受保护(他以半张嘴做出苦笑),以五百八十亿法郎(而非更多)为损失的上限。各位,现在只得研究一下银团该怎样收场!"

· 蜂鸟文丛 ·

神　户

在明媚春光下,梅朝着嘉摩居高临下的住所攀登。她穷得无钱租车。万一吉索尔的行李太重,就得向老画家借点钱才能继续乘船。吉索尔从上海出走时曾表示要到嘉摩家避风。抵达这里后,他告知过住址。此后便杳无音信。她曾托人捎信,转告他已被任命为莫斯科中山大学教授,竟也没有回话。是因为对日本警方有所顾忌吗?

她边走边读白的来信。神户一到,她便交验护照,有人就递来这封信。陈死后,她在避风的别墅里庇护了这位年轻信徒。

> 昨天见到了赫梅尔里克……他很思念大家。他目下在电厂当装配工,曾对我说:"今生是头一回在知道为什么干活的情况下干活,而不是在沉默中等死……"请告诉吉索尔,我们在等他。抵此之后,每每念及他在上课时所说:"文明在不断变化:当着文明最痛苦的要素(如奴隶的屈辱、现代工人的劳动)突然转为一种价值,当问题不再是挣脱屈辱

而是要等待它的拯救,不再是挣脱这劳动而是要从中发现生存的理由。工厂目前只是地下墓群中的教堂,它理应如昔日的大教堂,人们理应从中看到的不再是诸神,而是正在与地球搏斗的人的力量……"

诚然,人的价值无疑在于他所改造的成果。革命刚得过一场重病,但没有死亡。使革命得以问世的正是强矢及其同志们:不论他们自己的生死成败如何。

我要回中国做鼓动员。那里的事还远未结束。也许我们将在那里重逢。听说你的请求已被接受……

没有一句话提及陈。

她绝不认为白的这番话无足轻重。然而她又觉得这番话充满了书生气,正如她早已觉得:白从陈那里转述的言论都充满狂热的学生气息。从折好的信里落下一页剪报。梅捡起读道:

劳动应成为阶级斗争的主要武器。全世界最大规模的工业化计划正在酝酿:要用五年时间改造整个苏联,使它成为全欧头等工业强国之一,再赶上并超过美国。这一宏伟的事业……

吉索尔着一身和服,正立在门框下等候她。走廊当中并没有行李。

"您收到了我的来信吗?"她边走进这空屋。地上铺着席子,四壁裱着糊墙纸。纸窗帘高高拉起,海湾的全景尽陈于眼底。

"收到啦!"

"咱们得赶快收拾:船在两小时后续航。"

"梅,我不走了。"

梅凝视着他,心想:

"不必多问,他自会解释。"

他却提起问来:

"你上那边去干什么呢?"

"进女鼓动员小组试一试。大概就要安排好了。后天到海参崴,再转莫斯科。万一不行,我可以留在西伯利亚当医生。但照料病人的事我已经腻味啦!成天泡在病人堆里,又不是为了作战!这得有一种独特的禀赋,而我身上已没有此类禀赋了。何况现在我几乎不能忍受看见别人死去……但如果非做不可……那也是给强矢报仇的一种办法啊!"

"像我这么大年纪,就不报什么仇啦……"

的确,他有些变了。他似乎身在远方,有些隔膜,只有一部分身心与她同在此室。他就地仰卧,因为屋里不设坐席。她也在一具烟盘旁边躺下。

"您自己打算做什么呢?"她问道。

他淡然耸耸肩:

"靠嘉摩帮忙,我已在这里当上西方艺术史的自由教授……瞧,又干上早年那一行啦……"

她不胜惊异地寻找他的目光,说:

"我们在政治上已被击败,医院已经关闭。但就在此刻,一些秘密小组仍在各省重建。咱们自己人将记住:他们受苦受难是因为别人作祟,而不是自己前世造孽。您曾说:'他们沉睡了三千年,一朝苏醒就不再安睡。'又说过:'这些人向三亿贫贱者灌输了反叛觉悟,他们不是来去匆匆的影子;虽然被击败、惨遭酷刑,甚至牺牲生命,却不是……'"

她稍许沉默后又道:

"他们已经牺牲了生命。"

"梅,我也是一直这样想的。那是另一码

事……强矢的牺牲不仅意味着痛苦和变化,而且也是……一种脱胎换骨。我从不怎么喜欢世人:正是靠着强矢我才同人们有联系;正是靠着强矢我才觉得人们确实存在……我不想去莫斯科。我在那里会把书教坏的。我身上的马克思主义已停止存在。强矢不是认为那是一种意志吗?我却认为那是命运。我赞同它,是因为我对死的忧虑与命运相关。梅,我心中已几乎不再有焦虑。强矢死后,我就置生死于度外了。我既摆脱(是摆脱……)了死,也摆脱了生。我上那儿去干什么呢?"

"也许还会有变化呀!"

"我已没有儿子可以失去了!"

他对半男性化的女人没有很大兴趣。她之影响他,仅仅是由于假定她爱强矢,以及强矢也爱她。何况就他所知,这种知识分子式受伤害的爱情与她并无缘分。至于他,从前爱过一位日本女子,因为他喜欢柔情,因为他不把爱情视为冲突,而是对所爱容貌充满信任的静观,是最恬静的音乐的体现:是一种痛苦的柔情。吉索尔将烟盘拉近身边,并且填好一枪烟。她却默默指点着近处

· 人的境遇 ·

一座小山:上百名苦力正使劲儿拉着什么重货;虽然看不清拉什么,但却是千年奴隶固有的姿势。

"对,对……"他喃喃道。

片刻后又说:"不过要注意:他们可是准备为日本献身的呀!"

"还会有多久呢?"

"比我的一生更久。"

吉索尔一口气抽完一枪烟,睁开两眼道:

"我们可以长期欺骗生活;我们生活是为着一种事业,生活终会把我们变成相应的样子。凡是老人都在自我剖析。试看:如果说有那么多老年的岁月流于空虚,那是因为许多人本来就空虚,而又想加以掩盖。不过这本身也无妨。人们应当了解:实在之物是没有的;有的是某些静观境界(不论有没有鸦片),那里万事都属于虚幻……"

"那里的人静观什么呢?"

"或许除这虚幻之外便没有其他……这就够了呀。"

强矢对梅说过:"鸦片在父亲一生中起重要作用。不过有时我在思量:鸦片是在决定他的生活呢,还是在印证令他不安的某些力量……"

吉索尔又道:"试想:若陈身处革命之外,或许会忘掉自己的谋杀行动。忘掉……"

"但别人不会忘却。陈死后又发生过两次恐怖性暗杀。我不认识陈:他容不得女人。但我想,若处于革命之外,他则连一年也活不下去。不以痛苦为基础的尊严是绝对没有的。"

吉索尔几乎充耳不闻,却径自道:

"忘掉……自强矢死后,我发现了音乐。只有音乐能抒发死亡的主题。如今只要嘉摩一弹琴,我就凝听。不过我并不在这方面费力(他既是自语,又是告诉梅):我仍能牢记什么?牢记我的欲念与焦虑、我的命运自身的分量、我的生命,不是么?……"

(她想:正当您自生命解脱时,另一些加托夫正被送入机车烧死,另一些强矢……)

吉索尔的视线似乎追随他那表示要忘掉的姿势,渐渐消失于室外;在公路向外的一侧,港口劳动的千呼万唤,似乎也被退潮席卷而涌向明亮的大海。它们借着人的全力,借着轮船、起重机、汽车和活跃的人群,正在与日本灿烂的春光彼此呼应。梅忆起白的来信:在整个俄罗斯大地上,强劲泼辣的劳动正方兴未艾,众人将这种劳动视若生命,因而产生坚强意志;他们已故的同志正是在其中有所寄托。松树间显露的天色如太阳一般灿烂辉煌。春风将树枝吹拂得轻柔而微弯,吹拂着老少二人仰卧的身躯。吉索尔觉得春风的吹拂犹如大江与时光的奔流,那是在他身心中奔流。此思此念令他不再与人世隔绝,却在宁静的谐协中与之相联结。他凝视着近郊鳞次栉比的起重机,漂泊于海面的客轮与轻舟,以及公路上斑斑驳驳的人影。"人人都在受难,"吉索尔想,"而人人受难是因为他们都在思索。其实,头脑仅仅在永恒中思考人生,而对生命的意识仅能表现为焦虑。不该以头脑,而该以鸦片来思考人生。如果思想在消失,那么漂泊在这阳光下的诸多苦难也将消失……"挣脱一切,乃至挣脱自己之作为人;于是他满怀感激地抚摸着那烟枪杆,并静观这一切陌生者的躁动:他们正在璀璨的阳光下向着死亡进军,每个人在灵魂的最隐秘处珍藏着自己的癖好。"人人都发疯,"吉索尔又想,"但人的命运没有别的,便是将这发疯与人世联结,并为之奋斗的毕生!"

眼前又现出费拉尔的身影。在低矮的灯光照耀下,是一片雾蒙蒙的夜色,仿佛听见他说:

"人人都梦想成为神……"

五十柱汽笛一齐拉响,鸣叫声在空中荡漾:今天正值某个节日的前夕,工作正停顿下来。港口里边尚无变化,但在通往城里的直线公路上,已有微如豆粒的人群如侦察兵一般行走。不一会儿,远方黑压压的人群随车辆的鸣笛声遮没了公路:老板也好,工人也好,都下班了。人群的涌来像是突袭,带着惶恐剧烈的动作,那是自远方看去的一切人群所具有的。吉索尔看到过夜幕降临时动物纷纷向泉水奔逃:一只、数只,乃至所有动物,都跟随夜色降临所产生的力的驱赶,匆匆涌向源头。他想起,鸦片曾赋予这环宇式的奔袭以粗犷的谐协。他觉得,在远方木屐哒哒声中消失的人似乎都疯了。他们已同环宇隔绝。而这宇宙跃动的心房,在上界跳荡的光明中接受他们,再将他们抛向孤独,有如抛撒无名收获的种子。云絮轻柔高渺,在墨绿的松树上方飘过,渐次消逝在长空里。他觉得这云絮中的某一组(或许就是眼前的一组),正代表他认识或钟爱过,如今已冥逝的人们。人类是浓重的,是因血肉,因苦难而浓重,如同一切消亡中的东西,它也永远自行黏合,浑成一体。但不论是血肉、痛苦还是死亡,都在上界溶解于光明中,犹如音乐溶解于静夜:他想到嘉摩的乐曲,深感人类的痛苦犹如大地的高歌,升腾而复归于消融。那被制服的痛楚,向着悸动的,如他的心一般隐秘于躯体的平和,渐渐合拢它那非人道的臂膀。

"您吸食鸦片的量很大吗?"她又问。

她已问过一回,但他没听见。吉索尔将目光收回屋内:

"你以为我猜不透你的思绪,以为我对它不及你明了吗?你竟以为我不好询问:你根据什么在评判我呢?"

这目光在她的身上停下:

"你不想要一个孩子吗?"

她避不作答:这一向有的热望,在此刻却有如某种背叛。但她却不胜惊骇地凝望这平静的容貌。他酷似自死亡的深谷折回,有如公墓中一位死者的遗骨一般陌生。精疲力竭的中国遭到了镇压,群众怀着焦虑或期望;而强矢的行动在其间已留下深深的烙印,有如原始帝国在大河峡谷中镌刻下的碑铭。这少数人以雪崩的巨响,无可改变地将旧中国抛向黑夜;但即令是这样,它也未被从世间抹掉,犹如强矢生命的意义亦未被从父亲的容貌上抹掉。吉索尔又说:

"我惟一的爱物已被夺,可不是吗?而你们却要求我没有任何变化。难道你们竟认为:我的爱较你们逊色?而你们的生活却几乎没有改变啊!"

"活人变成死者,那身躯也没有变哩!……"

吉索尔握着梅的手说:

"俗话说'怀胎九月,取命一天',你可知道?我们尽力弄懂了这一点……听我说,梅:一个人的发育远非九个月,而是六十年啊!六十年的牺牲与意志,那么多的东西啊!当他脱胎成人,不再有童稚少年之气,当他进入壮年后,竟只能以一死了之!"

她望着他,吓呆了;他又仰视云天说:

"要知道:我对强矢的爱,超过许多人对子女的爱……"

他依然握着她的手,将它轻轻拉过来,握在自己的掌心中:

· 人的境遇 ·

"听我的话吧,应当爱生者,而不是死者!"

"我想上那边去并不是为了爱……"

吉索尔饱览那景色美丽而又充满阳光的海湾。梅把手缩回来。

"我的小梅儿,在复仇道路上,咱们与生命相遇……"

"可也不能因此而唤来生命呀!"

她站起来,向他再次伸出手,以示告别。但他却将她的脸捧在掌心,亲吻了一下。最后那一天,强矢正是这样亲吻她的。自此以后,再没有人用手抱起过她的脸颊。

"今后我不会常流泪了!"她怀着一种辛酸的自豪说。

安德烈·马尔罗生平简历

一九〇一年　十一月三日出生于法国巴黎。

一九二一年　首次发表一部诗体小说《纸月亮》。

一九二六年　出版哲理性小说《西方的诱惑》。

一九二八年　出版小说《胜利者》,获联合文学奖。

一九三〇年　出版小说《王家大道》。

一九三三年　出版小说《人的境遇》获龚古尔文学奖,与《西方的诱惑》(1926)和《征服者》(1928)并称中国革命三部曲。

一九五八年到一九六九年　出任法国第一任文化部长。

一九六五年　作为法国总统戴高乐的特使访华,会见了毛泽东。

一九六七年　出版自传《反回忆录》。

一九七六年十一月二十三日　在巴黎逝世。

一九九六年　遗体被迁入先贤祠,与卢梭、伏尔泰、雨果等伟人为伴。

主要作品表

《胜利者》

《王家大道》

《人的境遇》

《西方的诱惑》

《征服者》

《反回忆录》

《蜂鸟文丛》

第一辑（按作者生年排序）

苹果树	〔英〕约翰·高尔斯华绥
一个陌生女人的来信	〔奥地利〕斯蒂芬·茨威格
奥兰多	〔英〕弗吉尼亚·吴尔夫
熊	〔美〕威廉·福克纳
乞力马扎罗山上的雪	〔美〕欧内斯特·海明威
文字生涯	〔法〕让-保尔·萨特
局外人	〔法〕阿尔贝·加缪
我的包着红头巾的小白杨	〔吉尔吉斯斯坦〕钦吉斯·艾特玛托夫
饲养	〔日〕大江健三郎
夜半撞车	〔法〕帕特里克·莫迪亚诺

第二辑（按作者生年排序）

野兽的烙印	〔英〕约瑟夫·鲁德亚德·吉卜林
地粮	〔法〕安德烈·纪德
米佳的爱情	〔俄〕伊万·布宁
都柏林人	〔爱尔兰〕詹姆斯·乔伊斯
乡村医生	〔奥地利〕弗兰茨·卡夫卡
蜜月	〔英〕凯瑟琳·曼斯菲尔德
印象与风景	〔西班牙〕费德里科·加西亚·洛尔迦
被束缚的人	〔奥地利〕伊尔泽·艾兴格尔
孩子，你别哭	〔肯尼亚〕恩古吉·瓦·提安哥
他和他的人	〔南非〕J.M.库切

第三辑（按作者生年排序）

黑暗的心 〔英〕约瑟夫·康拉德
啊，拓荒者！ 〔美〕薇拉·凯瑟
人的境遇 〔法〕安德烈·马尔罗
爱岛的男人 〔英〕D. H. 劳伦斯
竹林中 〔日〕芥川龙之介
动物农场 〔英〕乔治·奥威尔
夜里老鼠们要睡觉 〔德〕沃尔夫冈·博尔歇特
车夫，挥鞭！ 〔法〕达尼埃尔·布朗热
沉睡的人 〔法〕乔治·佩雷克
火与冰的故事集 〔英〕A.S. 拜厄特